アキ
ハルク
アウル
登場人物紹介

シュザ
ダイン
ノーヴェ

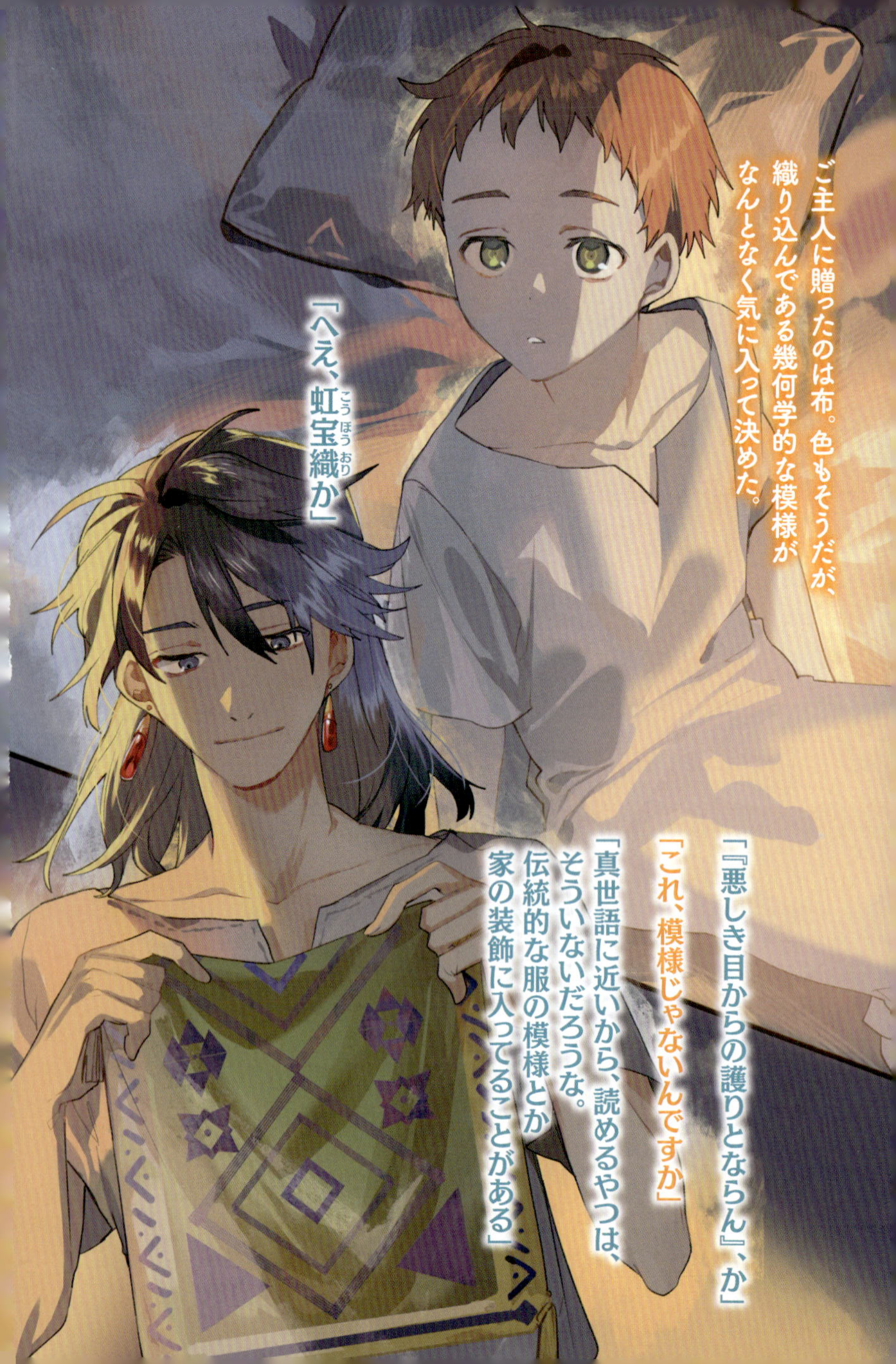

ご主人に贈ったのは布。色もそうだが、
織り込んである幾何学的な模様が
なんとなく気に入って決めた。
「へえ、虹《こう》宝《ほう》織《おり》か」
「『悪しき目からの護りとならん』、か」
「これ、模様じゃないんですか」
「真世語に近いから、読めるやつは、
そういないだろうな。
伝統的な服の模様とか
家の装飾に入ってることがある」

少年アウルのほんわか異世界ライフ 1

Zakku・Ri presents
Shonen Auru No
Honwaka Isekai Life

～新しいご主人と巡り合い最強パーティーとゆったり生活します～

ザック・リ Zakku・Ri | イラスト：京一

CONTENTS

一章 目覚め 006
二章 新生活の始まり 052
三章 サンサの陰謀 088
四章 森の中 152
五章 拠点にて 224
番外編その一 ある文具店員の驚き 292
番外編その二 ある商人の願い 296

一章　目覚め

何かが砕ける音がした。

目が覚めたら、そこは地獄だった。


俺は日本で普通の会社員をしていた。……はずだった。

死んだという記憶は特にないのだが、気がつくと別の身体になっていた。具体的に言うと、傷だらけで弱々しく、腹を空《す》かせた少年の身体になっていた。最初に視界に入ったのは、石の床と、投げ出した自分の細い腕だ。何歳くらいだろう、十歳、いや七歳か。身体中が痛い。

ここ、どこ。俺はどうなったんだ。

「おい、生きてるぞ」

「殺したら面倒なんだから気をつけろ」

「悪い悪い、加減をまちがえた」

顔を上げると、埃《ほこり》っぽくて薄暗い場所にいるのがわかった。まわりを大人たちに囲まれている。

逆光で顔はよく見えないが、嫌な雰囲気だ。

「おら、この程度で死ぬなよ」

身体が勝手に身構える。靴のつま先でツンツンされる。

痛い。痛い。それに寒い。怖い。いきなりわけのわからない場所にいて混乱している上に、経験したことのないようなドス黒い悪意をぶつけられて、震えることしかできない。

なんで、こんなことになってるんだ。混乱する頭で、必死に状況を把握しようとした。ええと、気がついたら少年の身体になっていて知らない場所で知らない男たちに殴られている。

ダメだ。理解したくない。

この身体の元の持ち主は、こいつらに暴行を受けて心が壊れてしまったんだろうか。砕ける音がしたのは、魂的な何かが壊れた音かもしれなかった。前世の記憶に目覚めた、という感触はなくて、いきなり覚醒したみたいなかんじだ。それがあり得るのかどうかはともかく。

今この瞬間より前のことは、一切思い出せない。名前すらわからない。

それでも身体の方には痛いことをされた記憶が残ってるみたいだ。俺自身の意思とは関係なく、大人たちが動くたび、勝手に体にぐっと力が入りこわばっている。大人がどうして無力な子供を囲んでいたぶってるんだろう。

囲む男たちの見慣れない服装からして、ここは日本ではないらしい。現代の服でもない。地球上にこんな服があったかどうかも怪しい。

違う世界か。転移……生まれ変わり、いや入れ替わりか。

そうはならんだろ、と思うのだが。なってるからなあ。

いきなりこれって、あんまりじゃないだろうか。もっと優しいものではないのか？

聞こえてくる言語は日本語ではなかったが、理解できた。

この身体に入ったおかげかもしれない。

この身体に入ったおかげでこんな目に遭ってるのだけど。

何か話そうと口を開くが、身体が震えて声は出せなかった。

「この屋敷は奴隷がたくさんいていいよな」

「何やっても許されるしなあ」

「おい、それ外では絶対言うなよ」

「わかってるって……この国はやりづらい」

「そろそろアレの入荷じゃねえか？」

「やっとかよ」

だらだらとしゃべりながら男たちは去っていった。ふっと力が抜ける。

いや、待て。聞き捨てならない言葉が聞こえた気がしたのだが。

屋敷……。ここは誰かの家なのか。

そして奴隷。奴隷？　俺が奴隷だって？　それは……あの奴隷だろうか。人権も何もなくただ使役されるだけという、あの奴隷。

目覚めて見知らぬ場所に来ていきなりそれはちょっと、ハードというか、地獄じゃないかな。

身体中が痛い。腹が減っている気がするが、痛みが上回ってよくわからない。

これが絶望なのかもしれない。知りたくなかった。夢だったらよかったのだが、覚める気配はなかった。現実だ、つらい。

こうして、俺のどん底な異世界奴隷ライフが唐突に、そして容赦なく始まったのだった。

転生、というか自我を得てからというもの、これでもかというほど底辺の日々を味わった。

奴隷つらい。奴隷ってやっぱり最底辺なのかな。

俺の仕事は掃除と洗濯。魔法があるらしいこの世界ではかなり楽な部類なのだが、転生したての俺にはその魔法の発動が難しかった。おかげで、使用人たちにのろまだとか足手まといだとか散々罵《のの》られた。見かねた奴隷仲間がこっそり魔法の発動方法を教えてくれなかったら、本当に足手まといになっていたことだろう。

まあ、罵られる分にはまだいい。問題は暴力だ。

俺が働かされているのは街で商会を営んでいる有力な大商人の屋敷らしいのだが、ここの護衛たちが最悪だった。勤務の休憩時間にイライラすると奴隷たちに暴行する。そうでないときはたいてい、変な粉を吸ってハイになっている。粉の効果が切れてしばらく経《た》つと禁断症状でイライラが始まり、まわりにいる奴隷に当たり散らす。世紀末かここは。最悪だ。

どこから来たのか、甘ったるい匂いのする赤髪の女がいるときはいっそうひどかった。

その女がいると、発散のための暴力が、より嗜虐《しぎゃく》的なものに変わった。いたぶって苦しむ様を楽しむタイプのヤバいやつだ。ちょっと人に話すのも憚《はばか》られるようなことをいろいろされた。俺は特に小さくて弱かったからよくターゲットにされた。

たしか、女は冒険者だとか言ってた。楽しそうな職業名だが、こんなヤバい人間ばかりじゃないことを願う。

飯は一日二食、いろんな残り野菜を適当に煮詰めたようなスープ（ごく稀《まれ》に肉の切れ端が入っていてうれしい）、それを乾燥したパンに吸わせて食べる。間が悪いと、食後に護衛たちの機嫌激悪タイムと重なって、食べたものを戻してしまうこともある。もったいない。

寝る場所は半地下のような薄暗い部屋に奴隷たちが十人くらい押し込められて雑魚寝だ。石造りなので床は冷たい。奴隷同士はあまり交流はない。みな自分を守るので精一杯だった。薄い毛布に包《くる》まって、とにかく少しでも身体を休めている。

ここは商会の会頭の屋敷らしいのだが、偉い人のお屋敷のように広いので仕事はいっぱいある。儲《もう》かってるんだろうな。儲かってるならもうちょっと、こう、待遇をなんとかしろよ。

奴隷には契約魔法がかけられていて、逆らったり自死したりといった契約主に不利益をもたらす行為ができないようになっている。外部の誰かに窮状を訴えることも『不利益』とみなされるようで、打つ手なしだった。

何度か死のうとしたが、できなかった。絶望した。

さらに悪いことに、なぜか俺は声を出すこともできない。他の奴隷は普通に話せるので、俺だけらしい。これは契約とは関係ないかもしれない。この身体で受けたトラウマのようなもので声が出せなくなったんだろうと思ってる。何されたんだか、覚えてないけど知りたくもないな。

起きて、仕事をして、戯れに殴られ、運が良ければ何もされずに冷たい石の上で眠る。

死んで楽になることもできず、声を上げることもできず。そんな日々の中で、俺はだんだん自分の存在が霞《かす》んでフェードアウトしていくような気がした。異世界に来たというのに、このままだと何も感じない人形になってしまうんじゃないか。そうなったら楽でいいな。楽になりたい。

転機が訪れたのは、自我が芽生えてから一ヶ月ほど経ったときのことだった。

ある日、商会が一斉検挙された。

理由は『奴隷への暴行、虐待、殺人容疑』である。なんと、この国では奴隷を痛めつけることは違法だったのだ。屋敷の中しか知らない俺からすれば寝耳に水、マジかよという気分である。ぜったい嘘《うそ》だろ。ぜんぜんそんな気配なかったけど。堂々とボコボコにされてたけど。

それより違法な粉みたいなの常用してたけど、あれはいいのか？　アウトだろ。というか殺人容疑まであったのは知らなかった。一歩間違えていたら、俺も殺されてたかも。怖い。

何はともあれ、地獄から蜘蛛《くも》の糸をたどるようにして助け出されたのだ。

保護された先の奴隷商で新情報をいろいろ聞かされた結果、あの屋敷内が異常だったということがわかった。

急に世界が広がる。あそこが世界のすべてだという気がしていたのに、あんなにもちっぽけな世界で藻掻《もが》いていたなんて。俺は少々やるせない気持ちになった。

奴隷スタートだから最悪なんだと思い込んでいたが、それはあの屋敷がイレギュラーなだけであり、本来奴隷は人材としてわりと大事にされるそうだ。目つきの悪い奴隷商の主人が「まったくありえん。貴重な人材を使い潰《つぶ》すなど……これだからあの国の人間は好かん」などとぶつぶつ言いながら俺たちを引き取って契約を書き換えたり治癒師を呼んだりと、いろんな世話をしてくれた。

どうも国際法のようなもので奴隷の扱いは決められているようなのだが、それに批准していない国があるらしい。俺がいた商会の主人や使用人や護衛たちはその国の出身だったようだ。主人にはほとんど会ったことないけど。

つまり、平たく言えば俺たちはこの国においては違法奴隷だったわけだ。

たまたま、この街に来ていた監査の役人に奴隷の扱いの悪さがバレて、商会の主人や護衛たちはしょっ引《ぴ》かれていった。彼らが今後どうなるのかはわからない。

おそらく極刑かな、と思う。余罪が多そうだし。

初っ端《しょぱな》から大いなるハズレを引いた俺だが、まあ助かったのでよし。これからの人生は希望に満ちていることだろう。あの場所に比べたら何だって乗り越えられる。

俺の処遇だが、親がいない子供が世話を受ける『養育院』という施設に行くだの行かないだの、ややこしいことになって、結局この世話をしてくれた奴隷商で新たな主人を探してもらえることになった。奴隷商の主人は乗り気ではなかったが。

まず、簡易な鑑定で俺の年齢が九歳であることが判明した。六歳か七歳だと思っていたが栄養が足りてなかったのか。

子供の奴隷というのはあまりよく思われないらしいが、国際法とやらでは九歳から奴隷になれるようだ。中途半端な年齢制限だな。条件はいろいろあるが、ギリいける年齢だった。

何より、働くことは俺が自分で希望したのだ。外見的な年齢はともかく頭脳は大人である。働きたい。名探偵になりたいわけではないが、養育院で閉鎖的に暮らすなんて耐えられそうになかった。

この世界では本来『奴隷』は身分というより、雇用形態の一種という扱いだった。親の所在もわからず知り合いもいない俺が、この年齢で衣食住と働き口を両立するにはこれしかないのでは。あの屋敷よりひどい環境はそうそうないだろう。殴られなくて、ごはんが食べられて、無理のない仕事ができる。俺にとってはそれで十分だ。

その上、国際法が味方なのだ。世界が俺の味方をしていると言ってもいい。

そう考えているのは俺だけじゃなかった。あの絶望の淵《ふち》を乗り切った仲間たちも、やる気に満ち満ちていた。そりゃあもう、あそこを経験したあとでは世界すべてが楽園に見えるから、やる気も満ちるというものである。ありがとう、国際法。

領主の要請で奴隷たちをほとんどタダみたいな安値で引き取った奴隷商人も、大変に張り切っていた。稼ぎ時だからな。

うーん、これは俺が残るかもしれん。子供は労働力としては弱い。俺、声出せないし、読み書きもできない。そして体力もない。……あれ、条件ダメすぎでは。先が思いやられる。

そんな心配をしていたが、俺は仲間の中で二番目に奴隷商から去ることになった。

最初に奴隷商にやってきたのは、商人風の男だった。

並んだ奴隷たちの中でひときわ幼い俺を見て、何となく湿ったかんじの視線をチラチラよこしてくる。これは良くないな。前よりひどいってことはそうそうないだろうけど、この男は何か嫌。俺のセンサーがダメって言ってる。

選《え》り好《ごの》みできる立場じゃないので目を合わせないようじっとしていたら、奴隷商がやれ「子供の奴隷は心証が良くない」だとか「金がかかる」だとか難癖をつけて、あり得ないほどに値段を吊《つ》り上げた。悪徳商人ここに極まる。

その客は俺を買うのを諦めて、荷物持ちができそうなガタイのいい男と契約して帰った。

一難去った。ありがとう奴隷商人。薄々思っていたが、この奴隷商人めちゃくちゃ良い人なんじゃないか。目つきが悪いせいで悪徳商人にしか見えないが。というか、たった今悪徳商人っぷりを発揮したが。奴隷ひとりひとり、ちゃんとした主人の元に行けるよう尽力している……と思う。

なにせ目つきが悪いので確信が持てない。

やはり俺は残っちゃうかもしれん。そうなったらここで働かせてもらえないか交渉してみよう。

暇になったので部屋の隅っこで膝をかかえて、部屋にいるみんなを観察してみる。

痩せているが、みな服を与えられており、屋敷にいた頃より幾分かましな食事をとり、何よりあの環境から抜け出せたことで一様にキラキラしている。わかる、世界輝いてるよな。

俺は身の回りが落ち着いたことで、この世界について考える余裕が出てきた。

観察するかぎり、文明はかなり進んでいるように思える。水道のようなものがあるし、風呂もある。魔法があるからか電化製品はないけど、不自由はしない。移動手段は馬車だが揺れは少ない。

ここに来るときに、押し込められてちょっとだけ乗った。

奴隷制度も、一部のヤバい国を除いてきちんと整備されているようだし、剣と魔法と中世！のような世界ではなさそうだった。

食文化はまだよく知らないが、きっと大丈夫だろうなと思う。というより、俺にとってそこそこ食えるものであれば、もう何でもありがたいので。味より栄養ですよ。

どうしてこの世界で目覚めることになったのか、元の世界の俺はどうなったのか、さっぱりわからないが、ここもかなりいい世界じゃないか。あとは、ちゃんとした仕事にありつけたら文句はないのだが。

そう考えていたら、奴隷商の売り子に腕を引かれて一人の男が入ってきた。表で誰かが呼び込みとかしてたのか。高い買い物のはずだが、八百屋のノリだな。嫌いじゃない。

元の主人は商会ごと取り潰しになり売り手不在になったため、奴隷たちは領主との取引という形で奴隷商に引き取られることになったようだ。とんでもなく安値だったらしいから、ちゃんと主人が見つかればいい儲けになるってわけです。

さて、今回はどんなお客さんかな。

「ほら、たくさんいるでしょう？　以前ちょっとワケありの職場で働いてた人たちなので格安なんですよ！　みんなやる気もありますし、買うなら今ですよお兄さん！」

「え？　お、おう」

売り子の押しが強い。

そしてお兄さん押しに弱い。大丈夫かな。

紺色の髪を後ろでちょんと結んでいる、やんちゃなかんじの人だ。服装からは職業がよくわからないな。着崩していてなんとなくゆるい雰囲気だ。奴隷買う金なんて持ってんのかな。

各々のんびりしていた奴隷仲間たちは、とりあえずみんな商品らしくちゃんと並ぶ。俺も一応、端っこに加わる。

「お兄さん、冒険者なんだって？　どういう用途の奴隷が入り用で？」

「えっと……」

冒険者のお兄さん、売り子さんの勢いに押されっぱなしである。がんばれ。

ちなみに売り子さんはいい歳《とし》のおばちゃんである。

「こら、そう焚《た》きつけるんじゃない。高い買い物なんだから」

「だってあんた、このお客さんが店先でフラフラしてるから買いたいのかと思って」

奴隷商の主人がやってきて、売り子を諫《いさ》めた。どうも奥さんのようだ。

連れてこられたお兄さんはどうしよう……という困惑した顔で佇《たたず》んでいる。大丈夫かな。

「それでお客さん、奴隷は武器を持っちゃいけないから魔物退治なんかはできないですが」

「あ、ああ、その必要はねぇよ。俺は黒色《くろいろ》パーティーの一員だからな」

「なんと！　では雑用や荷物持ちといったところで？」

「そうだな、男所帯で片付けができねぇヤツばかりだから、拠点で家事とか雑用してくれるとありがたいなと」

「なるほど」

家事！　できますよ家事！

奴隷商の主人がお兄さんからうまく要望を聞き出していく。さすが悪徳商人の顔をしたプロ。

家事ならできますよ！　料理はちょっと……わからないですけど。

俺はちょっと自己主張のために前にぴんと胸を張ってお兄さんを見た。

しかしなかなかこちらを見ない。やる気あるのか？　こっちは満々なんだが？

「値段表とかあるか？　手持ちがちょっと心許《こころもと》なくてな」

「ふむ、これを」

「うーん……」

何やら唸《うな》りながら紙を見て交渉を始めた。一応、買う気はあるようだ。

おい、ちゃんと商品を見てください。事件は現場で起きてるんですよ。俺の方は主張しすぎて、だんだんつま先立ちになっていってるぞ。もう少しでピョンピョンしてしまいそうだ。

「この一番安いのでギリギリなんだが…」

そこでようやく、お兄さんは顔を上げて俺たちの方を見た。

「子供……?」

俺を見た。え、俺一番安いの?

「その子は、まあ何というか……こう見えて簡易鑑定では九歳なんですよ。掃除と洗濯が得意だそうで。ただ読み書きはできませんし、いろいろあって普通には話せない状態でしてねえ。魔力量は多いんですが」

奴隷商がつらつらと俺の説明をしていく。俺、魔力量多いのか。初耳なのだが。

それよりお兄さんは俺が気になるようで、じっと見てくる。大人の中にひとりだけ子供がいたら、やはり気になるものなのだろう。

さっきの商人風の客のような、湿ったような嫌な感じはしなかった。

冒険者、という職業で一瞬だけ嫌な赤い髪が脳裏をよぎったが、人格破綻者のアレとは格がまるで違うように感じた。やんちゃそうだが、行儀が良いというか何というか。

うーん。この人がいいな。なんか放っておけない感じがする。

お世話が必要なご主人、いいと思います。

「……おそらくさらに治癒も必要になるかと。一応治癒師を呼んで全員に回復はかけたんですがね」

「おいおい……回復がいるって、前の職場とやらが相当ヤバかったんだな」

「ええまあ……。そういうわけでして、あまり労働に向きませんし、おすすめはしませんな」

「そうか。まあ、そのあたりは問題ないな」

奴隷商は丁寧にデメリットを説明するが、先ほどの客のように値段を吊り上げることはしなかった。ということは、奴隷商のお眼鏡に叶っているご主人だということだ。

俺センサーも、いいよって言ってる。逃す手はないな。何としても買ってもらわねば。

心意気が漏れて、またちょっとピョンピョンしてしまった。

改めて俺に向き直ったお兄さんが、しゃがんで俺に目線を合わせる。

あ、目の色も紺色なんだ。キリッとして、キラキラしてるなあ。

「俺と来るか？」

速攻でうなずいた。内定もらえました。やったぜ。

契約のため、別室に行くことになった。

部屋を出るときに振り返ると、みんな優しい顔で俺を見送ってくれていた。先に決まったことが少しだけ申し訳なかったが、地獄を共に生き抜いた戦友たちは、俺の就職を心から喜んでくれているようだった。みんなもいい職場に行けますように。こっそり願って部屋を出た。

「――さて、服を脱いでくれますか？　上だけでいいですよ」

別室に三人で入り、俺を椅子に座らせた奴隷商が背中で何かしている。契約魔法かな？

「一般的な契約はこれでよし。ほかに要望はありますか」

「何ができるんだ？」

「そうですね、たとえば……契約主とだけ話ができるように、などはどうでしょう？」

それ欲しい！　しかし新しいご主人は眉を顰《ひそ》める。

「強要するのはこいつの負担にならねえのか？」

「むしろ契約無しで強要するほうが、負担になると思いますがねぇ」

「む……わかった。それで頼む」

よかった。意思を伝える方法がないのでどうしようかと思っていたのだ。この身体は言語を翻訳してくれるけど、字は読めないようだったので。

さらに主人の命令があれば他の人とも話せる内容も付け足したりして、契約はまとまった。

そういえば、屋敷にいたとき、ひとりだけ話せた人がいた。執事のような家令のような人なのに奴隷部屋に放り込まれていた。多分、その人のおかげで地獄から脱却できたのだが、元気にしているだろうか。

奴隷商が背中に魔力を流し、次いで新しいご主人が魔力を流す。ふわっと暖かい風が身体を通り抜けるような感覚があった。

こうして契約は完了した。

身体中にうっすら二センチくらいの太さで白い線が走っている。これが奴隷の証《あかし》らしい。

魔力認証式のようなので、契約に名前が要らないんだな。

「これで終わりです。お疲れ様でした。ご存知かと思いますが、お買い上げの皆様には注意点をお伝えしております」

そう言って奴隷商はいくつかの注意点を挙げる。

奴隷の基本的な扱いについての注意や、奴隷に武器を持たせてはいけないこと、契約主が死んだら契約はなくなること、十年ごとに契約の更新があること、解放する際には奴隷商で解除すること、基本的に二年は契約の解除はしないこと。……などなどだ。

俺は子供なので、他にも特別な追加事項があった。たとえば、身体に見合ってない無理な労働は禁止だったり、契約期間中は主人が『親』代わりとなるということが強調されていた。

親か……。俺の、この身体の少年の親はどうしてるんだろう。気にはなるけど、恋しいとか会いたいという気持ちにはならない。俺の精神が大人だからなのか、それとも精神と身体がいまいち同期していないからなのか。ともかく、今は新しいご主人が俺の保護者ってことだ。

奴隷商は説明の後、ご主人に内容をまとめた冊子を渡していた。手厚いな。やっぱり、これは奴隷契約というより雇用契約じゃないかと思える。

書類にいろいろと書き込んでいき、最後にご主人がどこからか取り出した金貨を支払って、終了。

……とはならなかった。なぜなら、言いにくそうにご主人が「なんかこいつに服とかあるか？　さすがにこの服で連れ歩くわけにいかねえが……すっからかんになっちまって……」とか言い出したからだ。そんなにギリギリだったのか。買われた俺が言うのもなんだが、大丈夫だろうか。

仕方ないですねえサービスですよ、とため息をつきながら奴隷商は売り子の奥さんを呼んで、俺を着替えさせた。俺としては着ていた服でもよかったが、ご主人的にアウトだったらしい。まあ、控えめに言っても粗末ではあった。

奴隷商と奥さんが二人がかりで俺の服を取り替える。この世界の、この国の標準的なデザインの子供服である。ゆるりとした袖、わずかに襟があり、お腹の上で帯を巻く。そして七分丈のズボンのようなもの。驚くほどぴったりだった。靴まで揃《そろ》っているのだが、サイズが合っている。

うん、これ絶対あれだ。俺のために用意してあったやつだ。

「……息子が昔着ていた服がたまたまあったので」

目を逸《そ》らしながら、苦しい言い訳をする奴隷商。今、店に子供の奴隷はほかにいない。靴のサイズまで合うのはおかしい。どう考えても、俺が使うかもしれないからと用意した服だった。

あ　り　が　と　う。

口パクでそう伝えると、奴隷商はびっくりした顔をしたのち、感極まったように手のひらで口を覆って向こうを向いてしまった。顔はあくどいが、やっぱりめちゃくちゃいい人だったな。いい店に引き取られて本当によかった。もう会うことはないだろうけど、お元気で。

新しいご主人と一緒に奴隷商の店を後にした頃には、太陽は真上に昇っていた。こっちの世界でも太陽が昇って沈むんだな。当たり前のことに感動する。

店の前の通りは、人通りがなく不思議と静まり返っていた。

「じゃ、俺らの泊まってる宿に行こうか」

新しいご主人が手を差し出す。今なら人もいないし、声出せるかも。

「……………よ……よろしくお願い、です」

「ああ、よろしくな」

どうにか挨拶ができた。よかった、ちゃんと契約は有効みたいだ。

ほがらかに挨拶を返してくれたご主人に、俺はそわそわしながら手を伸ばした。

こうして、希望に満ちた新たな異世界ライフが始まったのだった。


希望に満ちた門出は、五分くらいで終わった。

なぜなら、思ったより衰弱していた俺の体力が、それくらい歩いて限界がきたからだ。情けないことに、今はご主人に片手で抱き上げられて宿に向かっている。泣きたい。初めて異世界の街を見たのだが、情けない気持ちが勝ってしまい目に入ってこなかった。

せっかくの街デビューなのに。ピカピカの門出なのに。

こんな軽々と抱えられる予定じゃなかった。ご主人、見た目より力持ちだ。

「ほーら、そんな落ち込むなって。宿に戻ったら、風呂入って治癒してもらって飯食って寝ような。明日から元気に働いてもらうからよ」

「……おれ、ほんとにご主人の役に立てますか」

「立てるよ。大丈夫」

背中トントンされてしまった。ご主人はやさしい。

人通りが多い場所だけど、こうして顔を近づけてこしょこしょ話をする分には、俺でも普通に話せる。話すのに慣れていないのでちょっと舌足らずになってしまうが、年齢相応でいいかな。

なだめられてやっと、まわりに目を向ける余裕が出た。

のんびり歩くご主人の肩越しに後ろを見ると、テントが張ってあったり、果物や野菜が入った木箱が並んでいたりする風景が去っていく。ここは市場のようだった。中東やアジアに近い雑多な雰囲気だ。行った記憶はないけど、たぶんそんな感じだ。けっこう大きな街なのかな。なんていう名前の街なんだろう。

そこで俺は重大な問題に気がついた。

「ご主人、名前なんていうんですか」

「あ……」

やっぱり忘れてた。契約に名前が必要なかったからか、奴隷商でも指摘されなかった。

書類にはご主人の名前も書いてたみたいだけど、俺の名前はどうしたんだろうか。拇印《ぼいん》みたいなやつが名前代わりだったのかな。

「俺の名前はハルク。お前は？」

「名前、ないです」

「ないのか……」

ないんです。

誰も呼ばなかったし思い出せないし、もしかしたら元々ないのかもしれない。日本にいたときの名前すら思い出せない。

ご主人はちょっと立ち止まって思案した。

ご主人の名前、ハルクっていうんだ。俺が名前を呼ぶことは、あまりないかもしれないな。ご主人はご主人と呼んでもよさそう。ご主人様、だとこの世界ではちょっと大袈裟《おおげさ》だ。

「ふむ、じゃあ俺が名前をつけよう。そうだな……うーん…………」

ご主人はまた歩き始め、景色が流れていく。活気の中にピリピリしたものが混じった喧騒《けんそう》は悪くないなと思った。

「――お前の名前はアウルだ。俺の尊敬する戦士から取った名だよ」

「アウル……」

今日から俺はアウルになった。

名前がある。うれしい。やはり人は、個として認識されてはじめて尊厳を得られるのだ。俺は人になった。輝いてる、世界輝いてるよ。うれしそうな俺を見てご主人も満足したようだ。

アウル。どんな意味なんだろう。俺にはわからないが、ご主人には意味のある言葉なのかもな。

さらに進んでいくと市場の雰囲気が変わってきた。飲食の屋台が増えてきたようだ。昼飯時なので呼び込みも増える。ひとりのお姉さんがおいしそうな匂いのする串焼きを片手に近づいてきた。

うわ、勢いすごいな。

「そこのお兄さーん！　あれ、親子かな？　そこのお父さん！　串焼きはいかがですかー！」

「お、お父さん……」

たじろぐご主人に遠慮なく売りつけようとするお姉さん。いい匂いと勢いにさっそく負けそう。

やっぱりこのご主人、押しに激よわである。騙《だま》されていろいろ買わされそうだな。奴隷とか。

俺はポンコツご主人のほっぺたをぺちぺちして正気に戻した。

「……すっからかん、です」

小声で言うと、はっとしたご主人は「悪いな」と言って串焼きを断った。

その後も屋台の誘惑に負けないようにがんばっていた。俺だってこの世界の屋台の味を試してみたいところだが、ない袖は振れないのだ。

「くそ、この道は腹が減る。はやく宿で飯を食おう」

「……じゃあ、どうしてこんなにゆっくり歩いてるんですか」

「だってお前、子供抱えて街中を走ったら人攫《さら》いみたいに見えるだろ」

「たしかに……」

ポンコツだがちゃんと考えているようだ。この道を選んだのは、まあ、うん。

「宿のごはんおいしいですか」

「さあな。いろいろあってまだ一晩泊まっただけだ。それに俺らのパーティーに飯にこだわりのあるやつがいてな……そいつが作るから宿の飯を食うことは、ほぼないだろうな」

「ほかにはどんな人がいるんですか」

「他には……えっとリーダーと、治癒がうまいやつ、魔法が得意なやつ、動物の解体がうまいやつ、それから盾のやつと長剣だ」

「ご主人の他に七人もいるんですね」

「いや、四人だな」

「え？」

「ん？」

何か変なこと言った？　みたいな顔で見てくるんだけど、あれか。四人のうち誰かが複数の特技があるってことかな。叙述トリックかよ、会話って難しいね。

「お前は……いや、やっぱりいい」

「なんですか」

「……いや、前にいたところ、ひどかったんだろ。俺のところは大人の男ばかりだけど、大丈夫か？」

「大丈夫、とおもいます」

ご主人が大丈夫だったから、たぶんいける。

違法な粉も吸ってないだろうし。

「前にいた商会では、となりの国の人たちが変な粉を吸ってて、イライラして八つ当たりされたりしましたけど……ご主人たちは吸ってないですよね？　だから大丈夫だとおもいます」

「おう、そんな変な粉を吸ってるやつなんて……変な粉？」

流れていく景色がぴたりと止まった。

「ちょっと、待て。商会ってあれか？　昨日大捕物があって全員王都にしょっ引かれていったっていう、あの？　だから奴隷が安値だったのか……待て、粉……？　まさか………！」

うお、視点が急にぐわんと下がった。

ご主人が俺を抱えたまま、往来の真ん中でしゃがみ込んでしまったのだ。

「……俺らはその『粉』の流通を調べるために、この街に来たんだよ」

マジか。すごい偶然もあったものだ。

それから宿に着くまで、『粉』や商会の人員についていろいろと話す羽目になった。俺のクソみたいな経験でも役に立ててよかったと思う反面、この件が終わってもまだ役に立てるのだろうかという不安がある。

今は考えても仕方がないことだ。これからご主人のパーティーメンバーに会うんだから気合い入れないとな。ご主人がこれだから、ちょっと不安。

比較的大きな木造の建物の前で、俺は地面に下ろされた。

ここが宿のようだ。扉を開いたご主人を追って建物の中に入る。

入ったところはテーブルセットがいくつか並んだ食堂のようになっていて、奥に受付らしきカウンターが見える。わかりやすく『食堂兼宿屋』である。

ご主人は受付にいるゴツい男性の方にズンズン歩いていった。

「おう、旦那。泊まるの一人増えたから帳簿につけといてくれ」

「あいよ……子供？」

「ああ」

「大人の半分の料金だ」

「わかった」

それだけ。愛想も何もないが、詮索《せんさく》もないやりとりだった。こういうのいいな。

受付の横にある階段で上の階へ向かう。泊まっている部屋は三階にあるらしい。木造だがしっかりした造りの建物で、太い梁《はり》や柱に支えられている。階段が軋《きし》むということもない。

「あー、その、なんだ……ちょっと怒られるかもしれん」

「？」

「ほら、俺昨日は外で情報収集がてら飲みに出かけて……丸一日帰ってない上に、お前を買ってすっからかんなわけだから……」

扉の前で躊躇《ためら》っているご主人。

うーん、ちょっとダメっぷりがひどい。怒られてください。ぐいぐい背中を押すと、押しに弱いご主人はやっと取手に手をかけた。ちなみにこの国のドア、ちゃんとドアノブっぽいものがある。

「おーう、帰ったぞ……」

「――どこ行ってたんだ！　遅いよ！」

第一声が怒声だった。ちょっとどころじゃなく、めっちゃ怒られてるが。

俺はビビってご主人の後ろに隠れた。

ご主人が俺の後ろに隠れたそうだったので、先手を取りました。

「ハルク！　支部で紹介された借家はなんか嫌だってお前が言うからわざわざ宿を取ったのに！　なんで丸一日帰ってこないんだよ！　勝手にフラフラすんな！　バカ！」

全体的に白い感じの人がむちゃくちゃ怒ってた。

なんか、門限破って帰ったときに玄関で仁王立ちしてるお母さんみたいだ。

「お前はいつも勝手に行動して！　今回は連携して動かないとヤバいって言ったろ。そうでなくても街がきな臭くなってきたのに」

「例の商会のことか？」

「なんだ、知ってたのか。明らかに黒なのに証拠が掴《つか》めなくて…………え？　誰それ」

出るタイミングを逃しちゃったので、白い人の怒りがちょっと鎮火したあたりで、ご主人の後ろからそうっと顔を出した。おお、ここがご主人たちの部屋か。

これ、けっこう高い部屋なのでは。見える範囲でベッドが四つに、続き部屋もあるし、カウチのようなものまである。奥には小さめのベランダのようなものも見える。わがまま言ってこの部屋に移ったのに、そりゃ本人不在じゃあ怒られるよ。よくわからないけど、黒色パーティーとやらは稼ぎがいいのかもしれない。いいところに就職できたようだ。

まあ、今は事によっては絶賛解雇の危機だが。

「ハルク、その子供はどうしたんだい」

奥からやってきた騎士っぽい雰囲気の人が、穏やかな声でご主人に問いかける。

もしや、この人がリーダーかな。ぜったいにそう。

「あー……買った」

「へえ、買ったの……買ったぁ!?　えっ、何だって？」

「いやだから、そこの奴隷商で」

「ハァ!?　こんなときに奴隷買ったのお前！　何考えてんだ！　バカだろ!!」

やっぱりそう思うよね。白い人、めっちゃ怒ってるぞ。

俺の紹介は丸く収まりそうになかった。

「落ち着くんだノーヴェ、ハルクの話を聞こう」

「……わかったよ」

騎士っぽい人が白い人をなだめる。

部屋には他にも二人いて、こちらを窺《うかが》ってはいるが会話には加わってこない。

うちのご主人がご迷惑おかけします。

「話も何も、そのままの意味だ。拠点で雑用してもらう人をずっと探してたろ。ちょうど安かったから買った」

「……確かに探してはいたけど。あのな、安いってのは訳ありだしまだ子供だし、オレたちの拠点はこの街じゃないだろ。もうちょっと考えて行動してくれよ頼むから……」

まったくですよ。自由人なのはいいが、自由には責任が伴うんですよ。

ご主人はちょっとムッとして白い人に言い返した。

「考えてるっての。こいつ、例の商会にいたんだぞ。話聞けるしちょうど良かっただろうが」

「え、嘘、本当に!?　お手柄じゃないか！」

「だろ？」

まったくの偶然だけどな。

怒っていたのが一転して、白い人はコロッと機嫌を直した。

ご主人があれなので心配してたけど、パーティーの人たちはわりとちゃんとしてる人たちでよかった。ご主人は運とかがすごく良いタイプの人なのかもしれない。

リーダー（暫定）さんがゆるりと俺たちを見回した。

「それで、話は聞けたのかな？」

「ああ、こいつは話せねえから俺から話すよ。でもまず風呂と飯だ」

「そうだね。落ち着いてから話そう。ハルクがいない間にこちらもいろいろあってね。……アキ、何か作ってあげてくれるかい？」

「ああ」

騎士っぽい人の呼びかけで、のそっと現れたのは褐色の肌に野生的な白い髪をした、細身の人だった。ネコ科の貫禄がある。

ネコ科の人はバンダナのようなものを取り出し、白くワイルドに跳ねまくってる髪を覆ってから、備え付けの簡易な調理場に向かった。なるほど、ネコ科の人はごはんの人か。

「あー、ダイン、風呂から出たらこいつ診《み》てやってくれ。治癒しきってないらしい」

「あァ？　治癒だァ？」

「たのむぜ」

ご主人はカウチにごろんと転がっていた人に声をかける。モサっとしていて眠そう。このメンバーの中で一番体格がいい。治癒、とか言ってたから治癒師なのかもしれないけど絶対に盾だ。盾の人だ。俺にはわかる。

そうやってメンバーを観察していると、ひょいっと持ち上げられた。そして、そのまま赤ちゃんのように風呂場に連れていかれたのだった。部屋に風呂までついてるのかこの宿。すごいな。

あれよあれよと服を剥《は》がれ、ご主人共々アワアワになった。泡立ちの良い石鹸《せっけん》、良い文明の香りがするぜ。アワアワを流して（シャワーもありました、文明最高！　文明最高！）、タイル張りの浴槽に張られたお湯にとっぷり浸《つ》かってため息をつく。

なんと幸せなのだろう。

地獄の日々が嘘のようだ。どっちかが夢なんじゃないだろうか。ここ一ヶ月、この身体自体はもっとだろう、溜《た》まっていた疲労がじんわり溶けてゆくようだった。

風呂なんてこっちに来て初めて入った。ご主人も極楽極楽という顔をしていた。結んでいた髪を下ろして、また雰囲気が違って変なかんじ。結んでるほうが頼りがいがありそうに見えるぜ。

……いや待て。ご主人に風呂に入れられるのは奴隷としてどうなんだ。風呂に入れたりする側じゃないのか俺。なぜ俺がお世話されているんだ。

「なんだ、不機嫌そうな顔して」

「してないです」

「うーん、もとからムスッとした顔してるもんなあお前」

「してないです」

ムスッと言い返す。ちょっとプライドと戦ってただけだ。

たしかに、鏡で見たこの身体の顔はムスッとした不機嫌な表情の子供だったけど。ボサボサの赤茶色をした髪に薄い緑色の目が見慣れなくて、やっぱり転生もとい入れ替わった実感が湧かない。

話題を変えよう。

「黒色パーティーって何ですか」

「ん？　ああ、それは冒険者のパーティーの階位だよ。色で分けてるんだ。一番下が白、一番上は紫だな。功績を上げれば上に上がっていくんだ」

「黒はどれくらいなんですか」

「上から三番目だよ」

「すごい」

「そう、すごいんだぞ」

冒険者パーティーのランクを色で呼んでるのか。たぶん、すごいんだろうな。

「俺は早く次の緑になりたいんだよ」

「どうして？」

「緑はいい色だからな！」

いい色なんだ、緑。

ご主人は緑色が好きらしい、と結構どうでもいいけど大事な情報として頭のメモ帳に書き加える。

その後も、冒険者がどんな仕事をするのか、拠点があるという王都がどんなところなのか、といった話をした。

冒険者とは、冒険者組合というものに所属して依頼を受け、狩りをしたり森で植物を集めたり、時に国をまたいで未開の地を調査したりするお仕事のようです。名前の通り楽しそうだ。

この世界に来てからというものずっと話せなかったからいろいろ尋ねてしまう。俺のたどたどしい質問にご主人は律儀《りちぎ》に答えてくれる。おしゃべりっていいな。会話って言いたいことが言えて返事が返ってくるという、たったそれだけなのに、すごいことに思えた。口に出す言葉と思考がなかなか噛《か》み合わないけど、声が出せるってこんなに楽しいんだ。俺はここにいるぞってかんじがする。

話し込んでしまい、すっかりホカホカになってから風呂を出た。


風呂から上がると白い人が近づいてきて、魔法で温風を出して俺たちの髪を乾かしてくれた。世話好きなようだ。お母さんかな。

白い人白い人って呼ぶのも何なので、ちょこっと観察してみる。

淡い金髪に淡い水色の目をしていた。色素が薄いから、ちょっと儚《はかな》い雰囲気のある男性。服も白っぽいので、ますます白い人だ。比較的アクセサリーが多めかな、似合ってる。結論、白い人は白い人だった。名前はノーヴェという。ご主人の言っていた魔法が得意な人かも。

気を抜くとお母さんって呼んでしまいそうだし、ちゃんと名前で覚えよう。

「ううん、ここだけどうしても跳ねる……」

そのノーヴェは何やら俺の頭上で唸っている。ボサボサだった俺の髪はきちんと洗うとちゃんとツヤが出た。一ヶ所だけどうしてもピョンとするらしく、かなりがんばっていたがついに戦いに敗れて諦めていた。

……ん？　しまった！　またお世話されてるぞ俺。奴隷としての矜持《きょうじ》はどこにいったんだ。ちゃんと仕事ができるとこを見せないと、いつまでも赤ちゃんのように世話されてしまう。

だが、しかし今は体調を整えないと。うぬぬ。

「こっち来な」

眠そうな盾の人が、続き部屋の入り口で手招きした。身長デカいな。

この盾の人は、ダインという名前だ。ご主人がそう呼んでた。

部屋に入るとベッドに横になるように言われてその通りにしたら、ベッドの柔らかさにびっくりして起き上がった。

スプリングじゃないのに、なぜか弾力がある！

文明だ！　文明のにおい！

「寝ろってんだろォ」

すとんと押し戻される。

そのまま頭のてっぺんからつま先まで手をかざしていく。何かが通り抜けるような感覚があった。これ、治癒じゃなくてCTスキャンのようなやつ？　魔法すごい。

「……見た目は治ってるが、打撲が治ってねェ。それと内臓がかなり傷んでやがる。しばらく油物は食えねェな」

「そんなにひどいのか」

いつのまにか、盾の人ダインの横にいたご主人が心配そうに俺を見ている。

「ま、治せるけどなァ」

うーん、やはり盾の人が治癒の人か。もさもさのツヤのないベージュ色した髪に深い緑色の眠そうな目。ご主人もわりとしっかり筋肉がついてるけど、この男の方が筋肉量が多そうだ。

治癒の人って、お姉さんとかおばあちゃんとか、女性が多いって勝手にイメージしていたが、ゴツい男性の治癒師もいるんだな。奴隷商のところで回復してくれたのは女性だった。

しかし、ゴツいダインの腕は確かなようで、手のひらを光らせながら触れると、痛んでいた場所や疼《うず》いていた場所がなくなって身体の重さが消えた。魔法すごい。

俺も見よう見真似で微量の回復魔法のようなものをかけてたけど、根本的に違うのがわかる。知識かな。俺も魔法を勉強したらもっと役に立てるかもしれない。魔力量も多いらしいし。

「終わったぜェ」

「ありがとうな」

「んァー」

最後に盾……治癒の人ダインは俺の頭をくしゃくしゃとしてから去っていった。

言葉は荒いし、態度も体格もデカいが、いい人だ。常に眠そうでダルそうだけど、服装は比較的ちゃんとしてる。不思議。

ご主人が言ってくれたけど、俺も心の中でありがとう盾と治癒の人、と言っておく。こういうときしゃべれないのは不便だ。

ご主人がパン！　と手を叩《たた》く。

「よし！　じゃあ遅くなったが、飯を食わせてもらおう」

やった！　ごはん！

ベッドからぴょんと下りて元の部屋に戻ると、テーブルに湯気の上がる木鉢が置かれていた。

ごはん！

ご主人が席につくのを待ってから俺も座る。ここはやはり主人が優先だろう。本当は同じ食卓につくのもどうかと思うが、ここには気にする人も指摘する人もいなさそうだからな。

ご主人の方は肉を焼いたやつ山盛りとスープとパンだったが、俺の方はスープのみだ。麦粥《むぎがゆ》かな。胃腸が弱っているようなので助かる。

料理を作ってくれたネコ科の人を見るとうなずいてくれた。ご主人もうなずいて料理に手をつけ始めたので、俺も木のスプーンで掬《すく》って口に入れる。

………………おいしい！

それ以外何も言えねえ。それすら言えないが。

スープには小さい肉団子のようなものが浮いており、おそらく鳥ガラで出汁《だし》をとったと思われる濁った汁。とろりとしてるのは麦と、もしかしたら根菜がすり下ろしてあるのかもしれない。他にも薬草とか入ってる気がする。完全に薬膳です。

ここまで至れり尽くせりされたら立つ瀬がないんだけど。でも、そんなのどうでもいいくらいにおいしい。これで残った懸念、『この世界のご飯はおいしいのか』問題も無事にクリアです。食事は、あらゆる活動の根源だからとてもすごく重要。

でもなあ。少し残念だ。恐らくこのスープ、もっとおいしいはず。この身体の味覚が育ってないせいで知覚できない旨味《うまみ》があると思う。日本人の味覚は小さい頃からあらゆる素材の旨味を味わうことで育てられたものだ。奴隷生活してた子供の舌とはちがう。俺の記憶は味を覚えてはいるけど、やっぱりこの身体の感覚に引っ張られてるからか、細かいニュアンスを味わい尽せない。

育てねば。もしかして、いつか俺が消えてこの身体の持ち主の少年の心が生き返るかもしれない。その時にはいろんなおいしいものの味を楽しめるようにしておいてやりたい。

逆に考えるなら、何を食べてもおいしいく感じられるのは今だけということでもある。

ありがたくいただきます。ありがとう世界。


「さて、少しだけ話を聞かせてくれるかな」

ホカホカになり、お腹が膨れて落ち着いたところで、正面に座ったリーダーの人が切り出した。

俺のとなりにはご主人が座っている。お風呂のあと、みんなは改めて俺に名前を言うだけの軽い自己紹介をしてくれた。俺のこともご主人が「アウルだ」とシンプルに今日決まったばかりの名前で紹介してくれた。どうも、アウルです。ふつつかものですが、よろしくお願いします。

リーダーはシュザという名前らしい。かっこいい。うしろをスッキリとさせた短めの金髪、やっぱりかなり騎士っぽい。こちらの世界での騎士の標準を知らないから、俺の偏見かもしれないけど。

ここで、思わぬ問題が起きた。お腹がいっぱいになったせいか、めちゃくちゃ眠くなってきました。ぐぬぬ、身体の制御がこうも難しいとは。負けるな身体くん。俺は重くなる瞼《まぶた》を懸命にこじ開けながら、リーダーの問いかけにうなずく。寝ちゃだめ。

食器を洗おうと思ったのに、素早く回収されてしまった。お世話されっぱなしだし、ねむねむだし。奴隷とは一体……。俺、本当にここでやっていけるだろうか。

今後を憂いているうちに、質問が始まった。

「君はカトレ商会で働いていたんだね？」

うなずく。名前初めて知ったけど、たぶん、そんな感じだった。

そしてやっぱり声は出せない。いい人たちだと思うんだが、それとは関係なく何らかのトラウマか刷り込みがあるようだった。ご主人とは二人きりにならないと会話ができないらしい。不便だ。

それからリーダーに「商会の護衛たちが『粉』を使用していたのは本当か？」とか『粉』を使用した状態や禁断症状についていろいろと確認された。

リーダーは俺が理解できるように易しい言い回しを選んでくれるし、『はい』か『いいえ』で答えられるようにしてくれる。すごくいい人だ。さすが騎士っぽいだけある。

「商会の会頭もその『粉』を使用していたかどうか、わかるかな」

首を横に振る。知らん。でも多分使ってたろうな。あれだけでかい商会作ったのに、こんなにあっさりと破滅したことからして、判断力が落ちていたんだろう。使ってた可能性はある。

「それで一応確認しなければならないことがあるんだけれど。……アウル、君はその『粉』を使用したことはあるかな？　無理やり使用させられた、なども含めて」

また首を横に振る。あんな身の破滅しか招かないもの、金を積まれたってやりたくないな。

護衛たちは知識がなかったんだろう。

「リーダー、さっき話を聞いたんだが、そいつら『粉を買うのに月給金の半分もかかる』ってぼやいてたんだとよ。そんな金のかかるもんを、奴隷に渡したりしないだろうぜ」

ご主人が補足してくれた。助かる。

「そうだね。それを確認したかったんだ」

「しっかし聞けば聞くほど終わってるな、その商会。そんなのでも、このサンサの街で一番大きかったんだよな？」

いつのまにか白い人、ノーヴェがリーダーの横に立って話に加わっていた。リーダーは暗めの金髪、ノーヴェは白に近い金髪なので視界がきらきらする。

「本当はどこから入荷してるのか知りたいのだけど」

「怪しいのはいたみたいだぞ。冒険者の女が出入りしていたんだと」

「ん？　商会に冒険者が出入りするのは普通でしょ」

首を傾《かし》げるノーヴェに、ご主人が反論した。

「こいつが働かされてたのは屋敷の中だぞ。店先じゃなくて、住居側に来て護衛たちとやりとりしてたみたいだから、怪しいだろ」

「じゃあ、ソイツが持ち込んでたって可能性があるんだな」

あの女の話になって甘ったるい匂いを思い出し、憂鬱《ゆううつ》になる。あいつ捕まってないのかな。率先して奴隷に暴行してたけど。それに、粉を吸うのってこの世界では罪にならないのだろうか。まだそこまで流通してないのか。

だからこその『調査』なのかもしれない。

「ノーヴェ、そう結論を急《せ》いてはいけないよ」

「わかってるよ……」

「嫌なことを思い出させて悪かったね、あとは君の主《あるじ》に聞いておくから、もう休むといい」

リーダーは礼を言い、これで俺の役目が終わってしまった。

まだ外は明るいのに休まなきゃダメだろうか。奴隷が主人より先に寝るのはおかしいと思う。

俺が脳内で駄々をこねていると、盾の人ダインにひょいと椅子から持ち上げられた。そのまま、小脇に抱えられ続き部屋に運ばれる。会話に加わってなかったのに、いつのまに背後に立っていた貴様。俺はお世話されるより、したいのだが！

俺は手足をバタつかせて遺憾の意を表明した。

「おいコラ、ビチビチ暴れんな。寝ろ」

「！」

「まだ怪我《けが》が完治してねェ、休め。休んでるほうが早く治るんだよ」

正論にムスっとしてしまう。ここは譲歩するか。

部屋の入り口で床に下ろされた俺は部屋の隅っこに向かい、そこでちっちゃく横になる。木の板だと冷えなくていいな。よく眠れそうだ。

盾の人は手のひらで顔を覆ってため息をついた。

「バァカ、こっちだ」

ぽいっとベッドに放られる。

は、ベッドで寝ていいの？　奴隷ですけど。うわ、やっぱりベッド柔らかっ。

「余ってんだから使えや。ベッドでちゃんと休めば、明日からテメェの好きなだけ働けっからよ」

毛布をかけられる。胸のあたりを適当にトントンされた。ずいぶんと雑で口の悪い寝かしつけだ。

眠気はぜんぜんやってこなかったが。

よく考えたら、今日はいろいろあって人生がガラッと変わっちゃったからな。新しいご主人、それに新しい人にもいっぱい会ったし。情報の処理で頭がぐるぐるしてる。

何より、俺に名前がついた。それだけで、身体の輪郭がはっきりしたような、地に足がついたような気持ちだ。間違いなく今日は、俺と、この身体の少年にとって人生の転換点だろう。

ところで、俺は口に出して「働きたい」と言った覚えはないんだが。そういう態度を見せたつもりもないぞ。この盾、やけに察しがいいな。

まさか読心できるんじゃあるまいな？　そんなすごい能力もった人はそういないだろうけど、いたらガンガン使ってほしい、俺がものすごく楽できるじゃん。

「チッ……『眠れ』」

額を分厚い手のひらが覆い、頭がフワリと何かに包まれるような感覚がした。

これは魔力か。魔法で眠らせる気か。そんなの反則だと思います。

抗議する間もなく、そのまますとんと暗闇に落ちた。


行き詰まっていたとある黒色パーティーは、吉報を携えてきた小さな少年の登場で転機を迎えることになった。

一日どこかに行っていたハルクが、奴隷を買って帰ってきた。

この男は、いつも突拍子もないことをする。

その奴隷は子供で、彼らが欲してやまない情報を持っていた。

この男は、いつも突飛なことをするが、しかし不思議なことに、その突飛な行動でいつも当たりを引いて道を切り開くのだ。

パーティーメンバーは初めこそ子供の登場に驚いていたが、すぐに順応して子供とハルクが風呂に入っている間に、さまざまな準備を整えた。

「おい待て、何そんなデカい肉を取り出してやがる、アキ」

「子供は肉をたくさん食べたほうが、はやく元気になるのでは」

「バカめ、ろくなもん食ってなさそうな弱った胃に肉はきついだろォが。粥にしとけェ」

「粥は美味《うま》くない」

「美味いかどうかじゃねェ……相手は病人だと思え。鳥ひき肉の団子とか、すりおろした野菜とかにしろ」

さっそく治癒師と料理人のあいだで問題が起こる。

治癒師のダイン、彼は普段はものぐさで長椅子やベッドから動かないのに、今回はなぜか張り切ってアキの横で指導していた。しまいには収納鞄《かばん》から薬草を取り出す始末である。

一方で不安げな者もいた。魔法師のノーヴェは、パーティーリーダーのシュザに自身の気持ちを打ち明けていた。シュザはそれを邪険にすることもなく、耳を傾け、同調する。

「オレ、奴隷って苦手なんだけど、どうしたらいいのかなシュザ」

「どうして苦手なんだい？」

「……どう接したらいいのかわからないんだ」

「そう身構えなくていい。少なくともハルクには懐《なつ》いているようだから、ノーヴェが無理する必要はないんだ」

子供、という存在に皆少なからず困惑し、少々浮ついてもいた。

この国において子供は宝とされ、大事にされる。出生率の低さから自然とそうなったのだが、だからこそ多くの人は子供にあまり慣れていなかった。

その上、子供の『奴隷』である。ノーヴェのように、どう接したらいいのか困惑するのは普通のことといえた。

「シュザは妹がいたよな、ダインは養育院出身だし……子供に慣れた人に任せるよ」

「俺ァ慣れてねェ」

「子供に好かれるよね、ダインって」

「慣れてねェからなァ」

「はいはい」

ノーヴェの雑な返事に、ダインは顔をしかめた。

情報がもたらされたことに対する期待と、子供がいるという状況に浮き足立つ中、風呂場からは時折楽しそうな声が漏れ聞こえる。

皆は、そのことに少なからず安心したのだった。


「眠らせといたぜェ。明日の朝まで起きねェ」

「ありがとな。じゃ、明日から……いや今からどう動くか考えっかな」

「ようやく前に進めるよ」

アウルを寝かしつけたダインが戻ってくると、ハルクは明るい声で迎え、ノーヴェはようやく肩の力が抜けたといった表情になった。

「……それで、みんなはどう思っただろうか？」

「どうって何がだよ？　シュザ」

メンバーは、シュザを中心に今後の相談を始める。

疲れた顔で長椅子を占領するダイン、夕食の仕込みを始めるアキ、武器の手入れをするハルクなど、やっていることはバラバラではあるがちゃんとリーダーであるシュザの言葉に耳を傾けていた。

「あの子のことだよ。信用できるかい？」

「リーダー！」

「落ち着けって、ハルク。お前の奴隷ではあっても、実質このパーティーの新入りってことだろ。はっきりさせておいたほうがいいよ」

リーダーのシュザと同じテーブルについているノーヴェが、ハルクをなだめた。

青天の霹靂《へきれき》の如く現れた少年がもたらした情報に助かったのは事実だが、タイミングがあまりに良すぎたとも言える。

ノーヴェは頬杖《ほおづえ》をついてハルクへ疑わしげな視線を向けた。

「そもそも奴隷を買った経緯がわからないんだけど。押し売りにでもあったのか？」

「………………」

「嘘だろ、ほんとに押し売られたの!?」

沈黙は肯定。ハルクは嘘をつくのが苦手だった。手入れしていた短剣を鞘《さや》に納める。

そして、短くため息をつき、意を決したように口を開いた。

「勘だ」

「？」

「いつもの勘だよ」

「……」

「昨夜、酒場で聞き込みをしていたが、気づけば大通りの隅で寝ていたんだ。太陽のまぶしさから逃れるために裏通りに入ったら、奴隷商の看板が目に留まった。どうしても、そこに行かなければならない気がして、躊躇っていたら呼び込みしていた店の人に無理やり引っ張られて店に入ったんだよ。そこにあいつが――アウルがいた」

皆は黙り込んでしまった。納得したのではない、「やっぱり理解できないな」という沈黙である。

しかし、経緯を語るハルクの表情には、どこか真剣さが滲《にじ》んでいた。気まぐれや戯れでは片付けられない何かを感じて、彼らはある種の納得をした。

「まあ勘なら仕方ないか。ハルクは勘が鋭いからなぁ」

「俺の話はいいだろ。お前らはどう思ったんだよ」

「俺は大丈夫だと思う」

「アキ？」

「さっきの食事、匙《さじ》の握り方が綺麗《きれい》だった。がつがつ食うこともしない。主人のハルクではなく俺の顔を確認してから食べ始めた。それに美味そうに食っていた」

アキの力強い主張に対して、ノーヴェはため息をつく。

「……アキの基準は食事だから」

「食は多くを語る」

当の本人はアキのことを心の中で「ネコ科の人」と呼んでいたが。

「……まあ、オレも大丈夫、かな」

「どう接したらいいかわからない、と言っていたわりに構っていたようだね」

「だって……風呂でハルクと楽しそうだったし、思ったより大丈夫だったんだよ」

「楽しかったぜ！」

「うるさいよ！」

ノーヴェはバツが悪そうに顔を明後日《あさって》の方向へ向けた。

ハルクはノーヴェの様子に満足そうにうなずき、シュザへと顔を向ける。

「それで、リーダーはどうなんだ？」

「僕はハルクを信用しているよ。だからハルクが連れてきたダインのこともアウルのことも信用している」

「へえ、じゃあ問題ないな」

「そうだろうか」

シュザは、ここまで言葉を発していないダインの方を見た。

ダインは大きな体躯《たいく》を長椅子に投げ出して、疲れた顔を見せていた。

「『視《み》た』んだろうダイン、どうだった？」

「……とんでもねェ奴を連れてきやがって」

ダインは深く息を吸い、長椅子に座り直した。そして『視た』ことがらについて話し始める。

「――まず、アイツは最初に部屋に入ったときすぐに部屋の構造を確認してた」

「待って、普通は最初に人を見るものだろ？」

「ハルクから俺らのことは聞いてたんだろォ。とにかくまず部屋を確認した。それから俺らを見た」

「……続けてくれ」

「シュザを見てすぐ『リーダーだ』と気づいた。そんで多分シュザが騎士家出身なのも見抜いた。俺を見て『盾使い』だと判断してやがったし……ノーヴェのことは、まァいい。アキは『虎』だとよ。あァ、やっぱり粥がよかったみたいだぜェ」

「おいオレは!?　オレを飛ばすなよ！」

騒ぐノーヴェをよそに、ダインは目を閉じた。

ダインは一体何を『視た』のか。

ダインは『権能』と呼ばれる能力を有している。『権能』が発現すると、魔法でも再現が難しい高度な技能を使えるようになる。この国においてはかなり珍しい能力だった。ダインの『権能』では、人の思考の表層や深い記憶を読み取ることができた。もちろんさまざまな条件があり、読み取れないこともあるし、読み取った側に反動がある場合もある。能力を使わないでいることもできる。

アウルが現れた時点ですぐにダインは権能を発動させた。権能を知られていない相手からは読み取りやすいので、アウルの思考は初めからずっと読まれていた。ところどころ齟齬《そご》はあるものの、おおむね『視られ』て筒抜けだったのだ。

ダインは、アウルがノーヴェのことを『白い人』やら『お母さん』と呼んでいたのも知っていたが、当人には黙っておこうと思った。

「アイツは、見た目はただの不貞腐《ふてくさ》れたガキだが、相当に頭がいいぜェ。分析力も判断力もあって、自分の立場と状況を正確に理解してやがらァ」

「……僕が質問をしていたときはどうだったんだい」

「嘘はついてなかったぜェ。ただ、商会の会頭は『粉』を使ってた可能性が高《たけ》ェと推測してたなァ。デケェ商会立てた野郎が、こんなあっさり身を持ち崩すのは『粉』のせいだろうと」

「そうだったのかい」

「だが、冒険者の女の話は嫌がってた。捕まってねェのを不思議がって……そんで『粉』の流通のこと考えてたな」

「そんなこと考えてたんだ……」

「――だがなァ、何よりアイツは……俺が思考を読んでることに勘づきやがった」

「！」

シュザが珍しく驚いた顔でダインを見た。

「本当かい？　そのことについてどう考えていた？」

「……ハア。『楽できるから、どんどん読んでほしい』だとよ」

「ええ……？」

「大物だね……」

「随分とちぐはぐなのが、気になるがなァ。表面上治っちゃいたが、身体中ひどい傷の痕《あと》があった。声が出せねェくらいの目に遭ってんのに、妙に図太い。計算ができるのに、読み書きはできねェ。

どこで仕入れたのかわからねぇ知識をもってやがる。あと、やたらと働きたがってる。普通、奴隷や使用人ってのはサボりたがる奴が多いんだがなァ」

ひと息つく。ダインは普段の五倍ほどの文章量で話したので口が乾いていた。アキが気を利かせて水の入ったコップを手渡している。ダインはそれをあおり、話を締めくくった。

「その上で俺の結論だが、アイツに問題はねェよ」

「……わかった。ありがとうダイン」

「まァこれからも、ちょくちょく見とくわ」

「よろしく。もしかしたら、すぐに頼むことになるかもしれない」

「……記憶を『視る』のは好きじゃねェ」

「あくまでもアウルが許可したら、だよ」

人の思考を読める反則技が使えるダインの意見は、このパーティーにおいてはかなり重要な存在だった。こうして特殊な調査依頼を請け負っているのも、ダインありきと言える。

あまりいい思いをしてこなかった『権能』だが、アウルとの出会いがそれを変えることになるとは、このとき誰も想像していなかった。

ノーヴェは笑顔でハルクに話しかける。

「賢い子なら楽じゃん。ハルク、いい選択をしたじゃないか」

「だろ」

「だけどハルク、その金は貯《た》めていたんじゃなかったのかい。どうしても行きたい場所があると言っていただろう？」

「……」

シュザの気遣わしげな言葉に、ハルクは一瞬黙り込んでしまう。それを見てノーヴェは呆《あき》れたような声を上げた。

「おいおい、忘れてたのか？」

「いいや、忘れてねえ……どう言えばいいんだろうな、それを凌駕《りょうが》するほどの何かに駆り立てられたというか……俺が選んだんじゃなくて、選ばれたような気がしてならねえ」

「『巡り』かもしれないな」

「ハルクがそれでいいのなら、僕たちは何も言わないよ」

「ちゃんとご主人様しろよォ。犬猫じゃねんだからよォ」

「わかってる」

いつもと違い、ハルクは真面目な表情で返事をした。その瞳に決意と責任のようなものが滲んでいるのを見て取り、皆はひとまず胸を撫《な》で下ろした。

シュザは一同を見回し、うなずく。

「じゃあ、これからの動きを決めていこう」

依頼を達成すべく、建設的な話し合いが始まった。

こうして、本人が深く眠っている間にアウルについての意見交換がなされた。彼らは戸惑いながらも、謎めいた少年の存在を受け入れ始めていた。

これを機に、事態は大きく動き出すことになる。

二章　新生活の始まり

ぱち、と音が聞こえそうなくらい急に目が覚めた。

瞬《まばた》きをしたら朝だった。夢も見なかった。魔法での入眠は恐ろしい。身体がとんでもなく軽い。今までいかにボロボロに生きていたかわかる。これが本来のこの身体の重さなんだ。

心なしか、前より身体を自由に動かせる気がする。試しに、手のひらを閉じたり開いたりしてみる。うん、あんまりわからない。ふわふわした感触が少なくなって、ちょっとスムーズかも。

急速に体調が回復したからか、とても腹が減っている。

起きて伸びをして、隣のベッドを見るとご主人がすやすやと眠っていた。何時くらいなんだろう。

元の世界と同じ二十四時間単位なのだが、時計を持ってる人があまりいない。この世界の人々は時間にとても寛大――いやルーズだった。

七時くらいかな。ご主人に買われてから初めての朝です。

軽く身支度をして、驚くべき柔らかさを提供してくれたベッドを整えてから本部屋へ行く。

すでに、ネコ科で料理の人、アキが作業をしていた。リーダーもいる。

「おはよう。よく眠れたかい？」

俺はうなずく。

む、ご主人がいないと会話ができない。これにも慣れるしかないか。

用を足したり顔を洗ったりして部屋に戻る。

「これが朝飯だ」

アキによってテーブルに並べられたのは、ナンのような平べったいものと果物らしきものだった。

……果物！

ナンのようなものは普通にパンだった。蜂蜜かな、甘いものが塗ってあってとてもおいしい。この身体の舌がとても喜んでいる。この少年は甘いものが好きらしい。

続いて果物。見たことのない形をしている。いい匂いがふわっと広がる。これも初めての香り。手のひらにのせてじっと眺めていると、後ろから伸びてきた手に奪われた。

「！」

「これは皮をこうやって剥《む》いて食うんだよ」

ご主人が起きてきた。おはようございます。先にご飯食べちゃってますよ。

皮を剥いてもらった果物は、さくらんぼのような食感の、ぶどうのような甘さの、桃のような味。

これ好きだ。

ご主人の前には俺と同じパン（ただし二倍）、果物（二倍）、そして調理した肉がどーん！ と。

朝からすげえ。多分、アキがいるおかげでみんなが宿の食事よりいいもの食べてる。これは「少年の舌を肥やそうぜ計画」も円滑に進みそうでうれしいぞ。いいパーティーだな。

俺が素晴らしい朝食を楽しんでいると、リーダーがみんなと話を始めた。

「今日の予定だが、まずは組合支部に行って借家の件のけりをつけたい。偽装で受けている依頼もきちんとしないといけない」

「あと例の雇い人のことも忘れんなよ」

雇い人？　ご主人の言葉に首を傾《かし》げる。

俺が不思議な顔をしているのを見てご主人が「組合の支部長に『街に慣れるまでの世話役』とかいって押しつけられたやつが、パーティーの持ち物を盗んだから衛兵に突き出したんだよ」と教えてくれた。

そんなこともあったのか。大変だったんだな。

あ、わかったかも。雇い人が信用できなかったから、魔法で契約を交わしてる奴隷、つまり俺が歓迎されたのか。奴隷の方が裏切る心配がないから信用できるとは。皮肉な話だ。

「アウルは連れていくかい」

「ダメだ。この街の組合支部は信用できねえ。メンバー増やしたことは、まだ知られたくない」

「……宿にひとりで置いておくことになるよ」

「今日はしょうがないだろ」

ご主人、組合支部にむちゃくちゃ不信感もってるじゃん。組合支部ってあれか、冒険者組合の支部ってことか。『粉』の魔の手が、その組合支部とやらにも伸びてんのかな。

俺はお留守番のようだ。街を見てみたかったから、ちょっと残念。

「――じゃあ行ってくるからな。昼飯は、アキが作ってくれたやつがその木箱にあるからな。水は……自分で出せるな。部屋から絶対出るなよ？　宿の旦那に絶対誰も通さねえように言っておくが、誰が来ても出るなよ？　いいな？　暇したら、そこに読み物置いとくから読んでいいぞ。絵も多いやつだから。部屋は鍵をかけて絶対外に出るなよ？」

出ませんよ。

そのあと起きてきたノーヴェ、半分寝てるダインを伴って、ご主人たちは出かけた。自分で置いてくって決めたのに、間際になってむちゃくちゃ心配してくるご主人が引きずられるように連れていかれるのを見送り、部屋に戻って言いつけ通りに鍵をかける。

さて、どうしよう。

身体は快調になったので何でもできるぞ。何でも、といっても俺が得意なのは掃除と洗濯である。それなら朝飯前よ。すでに飯は食ったから朝食後だが。

じゃ、洗濯から始めるか。

部屋を見渡すと、各自のベッドに衣類が脱いだまま放ってあるのが目に留まる。

ほほう。洗濯しちゃっていいでしょうか。しちゃうからな。俺の眼前にニンジンをぶら下げるかのごとく仕事を置いておくのが悪いと思う。ここから俺の本領発揮のお時間だ。

風呂場へ向かい、集めたシーツと枕カバーを魔法で出した水球の中で揉《も》み洗いする。デカい水の玉の中でぐるぐる回るリネン類たち。気持ちよさそうだね。

洗剤の代わりに『浄化』で綺麗《きれい》にして、操作していた水を引っこ抜くイメージで洗濯物から分離する。こうすると皺《しわ》なくパリッと仕上がってくれるのだ。抜いた水は風呂場の排水口へ流す。

この世界では面倒くさがりな人々は洗濯を『浄化』だけで済ませてしまう。でも水で洗ったほうがなんか、いいんだよ、気分が。

リネン類をちょっとだけ日光に当てるためベランダに出る……あっ、部屋から出ちゃだめなんだった……いや、ベランダは部屋の範疇です。問題はないはずだ。

服もおんなじように……ではなく個人ごとに個別に洗う。色落ちしそうなものは『浄化』だけ。

洗い上がった衣類の畳み方がわからないが、整えたそれぞれのベッドにピシッと並べておく。

ハア――――!!

いい仕事した俺は高揚感に包まれる。ワーカーズハイをキメたら『粉』なんて要らないんだよ。

やっぱ仕事はこうじゃないとな。

そのまま勢いに乗って掃除もやっちゃうことにする。

掃除といっても雑巾や箒《ほうき》は使わず、便利魔法『浄化』にお任せだ。魔力さえあれば簡単です。

宿を勝手に掃除したら怒られるかな。汚して怒られることはあっても、掃除して怒られることはないんじゃないか、と思う。掃除しちゃうぞ、しちゃうからな。

モップをかけるイメージで『浄化』の魔力を床に這《は》わせていく。

『浄化』は汚れや雑菌を魔力？のような何かに分解してくれる都合の良い魔法だが、気を抜くと塗装までちょっと剥《は》がしてしまうのだ。けっこう集中力がいる。

床の板目の隙間《すきま》までピカピカに『浄化』。風呂とトイレの排水口も奥まで『浄化』。調理場とアキの荷物以外をピカピカにしていく。発酵食品の酵母まで綺麗にしてはいけないのでそこは避ける。

実のところ、『浄化』は俺が勝手にそう呼んでる魔法だ。まだ効果をちゃんと検証してないから、いろいろ気をつけないといけない。

ノリにノッた俺は、壁面や天井の梁《はり》の隅々までピカピカにして掃除を終える。

やり終えた達成感を噛《か》み締めながら部屋を見渡した。うんうん、とてもキラキラになった。壁面なんか明らかに一段階明るくなったし、心なしか空気も綺麗になった。完璧なお仕事だ。

……やりすぎたかもしれん。

いつ暴行されるかわからず身構えながらやる仕事との効率の差がすごくて、つい。

こんなに平和に過ごせるのは奇跡みたいだ。

午後からは自重して、用意されていた昼飯を食べたりご主人が置いていった読み物を眺めたりして過ごすことにした。

昼飯は薄いパンにいろんなものが挟まれているピタパンのサンドイッチっぽいもの。おいしいな。薄いハムっぽいものが入っていてテンションが上がるが、苦い何かが入っていてテンションが急降下した。この身体、子供舌だからか苦いものがダメみたいだ。記憶の俺は、苦いものも大好きだったというのに。

魔法で出した水を飲んで『浄化』で手や皿を綺麗にする。

さて、ここから読書タイムだ。

テーブルの上にある本を手に取った。俺の記憶にある本とは少し製本の方法が違うかもしれない。紙は多分、植物紙？　読めない文字が書かれた表紙を捲《めく》ると、カラフルな生き物の絵が目に飛び込んできた。ご主人、動物図鑑を置いてってくれたんだな、これなら楽しめそう。

地球の動物にどことなく似ているが、少しずつ違う。たとえば虎っぽい模様なのにライオンのような鬣《たてがみ》があったりする。皮膜の翼をもつトカゲもいる。ドラゴンいるのかなこの世界。

ページを捲るたびに大型の生き物になっていく。

そして気づく。

これ動物図鑑じゃなくて魔物図鑑だ。どの生き物も何か禍々《まがまが》しいオーラみたいなエフェクトが描かれている。それぞれ横に石らしきものの大きさや素材、解体方法とおぼしき絵が描き添えてある。

この世界には動物とは別の『魔物』と呼ばれる生き物がいて、魔物は心臓部に晶石というトゲトゲの石がある。その晶石は、さまざまな便利道具の動力源になっているのだ。

屋敷にいたときに、ランプにこの晶石を砕いたものを使っていたので存在を知っていた。こんないろんな魔物から取られていたとは。

俺はかなり夢中になって図鑑を眺めた。冒険者のパーティーと行動を共にするんだから、きっとこういう知識は必要になるな。ご主人の絶妙なチョイスに感謝だ。ポンコツだと思ってたけど、認識を改めよう。

だがしかし、字が読めないのがもどかしい。習えないか聞いてみようかな。

にわかに廊下が騒がしくなる。

気づけば、かなり日が傾いていた。みんなが帰ってきたみたいだ、お出迎えしなくては。

扉の前で待っていると、バーン！　と勢いよく扉が開き、まぶしい白金の髪が目に飛び込んできた。

ノーヴェだ！　後ろにダインもいるぞ。デカいぞ。

「帰ったよー。いい子にしてたか……えっ何これ！　どこ!?」

「あァ？　……部屋まちがえたかァ？」

合ってますよ。入ってきた二人はまた部屋を出て扉を閉めてしまった。

やっぱり、掃除やりすぎだったか。

二人は恐る恐るといった様子で、また部屋に入ってきた。

「空気がおいしい……」

「…………」

手を広げて深呼吸するノーヴェ、じっとりした目で見てくるダイン。

そうだろう、キラキラしてるだろう。キラキラしてるっていうのは比喩じゃなく、『浄化』によって魔力?に分解されたものが舞っていてキラキラして見えるのだ。

二人の後ろからリーダーとアキが入ってくる。おかえりなさい。

「随分綺麗になった」

「一人にして悪かったね。がんばったんだねアウル」

アキは感心したように部屋を見回し、リーダーは微笑《ほほえ》んでよしよしと頭を撫《な》でてくれた。

よかった、リーダーが怒ってないなら大丈夫ってことだな。

「いや放置してたオレたちも悪いけどさあ……うわっ、上流向けの宿より綺麗になってるベッドとオレの肌着……」

「……オメェこれ全部魔法でやったのかァ？　魔力使いすぎだろォが。気分悪くなってねェだろうなァ？」

こんなの商会にいたときの三分の一くらいしか魔力使ってないが。商会にいたときだって魔力を使いすぎたと思ったことはない。

相変わらずガラ悪な盾のやつダインが、胸を張る俺を無視して、ぺたぺたと身体に触れてきてチェックを始める。こういうところは治癒の人だなあ。でも顔をむにむにするのは体調と関係なくない？

ところでご主人はどこですか。

「帰ったぞ……あれ、こんなに綺麗だったか？」

考えてたら声がした。おかえりなさい。うわ……。

「あ、ハルク。オレらも今帰ったとこ……うわ汚な！」

泥んこなご主人が疲れた顔で入ってきた。せっかくキラピカにしたのに！　ノーヴェと俺は同時に顔をしかめた。

俺に新たな任務が与えられた。

即座に風呂に放り込まれた泥々のご主人を丸洗いするお仕事である。


「どうしてどろんこに？」

「偽装で受けてた狩猟依頼にひとりで行けって言われて……一日サボったから。……終わらせて全速力で走ったら、ぬかるみの泥が跳ねてて……街に入ってから気づいた………」

「おつかれさまです」

ああ、それは仕方ない。たっぷりアワアワにしてどばっと流してから、ご主人を浴槽に放り込む。

いつの間にか俺も一緒に入ることになっていて、ご主人と二人で浴槽に並んだ。二日連続入浴できるとは。贅沢《ぜいたく》の極みです。ちなみに、湯沸かしはノーヴェがさっと適温のお湯を出してくれるので、一瞬で終わる。魔法はすごい。

浴槽からちょこっと手を出して洗濯もした。ご主人が着ていた泥々の衣類を、魔法で作った水球の中でわしゃわしゃする。この汚れは『浄化』だけでは落ちまい。水がどんどん汚れていく。何回か水球を入れ替えて濯《すす》ぎ、『浄化』後に水を抜いて完成。今日、何回もやったセットだ。のんびり風呂に入りながら洗濯もできちゃう。魔法はすごい。

「ほー、なかなかの魔力操作じゃねえか」

「そうなんですか」

「それだけ自由に使えたら十分だろ。魔力量も多いみたいだし、前途有望だな」

ふむ、俺は優秀なのか。前途に何があるのかわからないが、魔法もっとがんばろう！

今日あったことをつらつらと話しながらお風呂タイムを楽しむ。

「今日はひとりで大丈夫だったか？」

「ご主人の魔物の本、おもしろかったです」

「お、あれが魔物ってわかったか。なかなかわかりやすかったろ？　あれは冒険者組合で配ってる資料だよ。冒険者は字が苦手なやつもいるから、ああして図解になってるのを最近配ってるんだ。いずれお前も本物に出くわすことがあるだろうよ」

「ご主人はぜんぶ会ったんですか」

「うーん、たぶん？」

なんと配布された本だったのか。お高い本だと思ってた。

「字がもっと読めたらよかったです」

「そうだなあ、リーダーに教えてもらうか」

「いいんですか？」

「俺が教えたいけど、俺教えるのうまくねえから。よし、王都に戻ったら教えてもらうようリーダーに頼もう」

「おねがいします」

「覚えたら一緒に図書館行こうな。王都の図書館はデケェぞー」

「としょかん！」

楽しみが増えた。これでまた一歩優秀なお世話係に近づけるってものよ。

ご主人との会話は尽きない。俺って、こんなにおしゃべりだったかな。みんながいなくて、やっぱりちょっと寂しかったのかもしれない。

ご主人を洗って風呂から上がると、みんなそれぞれ集めた情報を共有しているところだった。

ノーヴェがすぐに湯上がりの俺を捕まえて髪を乾かし始める。うぬぬ、お母さん……。

それが終わると、ノーヴェは話し合いの輪に戻っていった。俺は邪魔になるといけないと思い、調理場に行って夕飯の支度をするアキを眺めることにする。晩ご飯なにかな。

アキは市場で買ってきたであろう野菜を、リズミカルに刻んでいる。けっこう大雑把だな。何か調味料を揉み込んでいったん置く。浅漬けっぽいかも。

リーダーとノーヴェの会話が聞こえてくる。今日あったことを話してるみたい。

「……やっぱカトレ商会が元じゃない気がするね。誰かに騙《だま》されたんじゃないか」

「そうだね、僕はアウルがいた奴隷商で他の奴隷から話を聞いてきたんだけれど、以前は真っ当に商売をしていたようだ」

「長男が病死してから変わったって、向かいの店舗の店員が言ってたなあ」

「カスマニア出身だと聞くと、どうしても偏見を持ってしまうからね。それでも評判は良かったようなのに、『粉』に手を出して落ちたというところか」

ぬ、リーダーはあの奴隷商のところに行ったのか。悪人顔の奴隷商と奴隷仲間のみんなは、元気にしているだろうか。俺は元気です。

奴隷をひどく扱う悪名高い国の名前が『カスマニア』と判明した。もしかしたら俺の身体の元の持ち主も、そこ出身かもしれない。商会は、あれでも昔は評判よかったんだ……複雑な気分だ。

アキはつやつやの赤い肉を取り出して、肉切り包丁で切り始めた。見た目は牛肉のように赤いな。だがしかし、この世界では牛肉とは限らない。でもわかる、あれ絶対おいしいやつ。

「……手伝うか？」

じっと見ているのをアキに気づかれてしまった。俺はちょっと恥ずかしくなりながらおずおずと近づく。り、料理とかできるかわかんないですけど、いいんですか。

どきどきしていたら、皿や使った調理器具の洗浄を頼まれた。ほっとする。得意分野ありがたい。

「どうにも支部がきな臭いんだよ」

「ハルクそればっかり」

「だってあそこで会った女いたろ？　そいつ『王都から来たんでしょ？　一緒に依頼受けない？』ってしつこくて。王都から来たのは誰にも話してねえのに、何で知ってんだ？」

「オレそれ知らないんだけど」

「支部長もおかしいぜ。目を合わせねえしずっと外を気にして落ち着きがねえし、睡眠不足みたいなツラしててよー」

ご主人が会話に加わり、賑《にぎ》やかになってきた。リーダーが考え込む気配がした。

「これは支部にも迂闊《うかつ》に情報を流せないな。あの窃盗をした雇い人にも話を聞きに行かないとね」

「カスマニアの方は戦争準備の噂《うわさ》があるから、これからサンサに流れてくる人が多そうだしな」

「戦争好きだねあの国」

組合支部が怪しいの確定、と。

冒険者は国をまたいで活動してるから、『粉』の運び屋になってるんじゃないのか、と推理してみる。まだ『粉』はよく知られてないみたいだから、危機感がないだろうし。移動のついでに運ぶよう金を積まれたら、正規の依頼じゃなくても受けてしまいそうだ。

まあ、俺は依頼の仕組みとか何も知らないから、ぜーんぶ憶測だけども。考えたことを伝える手段もないし。

「じゃあ僕は明日は突き出した雇い人に話を聞きにいくよ。ダイン、一緒に来てくれるかい」

「あァ了解」

「支部長のことは、今は証拠もないし保留にしておこう。あくまでもカトレ商会周辺から探っていきたい」

「……そろそろ定期報告入れたほうがいいんじゃないか？　応援をよこしてほしいよ、オレらだけじゃ手が回らない案件になってきてる気がする」

「そうだね」

ノーヴェが不満を垂れていた。俺がちゃんと手伝えたらいいのだけど。『子供』な上に『奴隷』で、しゃべれないし読み書きもできない。ダメダメです。まあ、みんなが快適に仕事できるように、宿を整えるのをがんばりますよ。

それはさておき、アキが肉を焼き始めた。ジュッていい音がする。ソテーかな。晶石を使うカセットコンロみたいな道具があるんだけど、すごいね。火は出ていないっぽいが、どんな仕組みだ。

俺はアキに言いつけられ、木皿を持って焼けた肉を受け取る重要な係になる。

めっちゃいい匂いする！　けどこれ、俺も食べるのだろうか。まだキツい気がするな。

ソースっぽいのをかけて、付け合わせの野菜を添えてテーブルに並べていく。全部で五枚の皿。

ここにいる人数は俺含めて六人だ。うん、俺は別メニューだな。おいしそうだから食べてみたいけど、まだダメだろうね。盾……治癒の人をチラ見すると、俺の言いたいことに気づいたのか、首を横に振っていた。ドクターストップかけられちゃった。お預けかあ。

不意に、ドンドン！　と部屋の扉が叩《たた》かれた。

「誰だろう、来客の予定あった？」

「ねェよ」

「何だろう、はいはい！　今出るよ！　……うん？　旦那、何かあった？」

ノーヴェが対応に出た。宿の主人が部屋に来たようだ。

……俺のやりすぎた掃除で怒られたらどうしよう。それはないか。まだ見られてないから大丈夫！

俺は客が増えたらご飯も増やすのだろうか、とぼんやり考えながら木皿を手に取る。

「……ねえ！　赤い髪の冒険者の女が会いに来たって！」

カランカラ――ン！

乾いた音が響く。俺が皿を取り落とした音だった。

赤い髪の冒険者の女。そう聞いた瞬間、頭の中が真っ白になった。

なんでなんで。

ここにいるはずない。どうして。いやだ。またこわされてしまう。

廊下から甘ったるい香りがした。

紛れもなくあの、暴力が具現化したような女のまとっていた匂いだ。

ここに来るのか？　身体中の血液が足元にザッと流れていく。

どうしてここへ。ここにいるのを知られちゃダメだ。

逃げなきゃ。……どこに？

反射的に風呂場に駆け込んだ。

「……ダイン！」

「あァ。ノーヴェ『遮音の領域』を」

「ハルクは近くの衛兵の詰所に」

蒼白《そうはく》になった俺に気づいたリーダーが、小声で指示を飛ばしているのが聞こえた。

膝に力が入らず風呂場のタイルの上に座り込んでしまう。身体の制御がきかない。この身体の髄まで恐怖がしみこんでしまっている。

頭が妙に冴《さ》えている。身体と思考が剥離《はくり》しているな、と冷静な分析をする。そりゃそうか、元々違うんだ。奥歯がカチカチ鳴って、面白いくらいに身体が震えている。

この身体の少年のかけらがまだ残っていて、ひどく怯《おび》えているみたいだ。

「……ゆっくり息しろ」

俺を追いかけて風呂場に来たダインが声をかける。

息？　そのとき初めて呼吸が浅くなっていることに気がつく。ヤバいなこれ、過呼吸だ。

呼吸の仕方がわからなくなることって本当にあるんだ。ゆっくりがわからない。

どうしよう。

「いったん息を止めろ、ほら大丈夫だから」

「スゥ…………」

「そうだ、そんでゆっくり吐く……偉いぞボウズ、その調子だ」

ゆっくり吸って、止めて、ゆっくり吐いて。ゆっくり吸って、ゆっくり吐いて。

身体が震えているからスムーズに呼吸ができず、かくかくする。

ダインは毛布で俺の身体をぐるぐる巻いて、その上から摩《さす》ってくれた。

そうしてるうちに、だんだん落ち着いてきた。落ち着いたら顔が涙や鼻水やらでべしょべしょになってるのに気がつく。制御できなかったのは顔面もか。

あの屋敷にいたときだってこんなに恐怖を感じることはなかったのに。平和を知ってしまったから、恐怖が二倍になってるんだ。……それとも、少年の記憶のかけらと、俺の記憶が共鳴したのか。

過去が追いかけてくる。これだから暴力はだめだ。

その時やっと、まったく音がしないことに気づく。向こうはどうなったんだろう。

「ノーヴェが領域魔法で遮音してる。どんなデケェ音立てても向こうにゃ聞こえねェ」

領域魔法。かっこいい響きだ。

ほんとに聞こえない？　でっかい魔物が暴れても聞こえない？

そう思ってじっとダインを見ると、クックックッと笑い始める。まだゆっくり俺の身体を摩擦している。

「……そうだなァ、魔物が暴れりゃ、揺れで気づかれるかもしれねェな」

やっぱりこいつ、俺の思考読んでやがったか。そんな魔法あるのかな。

便利な通訳として使い走られてもらおう。

ちょっと笑う余裕が出てきた。まだ膝はぷるぷるする。

俺はありがとう、の気持ちを込めて、ダインのお腹のあたりに頭をぐりぐり擦《こす》りつけた。ダインは、ぐしゃぐしゃになった俺の髪をざっくり整えて、いろんな液体でよごれた顔をごしごし布で拭《ぬぐ》ってくれた。

それから頭のてっぺんにスッと唇を落とした。

そこからふわりと身体が何かに包まれる感覚がする。

え、何。いきなりのことで呆然《ぼうぜん》としてしまう。

に、似合わねえことしやがる……。多分、魔法の一種なんだろうけど！　この世界では当たり前なんだろうけど！　子供にするおやすみのキスみたいでむずむずする。文化の違い、こわい。

俺の思考を読んだらしく、せっかく整えた髪をまたぐしゃぐしゃにされた。

魔法の効果か、震えは完全になくなっていた。

「――落ち着いたかァ？　今から聞かなきゃならねェことがある。ちょっと向こうの様子が見えるようにするからなァ」

そう言ってダインは手のひらで宙を撫でた。撫でた場所に映像が現れる。

すごい！　どういう原理なんだ。部屋の入り口あたりの風景が空中に投影されている。宿の主人と、あの女が目に入って身体を硬くした。リーダーとノーヴェもいる。

ダインが後ろからきゅうっと抱えてくれる。む、この筋肉、見た目より柔らかいぞ。

「あっちからは見えねェ。お前はうなずくだけでいい。……じゃあ聞くが、あの女がお前のいた商会に出入りしていた『冒険者の女』で間違いないな？」

うなずく。

赤い派手な髪、この街のほかの女性たちより少し体の輪郭線がはっきりした服。間違いない。

「……あいつも奴隷たちに暴行を繰り返していた。……事実だな？」

思い出したくないし、誰かに話すことも憚《はばか》られるような数々の出来事が頭をよぎる。

この記憶をダインが見なければいいのだが。そう考えながら、うなずく。

「……じゃあ最後。この女は『粉』を使っていたか？」

うなずいた。護衛たちと一緒に、ハイになって脱法で破廉恥なパーティーを開いていた。

ううん、あのいやな匂いを思い出して気分が悪くなってきた。また鼻水がたらりと落ちてくる。

「わかった。これからあの女はいなくなる。もう会うこともねェ……待ってろ」

俺の頭をぽんぽんとしてから、ダインは風呂場から出ていった。

途端にシーンとする。本当に音がしないんだな。映像も消えてしまったので、向こうがどうなったのかわからない。毛布で包《くる》まれたまま、俺はただひたすらに待った。

ご主人たちが何とかしてくれるという安心感がある。きっと、何もかも大丈夫だ。

だから、以前では考えられないくらい凪《な》いだ気持ちで、扉が開くのを待ち続けた。

「だから！　王都まででいいの。一緒に依頼受けてよ〜。いつもやってるパーティーが都合悪くて」

「そんなこと言われてもねえ」

ダインが風呂場から出ると、女のやかましい声がした。同時にかすかに甘いような匂いもする。冒険者を名乗る者が、魔物に気づかれるような香水をつけたりするだろうか。

ダインは眉をひそめつつ、会話に割り込んだ。

「なんだなんだァ？　……あァ、オメェは支部にいた女かァ。宿まで押しかけてくるたァ、お熱いこったなァ」

「な、なによ」

敢《あ》えてニヤニヤと下卑た笑みを浮かべ、じろじろと品定めするように女を上から下まで眺める。突然始まったチンピラ風の芝居に、シュザとノーヴェは少々たじろいだがそのまま様子を見ることにした。

ダインはそのままの表情で、馴《な》れ馴《な》れしく女の肩に腕をかけた。堂に入った演技である。

「オメェ、ハルクのこと狙ってんだろォ？　まァ組んでやってもいいが、俺らに何か得あんのかァ」

「それは……あたしは採集と狩猟で三級だし魔法も得意だから、足手まといにはならないよ。この辺に詳しいから案内もできるし……」

「ほォ」

聞いているふりをしながら、ダインは女を観察する。身体の線がわかる服を着ているのはわざとだろう。顔は悪くないが大きい目がギョロギョロと忙《せわ》しなく動いており、少し異様だった。これが『粉』の禁断症状なのかもしれない。

「まァ、ちょっと中に入れって」

「おいダイン」

「……アレ、持ってんだろォ？　俺らにも分けてくれりゃ、依頼の件を考えてもいいぜェ」

「……あれって何」

「とぼけんなって。聞いたぜェ？　マジでぶっ飛ぶんだってなァ。ちょーっと誠意見せてくれるだけでいいんだ。世の中誠意が大事だって、聖人様も言ってるだろォ」

「……タダじゃあげられない」

食いついた。どうやら女は、ダインのことを『粉』を欲しがる同類だとうまく勘違いしてくれたようだった。なるほど、情報を得るための芝居か、と理解したシュザとノーヴェは素早く目配せを交わした。ノーヴェが一歩前へ出て会話に入る。

「そりゃタダでとは言わないよ。高いんだってね。その分よく効くって話だし」

「……今は売れない」

「あァ？　なんでだよ」

「……上が行方くらませたんだよ。在庫も金も消えたの。連絡取れるまでは無理」

捕まった、ではなく、いなくなったと女は言った。彼女の言う『上』とは、捕縛済みのカトレ商会ではないということだ。やはり裏で糸を引いている存在がいるようだった。

となると、この女はカトレ商会の手入れがあった際にうまく逃げたが、『上』も消えたため路頭に迷い、このパーティーに紛れて街を脱出する算段なのだろう。

この女、実は指名手配されている。シュザによれば、屋敷にいた他の奴隷たちから衛兵が証言を聞き取り、捕縛された中に女がいないことに気づいた。その情報を受けて行方の捜索が本格的に始まったところなのだ。冒険者組合支部に潜伏していたようだが、そろそろ捜査の手が伸びてきて焦っているのかもしれなかった。

普通のパーティーであれば、女の企《たくら》みはうまくいったかもしれない。ただ、彼らが『粉』を追っている身であるという事実を知らなかったことが女の不運だった。シュザたちとしては、衛兵に捕まる前に情報を引き出したかったので、アウルには悪いがこれは千載一遇のチャンスだった。

「ハァ、しゃァねェな……ところでよォ、俺らのこと、どっから聞いたんだァ？　オメェ程度じゃ知りようがねェだろォ」

「あたしはこれでも顔が利くの。支部長からいろいろ任されたりもするんだよ？　あんたたちのことも『有望なパーティーが王都の方から来た』って聞いたから」

「わかってんじゃねェの」

あからさまに持ち上げてくる女にわかりやすく乗せられる（ふりをする）ダイン。見ようによっては女に鼻の下を伸ばしているようにも見える。支部長もこの件に関与している、ということも見えてきた。

ダインの芝居はたいしたものだ、と感心するパーティーメンバーであった。

聞きたいことは聞けたのでそろそろ衛兵に引き渡す頃合いか、と思われたが、ダインはそのまま親しげに話し込み始める。

もう裏は取れたのにまだ続ける気か。他の二人は訝《いぶか》しげにそれを見守る。

ものぐさなダインが、ここまで熱を入れて演技する理由がわからない。

女の思考を『視《み》て』思うところでもあったのか。

「オメェ南の出身だろォ。あそこは自由でいいよなァ、金さえありゃ何でもできっからよォ」

「そうね、それに比べてこの国は窮屈だよ」

「そォそォ、奴隷も我が物顔でのさばってやがるしよォ」

「本当ね、奴隷なんて価値ないのに」

ダインは演技とは思えないような歪《ゆが》んだ笑みを浮かべる。緊張した面持ちだった女はダインを同郷か何かだと思い込んだらしく、楽しげに話すようになっていた。

「アイツら抵抗しねェからいい練習台になるだろ」

「ふふ、わかってるじゃない。回復かけたら何回も使えるからオススメだよ」

「ほォ、魔法の贅沢な使い方だなァ」

「それにあの絶望した顔ときたら。心が折れたときの表情がたまらないのよ」

盛り上がる二人。聞くに堪えず、シュザは表情を動かさないまま目を閉じる。ノーヴェなどは、にこやかな表情の中に青筋が浮かんでいる。

ダインの言う『練習台』は治癒魔法の練習になるという意味だが、女の方は違う。

ようやくダインの意図が読めた。ここからは、おそらくアウルのための行動だ。ダインが芝居を打ったのは、風呂場から出てきてすぐだった。アウルの思考か記憶に何かを見てしまったのだ。

このひどい劇をはやく終わらせてほしい。

「……それで、依頼受けてくれるの？」

「そォだなァ、ハルクの意見もきこうぜェ。……お、ちょうど帰ってきた」

女の肩に腕をかけたまま、ダインが扉を開けると確かにハルクが立っている。

それが終幕の合図だった。

「帰ったかァハルク。コイツが俺らと組みたいってよ。どうする？」

「……それは難しいだろうな」

ハルクの後ろからぞろぞろと現れた衛兵に女は顔色を変えて後ずさる。が、ダインががっちり肩を組んでいるため、逃げられない。

「何暴れてやがる。何か疚《やま》しいことでもあんのかァ？　あァ、ぺらぺらと話してくれたもんなァ、いろいろと」

「騙したな！　このっ！　離せ！！」

「ウソはついてねェ」

「元々バカっぽいしゃべり方だから全く違和感ないね」

ノーヴェが呆《あき》れたような声でつぶやく中、暴れる女は衛兵によって床に押さえつけられた。宿が一時騒然とする。

「……離せよ！　お前ら！　殺してやる！」

「殺すだァ？　オメェ、ンなこたァしねえだろォ。いたぶるのが大好きだもんなァ？」

「！」

「……誰が一番に骨が折れるか賭けるのは楽しかったか？　どこを蹴れば動かなくなるか試すのは楽しかったか？　死ぬギリギリで回復魔法をかける遊びはスリルがあるよなァ？　ああ、一番は毒虫を無理やり食わせたときのやつか。――庭に埋めた死体は、そろそろ見つかってる頃合いか？」

「な、な……なんで知って」

「オメェも同じ苦しみを味わってから死んでほしいが、残念だ」

ダインは床に押さえつけられた女にゆっくりと歩み寄り、しゃがんで顔を覗《のぞ》き込んだ。

「同盟の条約違反だ。苦しむ間もなくすぐ死ねるぜ」

「！」

「は、絶望って顔してやがる。『心が折れたときの表情がたまらない』だったかァ？　……たいして楽しくねェな」

こうして三文芝居は幕を閉じ、呆然とする女は衛兵によって連行されていった。そのまま王都に送られて商会の者たちと共に沙汰を待つことになるだろう。

皆は一息ついた。夕食前にとんだ邪魔が入ったものだ。

「あー鬱陶《うっとう》しいなこの匂い。アウルが嫌がるから何とかしてくれノーヴェ」

「ダインごと浄化するかな。風送った程度じゃ消えないよこれ」

「ダインも悪人になっちゃったからね。浄化すれば良い人に戻るだろうか」

「無理だよ。元からこれだし」

「……お前、何やったんだ」

ダインの活躍を見逃したハルクは訝しげな表情になった。

「ちょっとなァ。それよりハルク。はやく行ってやれよ」

「……ああ」

急いで風呂場に向かうハルクを見送り、ダインは長椅子に身体を投げ出した。ノーヴェがそのまま浄化をかけていく。

ダインは慣れないことをして、慣れない言葉を発して疲弊している。『権能』も酷使した。

「ダインずいぶんと張り切ってたけど……アウルは大丈夫なのか？」

「……今は問題ねェはずだ」

「何を『視た』のか聞いてもいいかい」

「……『視た』より『流れ込んできた』が正しい。底無しの、途方もねェ恐怖。その後それを遮断しやがった。だから具体的なことは知らねェ。見られたくなかったんだろォよ」

「女に言ってた胸糞《むなくそ》悪いアレは女の方の思考を読んだわけか……」

「……俺ァ今まで最高から最低までいろんなモンを『視て』きたつもりだったんだがなァ。あんなのは無かったぜ。子供が持っていい感情じゃねェ」

「君にばかり背負わせてしまうね」

「気にすんな。俺だけで十分だ」

シュザとノーヴェは、それ以上はダインにかける言葉を見つけられなかった。

しばらく長椅子に寄りかかってだらけていたが、急に起き上がったダインがパン、と手を打った。

「あの女は捕まった。俺らは情報を得た。これでめでたしめでたしだろォ。それよりメシだメシ！」

「そういえば食べそびれちゃってたな」

ふっと空気が変わる。

こうして突然の嵐は去り、パーティーは日常に戻ろうと各自動き始めた。

ちなみに、アキは初めから騒動には一切関わらず、ひとり黙々と食事を堪能していたのだった。


どれくらい時間が経《た》っただろうか。

俺は完全に落ち着いていた。俺の記憶は一ヶ月ほど前からしかないが、この身体の少年はきっともっと長い期間ひどい目に遭っていたはず。だからそれに引っ張られてパニックになった。でも、すぐに落ち着いた。落ち着くと、ふわふわして全部が遠いことに思えてくる。

やっぱり、俺の自我はまだこの身体とは馴染《なじ》んでいないのかも。メンタルが守られるならそれもいいか。ちょっとだけ、もどかしいけど。

「アウル、終わった……」

ずいぶん長く経ったような気がしてきた頃、遠慮がちに風呂場の扉を開いたのはご主人だった。

震えなくなった足で歩いてご主人のところに行くと、ご主人は俺をぎゅっとした。

そんなに悲しそうな顔をしなくていいのに。お気に入りの骨をなくした犬みたいな顔だ。

「……俺のせいだ。ごめんな」

「？」

「支部で会ったときに適当に対応したから……俺なら押せばいけると思われて宿まで尾《つ》けてきたん

だろ……。しっかり断ればよかったんだ」

「ご主人……」

押しに弱い自覚あったんだ。たしかに、ぐいぐい押されたら「いいよ」って言っちゃいそうだもんなご主人。特に女性に強く出るのが苦手そう。

「でも、おかげでアイツいなくなりました」

「そう、だな。お前を傷つけるやつはもういない」

「ご主人のおかげです」

「俺は、衛兵呼んだだけだよ」

結果から考えたら、『粉』を追っているご主人に買われたからこそ、あの女を退治できたんだ。他の誰に買われても、あの女の影に怯えたままの生活だっただろう。

これは褒めてあげないと。ご主人がしんなりしたままだと、やりにくい。

「衛兵を呼んだご主人はすごい」

「…………うん」

「えらいです」

「うん」

よしよし、俺の底辺な語彙《ごい》でもちょっと元気になったな。犬も褒めたら元気になるもんな。

ひと段落ついたところで、ご主人のお腹がキュ～と切ない主張を始めた。

「そういや晩飯食い損ねてたな、行こうか」

「はい」

俺はご主人に手を引かれ、風呂場から出て日常に戻っていた。


「チッ、冷めちまった」

「オレは温め直して食べるよ」

「俺にもやってくれ、ノーヴェ」

「アキはこの状況でもご飯を優先していたね」

「当たり前だ。飯より優先させるべきことなどあるのか」

さっきまでのことがなかったかのように、わいわいがやがやと賑やかな晩餐《ばんさん》が始まる。

俺はスープ。昨日とは違ってクリームシチューっぽい白いスープだ。肉もちょっと入ってる。鳥肉かな。おいしい。

この騒動の間、アキは全部無視してご飯をゆっくり味わっていたらしい。ちょっとすごいメンタルしてる。なんでも、アキは『一番に食べる権利』と引き換えにこのパーティーで料理を作ってくれているという。それゆえに許される所業である。

パンも美味《うま》い。これも買ってきたのかな。この部屋にパンを焼けるような設備は見当たらない。はやく肉を食べられるようになりたい。

食事がひと段落して食器の片付けを手伝ったり、アキが明日のご飯の仕込みをするのを眺めたりしていると呼ばれた。

「アウル、ちょっと来て」

ノーヴェに手招きされて、談笑していたご主人たちのところに行く。

なんだろう、お仕事ですか。

「ちょっと洗濯のやり方、見せてくれる？　ああ、文句があるわけじゃないよ。どんな魔法の使い方するのか興味があるだけだから」

これでやってみて、と布切れを渡される。

ノーヴェは魔法が上手みたいだから何か教えてもらえるかもしれない。俺はうなずいて、風呂場から手桶《ておけ》を持ってきた。その上で、昼間やってたように水球を浮かせて、中で布切れをグルグルさせ、『浄化』＆水抜きでポン。使った水は手桶へ。

完璧でしょう。俺はみんなの前にピカピカの布を掲げた。

「な………」

「だから言っただろ、アウルは制御がうまいから大丈夫だって」

「うまいとかそういう話じゃねェぞ」

「えらいねアウル」

驚いた顔で口をパクパクさせるノーヴェ、得意げなご主人、呆れた顔のダイン、ニコニコして俺の頭をよしよしするリーダー。なんだこれ。

「あのねぇ……まず普通は浄化しかしないし、水洗いするにしても、水を浮かせた上に中で対流を作ってグルグルしたりしないんだよ！　さらにそこに浄化を重ねて、しかも水だけきれいに分離！しない！　そこまでしない！」

ノーヴェがめっちゃ早口になってる。俺は何かやらかしてしまったらしい。屋敷で同じこと毎日してたけど誰も何も言わなかった。やっぱりあの屋敷だけ世界違うんじゃないかな。

それより、俺が勝手に『浄化』と呼んでた魔法、『浄化』で合っていたと判明しました。

「それに、いま飲料水出す魔法使っただろ？　水を出すのは、普通はこう」

ノーヴェはコップを置き、指先からチョロチョロ……と水を出す。コップに水が満ちる。

「わかった？」

何もわからんが？

「何もわかってねェぞコイツ」

「あーーーー！　要はいちいち浮かせたりしないってことだよ！」

「叫ぶなよノーヴェ、いいだろ制御うまいんだから。制御にかけては天才と言われていた俺といい勝負……」

「魔力量が極貧の人は黙ってて」

「ぐう……」

制御、とやらが問題なのか。

水を出す、水を浮かせ続ける、水の中に対流を作る、同時に『浄化』をかける、水だけ洗濯物からきれいに分離する……。制御に関わる工程を指折り数えて理解した。

うん、ちょっと多い気がするね。ぜんぶ感覚でやってたから知らん！

どうやら、みんなの間で俺に魔法を教えるかどうかの話になっていたようだ。どの程度の制御ができるかによって教え方が変わるという。魔法の訓練には段階があり、まず発動、次に制御、その次に種類、そして規模……というように訓練していくらしい。

つまり俺の場合、発動と制御の部分はすっ飛ばしていいってこと。

「王都に帰るときに定期便を使わないで歩いて帰るのはどうだい。途中で身体強化や魔法の練習ができるし、採集と野営の訓練もできる」

リーダーが提案する。ノーヴェがそれに賛同した。

「それいいな。オレちょうど薬草の採集したかったんだよね」

「いいんじゃねえ？　帰りは急がなくていいんだろ」

「じゃあ、この依頼をきっちり終わらせよう」

お、楽しそうな予感がする。いろいろ覚えて役に立ちたいね。

「で、アウル。今のところ水と浄化以外に使える魔法ある？」

ノーヴェの問いに首をひねって考える。うーん、ないと言えばない。でも魔法はイメージしたことを魔力を使って具現化するのだから、ある程度は何でもできそうな気がする。

悩む俺に、ノーヴェは少し柔らかい声で提案してくれた。

「わからないか……じゃあアレでいこう」

「アレ？」

「自分が一番簡単で便利だと思うこと。それを想像して発動してみて。あ、規模は極小でね。発火とか送風とか、そういうかんじで」

一番簡単で便利。なんだろう。

しばらく考えてから俺は手のひらを上に向けた。ピリピリした感覚が走り、スパークが瞬《またた》く。バチバチと音がする。よかった、うまく発動した。

電気。便利と言えばやっぱりこれでしょう。

「か、雷魔法!?」

「はァ？」

「すごい、お前雷が使えるのか！」

手のひらにまとった電気を見て唖然《あぜん》とするノーヴェとダイン。これもあかんヤツだったか。

しかしご主人はめちゃくちゃ喜んでる。キャッキャしながら俺の髪をぐしゃぐしゃにした。俺がワンちゃんだな。いや、これはワンちゃんに絡まれてるのか。

ノーヴェがなんか遠い目になってるが。

「制御の難関と言われてる雷魔法が……簡単で、便利………？」

「まァ待て、雷は威力が肝心だろォ。威力が上がるほどに制御が難しくなるはずだ。ピリピリする程度じゃほとんど意味ねェ」

「そ、そうだな。威力はここじゃ無理だから、また試すことにしよう……」

「かっこいいだろ雷」

「汎用性《はんよう》がなァ」

そうか、俺にとって電気は身近で便利だけど、この世界では電気エネルギーを利用する仕組みがないから、あまり意味がないのか。便利というなら、空間をどうのこうのする魔法だと思うのだが、魔力を空間系に変換するイメージがまだできない。

これは入れ替わりの弊害かもしれない。科学という固定概念が魔法の自由なイメージを邪魔しているのだ。この世界のことをもっといろいろ勉強したら、すごい魔法も使えるようになるかもしれない。電気だってすごいんだけどなあ。

あ、そういえばもう一つ使えるやつがあるぞ。俺はカウチでだらけるダインに近づき、肩に手を置いた。

「んァ？　何を…………はァ!?」

「どうしたんだ？」

「おいオメェそれどこで……！」

ダインにかけたのは回復だ。といっても傷口を塞《ふさ》いだり血行を良くしたりする程度のものだけど。

ダインは肩の凝りが少し解消されたはず。どこで知ったかは、まあ言いたくないよな。

「チッあの女……」

「え、何？　何が起きたんだ？」

「おいボウズ、俺がちゃんとしたの教えてやる。だからソレは忘れろ。いいな？」

「あ、なるほど……回復か」

ダインに肩を掴《つか》まれて揺さぶられた。なんかすごい怒ってるけど、教えてくれるならありがたい。

とりあえずうなずいておく。

ノーヴェが俺たちの様子を見て、ちょっと笑った。リーダーも微笑んでる。

「珍しいね、ダインが教えるの」

「今日はダインの珍しい姿をたくさん見られた日だね」

「くくく、あの芝居は見ものだったよ」

思い出し笑いをしているノーヴェを見たご主人が、困惑した顔をダインに向けた。

「お前ほんとに何やったんだ……」

俺の知らないところで何かしたのか？　ちょっと見たかったな。

本人は素知らぬ顔で俺の顔をむにむにしている。照れ隠しに俺を使うんじゃねえ。

「ほォら、お子様は寝る時間だ」

まだ早くないですか！　八つ当たりの矛先を俺に向けないで。

リーダーが顎《あご》に指を当てる仕草をして、考え込んでいた。

「採集や野営をするとなると、やっぱり組合支部で随行者証を発行してもらったほうがいいかな」

「……支部に連れていきたくねえ」

「アウルにとっての脅威はもう存在しないのだろう？　ずっと宿にいると息が詰まるよ。息抜きに街を歩くのもいいんじゃないかな」

「……わかった」

渋るご主人をリーダーが説得してくれた。押しに弱い人で助かる。やった、明日はお出かけだ！

「そうと決まれば、早く寝ろ」

喜んだのも束《つか》の間《ま》、ベッドに連行される俺。それとこれとは話が別では！

柔らかベッドにポイ、毛布バサァ、雑なトントン。あれよあれよという間に寝支度を整えられてしまった。

「……ちったァ気が紛れたかァ？」

「……」

紛れるって何がだろう、一瞬そう思ってすぐ理解した。

そっか。魔法の話も野営の予定も。今日いろいろ大変なことがあった俺を心配して、みんな楽しい話を考えてくれたんだ。やさしさが沁《し》みる。

そして、もぞもぞする……！　こういうふうに気を使われるの、慣れない。もっと雑でいいのに。

醜態を晒《さら》した上に気遣われるとか追い討ちだと思う。あんまりやさしいと、網の上で炙《あぶ》られるゲソみたいに身を捩《よじ》りたくなるだろ。

もぞもぞ毛布にもぐり込む俺を面白そうに見るダイン。見てんじゃねえ、でもそういうのでいいんだよ、そういうので。でも見んな。

やっぱり寝たくないな。ちょっと嫌な夢を見そうな気がする。

……こういうときに魔法をかけてもらえると、ありがたいんだがなあ。

目だけ出してじっとダインを見ていると、ため息とともに手のひらが降りてきた。

「しゃァねェな、今日だけだ……『眠れ』」

ふわりと魔力に包まれ、あっけなく意識が暗闇に落ちていく。

ありがとう、おやすみ。また明日。

こうして、波乱だらけだった新生活の二日目は穏やかに終わった。

三章　サンサの陰謀

朝の市場は賑《にぎ》やかで活気に溢《あふ》れている。

飛び交うかけ声、すれ違う色とりどりの野菜を運ぶ荷車。頭の上にたくさんの荷物をのせて歩く人、スパイスの匂い、硬貨の音。

何もかもが新鮮だ。俺ははぐれないようご主人の腰帯にしがみつきながら、四方八方を眺めるのに忙しかった。ああ、目が足りない。

新生活の三日目。俺たちは朝一番に宿を出て、冒険者組合支部が開く時間まで市場をぶらつくことになった。

リーダーとダインは先に出て、捕まった雇い人に話を聞きに行っている。その人の罪状は軽い窃盗だったため一週間の社会奉仕（という名の工場勤務・無給）をやっているらしく、衛兵に取り次いでもらって勤務前の時間に話を聞くようだった。

一介の冒険者が捕まってる人に取り次いでもらえるものだろうか、と思ったが、「奥の手を使うときだね」とリーダーが言っていたので、方法はあるんだろう。むちゃくちゃに眠そうなダインを引っ張って出ていった。二人とは支部で落ち合う予定だ。

俺はといえば、朝ご飯に屋台で鳥のスープと肉まんのようなものを買ってもらった。壁沿いに置いてあるベンチに座って食べる。初めての屋台メシ！

肉まんは中華料理のような見た目をしているのに味は未知のものだった。もちもちで美味《うま》い。

ご主人は串焼き肉を二本両手に持ってかぶりついている。すごく肉汁が溢れていて、服が汚れそうなのに、肉汁は一切飛んでない。無駄に高度なことをしているな。

「……ごはん買ってもらえてよかったですね」

「ほんとにな……すっからかんなの忘れてたわ……」

昨日ご主人がひとりでこなしたという依頼はパーティーで受けたものなので、お金はいったんリーダーに渡り、その後分配される。

つまり現金がない。ご主人は支部に不信感を持っているので、支部でお金を下ろしたくないらしい。見かねたノーヴェが俺たちに朝ご飯を奢《おご》ってくれた。

そう、冒険者組合では、銀行のようにお金を預けたり引き出したりする口座を開設できるのだ。どこの組合でも口座を作れるし預金を引き出せるようだが、所属する組合以外を使うとお金がかかるらしい。たとえば、冒険者が商工組合などでお金を下ろそうとすると手数料が発生する。それも国によってまた変わってくるようだった。組合っていろいろあるんだな。

俺を買って手許不如意なご主人だが、頑として支部でお金を下ろさないと言い張った。それだけの疑惑が支部にあるんだろうか。ご主人は勘がいいからなあ。

行くのが逆に楽しみになってきた。

「やっぱり、みんなピリピリしてるねえ」

デカいバゲットサンドみたいなものを抱えたノーヴェが、俺たちの隣に座る。

ピリピリか。ちょっとしてるかも。なんでかな。

「どういうことだ？」

「あんなのでもカトレ商会の存在は大きかったからな。あそこから仕入れてた小さい商会や店舗、工房なんかは今後誰から仕入れるか考えなくちゃいけない。カトレ商会の後釜を狙う商会もたくさんあるだろうし。契約していた職人や冒険者も新しい依頼主を探さないといけない。今この街は混乱の最中にあるんだよ……もぐ……この市場がその象徴で…………むぐ、これ美味い」

そうか、俺が地獄を抜け出そうともがいた影響が、この街の人々にまで及んでいるのか。凄惨《せいさん》な屋敷内のことばかりに気を取られて、想像すらしていなかった。

地域に根ざしていた商会がなくなる。それが何を意味するのか、ようやく実感できた気がした。

俺のせい、とは思わない。遅かれ早かれ潰《つぶ》れていた商会だ。だけど、この街がこれから良い方向に進んでほしいと思う。

「どうした？　暗い顔して。あ、これひとくちあげるよ、はい」

「俺にもくれ」

「はいはい」

心配したノーヴェがバゲットっぽいものを千切って分けてくれる。かすかにニンニクのような香りがして、酸味のある葉物野菜と刻んだ肉が挟んであり、未知のスパイスが効いてる。

おいしい！

「うめえ！」

「おいしいだろ。……心配しなくてもこの街はすぐ元通りになるよ。南の二ヶ国に繋《つな》がる交易の玄関口だからね。みんな変化には慣れてる」

カラカラと笑うノーヴェを見て、ちょっと安心した。

その後、市場を見て回ろうとしたのだが、人が多くてあまり落ち着いて見られなかった。

それでも、最初に抱えられて通り過ぎたときよりは、しっかり見ることができたと思う。交易の玄関口というだけあって、いろんな服装や肌の色、髪の色が目に入る。服は基本、帯を締めて上から長めの上着を羽織るスタイル。

服装に男女の差が少ないのが面白い。見かけだけでは性別不明の人もいる。

うすうす思っていた。この世界、性別の違いがあまり重視されてないんじゃないかって。確かめたわけじゃないから憶測だけど。

それと気になったのが、年を取った人がぜんぜんいないってことだ。みんな若い見た目をしている。どれだけ上でも、地球でいうと四十代くらいの見た目なのだ。何か理由があるのかな。そういう世界なんだろうか。でも屋敷にはいたよな。ううん、これもあとでご主人に聞いてみよう。

やっぱり外を歩くのは楽しい。体力も回復したから長く歩いても平気だった。

アキと合流してから冒険者組合支部の建物に向かう。市場とは違って人通りは落ち着いている。すれ違う人たちも、冒険者っぽい装備をしていたり武器を背負ったりするようになっていった。

どんなところなのかな。高まってきましたよ。

「ほらアウル、あれが冒険者組合だ」

ノーヴェが指差す方向に建物が見えた。ようやくのお出ましだ。

…………でっけぇ。

冒険者組合支部、役所かと見紛《みまご》うほどに大きかった。

支部？　支部でこれなら本部はどうなっちゃうんだ。

ぽかんとして立ち止まった俺を面白そうに見るノーヴェ、ご主人、アキ。見せ物じゃないんだよ。

「ふふ、大きくてびっくりしたろ？」

ノーヴェがおかしそうに言う。

たしかに大きいですけど。それは俺がまだ小さいから、相対的に建物がデカく見えてるだけです！

石と木をうまく組み合わせてあって、威圧感は少ない、けど人が多い。

冒険者って大自然を相手にするわけだから、もっとマイナーで田舎っぽい職業かと思ってた。こんなシティーなかんじなのか。

入ってすぐ総合インフォメーションのような受付が一つあり、用件に応じて別の窓口へ案内される仕組みになっている。窓口めっちゃある。申請や登録や預金の引き出しなんかは窓口（というかカウンター）だけど、買い取りの査定やその他審査などはまた別室に行くみたい。

今日の用事は俺の『何ちゃら証』の発行だから、窓口で済む。……のだが。

隣の窓口に行列が出来ていた。

「……護衛依頼の窓口だね。例の商会の影響で職にあぶれた冒険者と、隣国の戦争の噂《うわさ》で動きが活発になってる商人の依頼主とで混み合ってるみたいだよ」

「買い取りの方にも人が流れてたな。契約先がいきなり潰れてこっちで取引する人が増えてる」

あの商会の顛末《てんまつ》が、こんなに冒険者にモロに影響してるとは。社会って複雑だ。

俺たちの向かった窓口は空《す》いていて、すぐに対応してもらえた。ご主人が代表して手続きする。

俺は隣に並んだ……が、カウンターが背伸びしてかろうじて覗《のぞ》き込める高さだった。子供に厳しい世界だ。担当のお姉さんの腰帯あたりしか見えん。

「随行者証の発行で来た」

「冒険者証をお見せください。こちらの書類に記入をお願いします」

ご主人が首から下げていたドッグタグみたいなものを取り出す。背面はパーティーの階位である黒で、表は金属に特殊なインクで印字してあるんだって。お風呂の時に見せてもらいました。

ご主人が書類に書き込んでいる間、受付さんはタグを何かにかざす。

「パーティー名『ガト・シュザーク』、リーダーは『シュザーク』、階位は『黒』、で間違いありませんね？」

「ああ」

ん？　ちょっと！　なんですかそのパーティーの名前！　知らなかったんだけど！　なんか、おいしそう。恨みがましい目で後ろのノーヴェを見る。教えてくれてもよかったのでは。

「……ごめんね、言うの忘れてた」

「あれ、言ってなかったか？　古語で『シュザークの家』つまりリーダーの家族って意味だな」

「恥ずかしいんだよね、パーティー名……田舎の傭兵《ようへい》団みたいだろ」

「田舎の傭兵団は古語を使わないだろ」

「そういうことじゃない！」

待って、リーダーの名前ってシュザークだったの？　それも知らなかったが、かっこいい。

知らないこと、いっぱいだな。

「なあノーヴェ、ここに『随行者の種類』って項目があるんだが、アウルは何に該当すると思う？『奴隷』はないし……『助手』でもないよな」

「『見習い』だと思ってたけど」

「それって、いずれ冒険者の登録をする子供向けじゃねえのか」

「アウルは冒険者になるんだろ？」

「え？」

「え？」

……え？

「どうかなアウル。まだ登録できないけど、十歳になれば冒険者になれるよ」

「ほかになりたいものがあれば、遠慮せずそっちを選ぶといいぞ。どうする、冒険者になるか？」

えー。いきなり人生の分岐が発生したのだが。こう見えていちおう奴隷なんですけど、そんな自由でいいんだろうか。というか冒険者のみんなをサポートする気満々だったから、冒険者で問題ないです。こういうのは迷ったらダメ。

冒険者に俺はなる。どん！

「よし、じゃあ『見習い』だな……書けた」

「ではこちらの内容で随行者証を発行いたします。少々お待ちください」

ご主人が受付さんに書類を渡した。この位置からだと角度的に書いてある文字が見えない。せめて自分の名前くらい見たかった。

一分くらい待って、みんなと同じようなネックレスのタグが渡される。背面は黒白の半々になっている。パーティーの階位の黒、随行者であることを示す白。表は謎技術で印字された文字が入っている謎金属。かっこいい。

さっそくご主人に首にかけてもらう。俺も冒険者見習いかあ。

「そちらの随行者証は、失《な》くされた場合は各支部で申し出ていただければ再発行できます。こちらの方でパーティーの情報と紐《ひも》づけてありますので損失もございません」

「ああ、ありがとうな」

「では、よき巡りを」

「よき巡りを」

お姉さん、事務的だったがテキパキしててよかった。こちらの会話に口を挟んでこないところもいい。言葉遣いも美しい。ご主人が警戒してたから身構えてたけど、いいところだな、組合。

こうして、俺は書類上でも正式にパーティーの一員となって、冒険者人生の第一歩を踏み出したのだった。冒険者目指してがんばるぞ。

……あれ？　奴隷じゃなかったっけ俺。


「リーダーまだ来ねえな」

「時間空いちゃったし、アウルの魔力測定でもする？」

というわけで、三人で鑑定所というところにやってきた。

ちなみに、アキはいつの間にか消えていた。たぶん、支部の中にある食堂を見に行ったんじゃないかと思われる。

鑑定所。その名の通り、お金を払って価値を知りたい物の鑑定をしてもらう場所だ。

魔力測定もここ。得意そうな系統も教えてくれるらしかった。

受付に人はいるけど、測定は機械でセルフサービスみたいだ。またノーヴェにお金を払ってもらい、測定を開始する。お金は自販機みたいに硬貨を投入口に入れる。とても近代的だ。言われるままに装置に手を突っ込み、魔力を流した。血圧を測る装置に似てるかもしれない。メーターと、ガラス玉みたいなものがあって、それを見て結果がわかるらしい。

が、俺にはさっぱりだ。メーターの針が指すのは目盛りの真ん中、ガラス玉はなんだかカラフルなことになってる。なにこれ。

「へえ、魔力量が本当に多いね」

「ノーヴェと同じくらいあるんじゃないか？　成長すればもう少し伸びるだろうし」

「使えそうな系統……うーん色がごちゃごちゃしてわかんない。……すみませーん！　これ、見ていただけますか？」

受付でのんびりとお茶を飲んでいる上品なおばあさんに、ノーヴェが声をかける。

この世界に来て二人目の老人！　すごく珍しいぞ。一人目は屋敷で助けてくれた執事っぽい人だ。

「おや、随分と小さな子が来たものだねえ。……どれどれ、見せてみなさい」

おばあさんは眼鏡をかけて機械のガラス玉に触れながら観察する。

手首にチラリと銀色の腕輪がしてあるのが見えて、ノーヴェが「えっ」と声を上げた。

「魔力量が多いから、使える系統がたくさん出ているね。基本を除いたら氷、雷、これは……空間かしら。あとは治癒、還元だね。実に将来が楽しみだよ」

「……感謝します」

「ふふ、かしこまらなくっていいのよ。今はただの職員ですからね」

急にノーヴェの態度が変わった。偉い人なのかな？

氷と空間が向いてるんだ俺。うれしいぞ、アイスが作れるかもしれないし、瞬間移動とか異空間に収納するやつとかできるかもしれない！　できる気がしないけど。

還元は『浄化』のことかな、汚れを魔力に還元してるっぽいし。他にもっと使い道があるのかも。

夢が広がるなあ、もっと勉強しなくちゃ。

ご主人が、「俺も久しぶりに測ってみようかな」と言って、ノーヴェにまたお金を貸してもらっている。ノーヴェはご主人を睨《にら》みつつも、受付のおばあさんの目を気にしてか、何も言わずに硬貨を渡した。

全体の一割くらいのところでとまる針。茶色、としか言いようがない色のガラス玉。

俺でもわかる。たぶん、めっちゃ少ない。

「お、ちょっと伸びた！」

「……やっと一般人の平均に届きそうでよかったね。その歳《とし》でまだ伸びるの？」

「修行の甲斐《かい》があったぜ」

「おや、面白い色をしているね……普通、その魔力量では表示されないはずの系統がこんなにたくさん」

「えっ！　これただの茶色ではないのですか!?」

俺にもただの茶色にしか見えんが？

「ずいぶんと歪《いびつ》だ。黎明《れいめい》、混沌《こんとん》、大震、暴風、炎天、星隕《せいいん》、大渦、氷獄、極雷……」

「な、何!?」

おばあさんが聞き慣れない単語を列挙していく。おばあさんには一体何が見えてるんだ。

この身体の語彙《ごい》スペックでは内容が理解できない。でも、なんか強そう！

「これほどのものを見たのは初めてだ。一人で国をいくつも落とせる『世界系』ばかり……まあ発動できたらの話だけどねえ」

「……どれも古文書に出てくるような系統……全部混ざると茶色になるんだ…………機械の故障ではないのですか」

「さてねえ」

「言ったろ、昔は星の子と呼ばれていたほどの魔法の天才で」

「はいはい聞いた聞いた」

星の子、ニュアンス的に『神童』みたいなかんじかな。神童というより最終兵器だと思います。

やだな、ご主人が高笑いしながら魔法ガンガン撃ちまくる世界の破壊魔になったら……。

でも、魔力量からして発動は絶対に不可能みたいだ。機械のバグだといいな。

「ご丁寧にありがとうございました」

「おう、ありがとうな」

ノーヴェが丁寧語で受付のおばあさんにお礼を言う中、ご主人はいつもの口調で実にフランクに礼を言う。ノーヴェにめっちゃ睨まれてる。

「いいんだよ、暇をしていたからね。ここは街での騒動とも縁遠い場所よ」

「……失礼ですが、その腕輪は『環位』とお見受けしました。前々領主さま、でいらっしゃいますね？」

えっ。むちゃくちゃすごい人なのでは！

「ふふ、言ったでしょう、今はただの職員だと。『目利き』が活《い》きる良い場所だと思わないかい」

「そりゃあ心強い。またぜひ『鑑定』を依頼したいもんだ」

「ハ、ハルク！」

「待ってるよ」

気さくな人のようで助かった。ノーヴェは慌てているが。

ご主人は偉い人と聞いても態度は変わらない。というより誰に対しても同じ口調なのだ。きっと王様に会っても同じなんだろうなあ。

「さて、坊やたちはこれから大仕事が待っているのでしょう」

「……どうしてそうお思いに？」

「わかるさ。『目利き』だからね。子供たちにこの支部の掃除をさせてしまうことになって、すまないねえ」

「掃除……？」

「ここのところ、どうにも風通しが良くない……今の領主とは共にお茶を飲んで世間話をする仲でね。耳寄りな話があればまた教えておくれ」

「……承りました」

「子供は宝だ。大事にしなさい」

おばあさんからは元領主、というような威圧感はまるで感じない。孫を見守るおばあちゃんそのものだ。それでも只者《ただもの》ではないことはわかる。すごい人と出会っちゃった。

掃除、と聞いたご主人は訝《いぶか》しげな目つきになっちゃってるが。

おばあさんは日向《ひなた》のような笑みを浮かべたまま、別れの言葉を口にした。

「良き巡りのあらんことを」

「良き巡りを」

挨拶を交わしたあと、どこかぼんやりしたノーヴェを引っ張って俺たちは鑑定所を後にした。


支部に併設してある食堂に行くと、アキと、それからリーダーとダインも来ていた。

すごい。場所の約束とかしてないのにちゃんと合流できた。アキのおかげかな。

「無事に発行できたようだね」

「ああ、時間があったからアウルの魔力を測ってきたよ。将来有望だってさ」

「そうかい、それはよかった」

ニコニコ顔のリーダーに頭を撫《な》でられる。がんばって役に立ちますよ。

ここに集まったということは、お昼ご飯ですかな？

お昼時だからか、広めの食堂にけっこう人が入ってる。食堂に注文を取るような店員はいなくて、カウンターで欲しいものを言うとお金と交換ですぐに渡してくれるシステムみたい。

「こちらも思わぬ情報が入ってね……昼食を食べながら話そう」

「よし！　隣の国の料理も出してるって聞いたからちょっと楽しみだったんだよ」

待て待て。ステイですよご主人。

俺は、尻尾を振りながら喜んで料理を取りに行こうとしたご主人の服の袖を引っ張った。

「ん？　どうしたアウル。何か食べたいものがあるのか？」

「……バカ、金がないって言いたいんだよ」

「あ」

やっぱり忘れてた。リードが必要だな、このご主人。

いいかげん別の組合で引き出しちゃえよ。ご主人だけじゃなくて俺もセットだから、二倍速でツケが溜《た》まってるんだが。

横でダインがくつくつと笑いをこらえている。貴様、さては俺の思考を読んだな？

「僕が奢ってあげよう。支部に行くよう説得したのは僕だからね」

「シュザ、甘やかしちゃダメ」

「悪い、ちゃんと返すよリーダー」

ノーヴェも甘いと思う。

メニューはわからんのでリーダーにお任せしたら、スパイシーな香りのスープと野菜のサンドイッチを買ってきてくれた。隣国の料理なのか、この国の料理なのかわからないが、もしかしたらアジア系の料理もあるかもしれない。

このスープ、辛いやつかな。この身体、辛いものは大丈夫だろうか。食べ慣れてない気がする。

各々が食べ始めたのを見て、俺もスプーンを手に取った。ちょっとだけ唐辛子っぽい辛さで舌がピリッとする。でも大丈夫そう。よかった！　おいしい。

「じゃあノーヴェ、魔法を頼む」

「了解……………はい、これでこちらの会話の内容は聞き取れなくなったよ」

「ありがとう」

フワッと何かに包まれる感触があった。

領域魔法、だったか。向こうの世界の知識で言うと『結界』みたいなものかもしれない。

最初に発言したのは、ご主人だった。

「俺からいいか？　さっき鑑定所で会った人が、支部に何か問題がありそうなことを言ってたんだ」

「……高齢の『環位』の方がいたんだ。オレたちが『支部の掃除』をすることになるって、意味深長なことを仰《おっしゃ》っていて」

「僕たちの得た情報と関係がありそうだね」

リーダーはスッと目を伏せ、スープをひとくち飲む。

リーダーのスープは俺のものより赤い。トマト系かな、それとも唐辛子の赤さかな？

「僕らは支部長から世話役として押しつけられた、あの窃盗をした彼に話を聞きに行ったんだ。そこで無視できない情報を聞いてね」

要約するとこうだ。

その人がしょぼい窃盗をして捕まったのには、わけがあった。彼は支部長からある命令を受けていた。「パーティーに紛れて行動し、時が来ればパーティーの荷物の中に『あるもの』を紛れさせるように」と。彼は『あるもの』が何かは知らされていなかった。しかし前々から支部長の動きに怪しさを感じており、しかもその命令がカトレ商会が潰れたすぐあとだった。

彼は考えた、これはまずいのでは、と。しかし、ただの職員である自分がそのことを周囲に話したところで、支部長という権力者の言葉の方が力がある。敵《かな》わないと悟った彼は、悪事に巻き込まれる前に軽犯罪で捕まることにした。衛兵の監視下にある工場での社会奉仕という、ある意味とても安全な場所でやり過ごそうとしたのだ。

つまり、彼は自衛のために窃盗をしたのだ。盗んだものも、価値が高いものではなかったらしい。

うーん、かしこい……のかな。

でもぺらぺらとそんなによく話したもんだな……いやダインのやつが思考を読んだのか、たぶん。

支部長が命令した『あるもの』は恐らく『粉』だ。ここにいる全員がそう思ったことだろう。

問題は、『粉』をこのパーティーの荷物に紛れさせようとした理由だ。

リーダーはスプーン片手に考え込む。

「こうなると、しきりにあの借家を薦めてきたのもわけがありそうだね」

「むぐ……昨日は支部長には会えなかったのか？」

「うん、不在だったよ」

「一度会ったほうがいいだろォなァ」

ご主人の勘が当たりそう。

おそらく、支部長は『粉』の流通の中核にいて、カトレ商会が倒れたのを見て慌てて『粉』と自分との関与が疑われないよう火消ししてるんじゃないだろうか。そのために、他所《よそ》から来た冒険者のパーティーを利用しようとした。推論だけど、いい線いってると思う。

借家の件はまだよくわからない。

そうなると、だ。ここ、つまり支部は俺たちにとって敵地のど真ん中じゃないですか。

ヤバい。なんだかややこしくて混乱してきた。

頭を整理しよう。

まず、このパーティーは『粉』の流通を明らかにする依頼を受けてこの街サンサに来た。そしてカトレ商会の周辺が怪しいとにらんだ。しかしカトレ商会の怪しかった面々は『奴隷への虐待等』の容疑がかけられ王都に連行されたため、『粉』情報が得られなくなった。

そこでご主人がたまたま商会にいた俺を買ったことで、カトレ商会と『粉』との関与を確信し、さらに冒険者の女が供給元だと考える。その冒険者の女を捕まえて情報を得ることに成功。女が冒険者組合の支部長と懇意であったことが判明。今は支部長の周辺を洗っている最中である。

そしてたった今、支部長がこのパーティーを陥れようとした事実が判明した。

……こんなかんじか。

俺が知らなかった情報はみんなの話から補完する。やっと流れが見えてきた。

ここで大事なポイントがある。今のところこの国では『粉』の使用や所持を制限するような法律がおそらくないってことだ。『粉』がヤバいものであるという認識はされている。でも衛兵に通報しても逮捕はされない。『粉』に関わっていたあの冒険者の女は、『奴隷への虐待等』があったから衛兵に引き渡すことができた。

つまり、支部長が『粉』を使用したり流通させていたからといって、捕まえることはできない。このパーティーが依頼されたのはあくまでも『粉』の流通の調査であり、逮捕に関する裁量権など持ってはいないんだ。

だけどなあ。

「……どうするよリーダー」

「私怨《しえん》を挟む気はないけど、仕事は完遂させなくてはね」

「シュザ怒ってるね……」

「『怒れるマールカの咆哮《ほうこう》はさながら天龍の如《ごと》く』だなァ」

そりゃあ、本来冒険者を守る立場の人間が、冒険者を嵌《は》めようってんだ。いつも穏やかな態度を崩さないリーダーだってビキビキするというもの。俺だって間接的に『粉』の被害者だし、思うところはいっぱいあるぞ。

でも、どうやって落としどころを見つけるんだろう。相手は腐っても権力者、一介の冒険者がどうにかできるのかな。

「いっそ、支部長を言いくるめて借家の内見に同行させせりゃァいいだろ。俺がいるんだからよォ」

「そりゃ、あそこには何かがあるんだろうが、どう言いくるめるんだよ」

「そォだなァ、例の雇い人やあの女の話を振ったらいいんじゃねェ？」

「動揺を誘って判断力を鈍らせるんだね」

「それでいこうぜ！　向こうは俺らがただの冒険者だと思ってるから、こっちが優位なのは間違いねえよ」

「じゃあ僕は『奥の手』を使おうかな」

みんな悪い顔をしている！　頼りになる悪い顔だ。

こうやって裏で動く悪い顔の人たちがたくさんいるから、街や国がクリーンでいられるんだな。

ありがてえ。……俺の出番なさそう。

「僕は事前に『報告』をして、あの人に同行してもらうことにするよ」

てェだしなァ」
「アウルはどうするんだ」
「連れてきゃいいだろ。例の商会にいたって言やァ、動揺させるのに使える。本人もやる気あるみ
「そりゃあいい」

あるよ！　出しゃばる気はないが、がんばる気はある！

ノーヴェに名前を呼ばれてピンと胸を張ったら、微笑《ほほえ》ましいという顔でみんなに見られたが。

がんばってびっくりさせてやろう。子供の新入りだと、よりインパクトがありますなあ。

こうして、俺も悪い顔になりながら、みんなは計画を詰めていった。

あとは支部長と会えるかどうか。

みんな食事を終え、リーダーは準備があると言って十分ほど席を離れた。他のみんなはデザートの甘いおやつとお茶を買いに行っている。

俺も、ご主人と半分ずつ分けるようにって買ってもらっちゃった。ザクザクした生地の上に煮詰めた果物がのってるタルトみたいなやつ！　甘い！　身体が喜んでいるのがわかる。

やっぱりこの身体、甘いものが好きなんだ。これからもいっぱい食わせてもらおうな。

ご主人も半分にしたタルトをおいしそうに、ひとくちで食べてしまった。この幸福感を味わえただけでも、生きててよかった。

お茶は紅茶のようだけど清涼感のある味がして、苦くなかった。おいしい。

まったく、仕事の最中とは思えない優雅さである。みんな本当に冒険者なのか？　……いや俺はまだほやほやの見習いなんだが。あまりに優雅でちょっと立場を忘れかけてた。これから一戦交え

るんだから気を引き締めないと。お茶飲んでからでいいか。

そんなふうに、食後のひとときを楽しんでいると、誰かがこのテーブルに近寄ってきた。

すぐに気づいたご主人がノーヴェに何らかの合図を出し、ノーヴェは領域魔法を解除する。

「歓談中に失礼する、『ガト・シュザーク』の皆よ」

「これは支部長。ちょうどお会いしたかったところです」

なんと……！　黒幕が向こうからやってきたぞ。

何度か話題に出ていたが、組合の支部長に対面するのは初めてだ。見かけは向こうの世界の基準で三十代半ばくらいかな。すこし立派な服を着ていて、相応の威厳はある。向こうから来ちゃったよ。

それよりも気になることがある。匂いだ。あの女ほどではないけど、支部長からもかすかに似た甘い香りがする。うわーと思っていたらご主人もそれに気がついたのか、少し目を細めて支部長とリーダーのやりとりを見るようになった。

「この街には馴染《なじ》めそうかね」

「ええ、支部長直々に目をかけていただいて感謝します」

表面上は穏やかに話す二人。どきどきする。

そして『支部長を借家に同行させる案』は驚くほどすんなりと進んだ。支部長は自分から「借家の件だが、気になることがある」と言い、同行したいと伝えてきた。

支部長は自分が押しつけた雇い人が捕まったことを知らないようで、そのことを話題に出すとかなり動揺していた。このパーティーが借家には入らず宿を取っていることも知らないようだったので、その点はみな黙っている。

すぐに出発することになった。

「その子供はどこの子かね。見覚えがないが」

支部からわりと近くにあるという借家まで歩いて移動する。支部長の方は秘書のような部下がひとり同伴していた。ようやく俺の存在に気がついたようだ。

「その子は、例のカトレ商会で奴隷になっていた子でしてね。僕たちは詳しくないのですが、商会のことはご存知ですか？　大変な騒ぎになっていたようでしたが」

「なんと……知っておるとも。冒険者組合とも取引が多かったゆえ、驚いたものよ。奴隷がそのように大勢あの屋敷にいたとは」

「未《いま》だに奴隷をひどく扱う人がいると聞いて僕も驚きました。この子も大変な目に遭っていましてね、巡りに従いこのパーティーで引き取ることにしたのですよ」

「そうだったか……難儀だったな」

支部長はチラチラと俺を見て何かを気にし始める。予想通りだ。俺はご主人のうしろに隠れて人見知りな子供を演出した。

ご主人は借家に近づくにつれ、顔が険しくなっていく。

「それでその……その子は何か言っていたかね？　商会で何が起きていたのか、私も知りたいところだ」

「残念ながら、その子は声を出すことができないのです」

「……そうか」

落胆したようでいて、安心したようにも見える。俺からの情報漏れが心配か？

たぶん、今からそれどころじゃなくなるぞ。

話をしているうちに、借家の前に着いた。石と木を組み合わせた、この街でよく見られるタイプのしっかりした家で、二階建てだ。開けた庭もあり、パーティーで一時的に借りるには確かに良い物件かもしれない。

「……ああ、そうだ。もうひとり同伴者がいましてね」

リーダーが手首につけていた飾りをトントンと叩《たた》く。

にゅるり。何が溢れるように飛び出して、それはしばらくモヤモヤ動いたのち、人の形になった。

ええーー？　腕輪から人が出てきた！

びっくりして叫びそうになった。声出せなくてよかった、マジで。

「初めまして。冒険者組合サンサ支部のマキム支部長。わたくしは『名も無き遣《つか》い』でございます。同行させていただきますが、どうぞわたくしのことは居《お》らぬものとして扱っていただければと存じます」

黒い髪の、どこか印象の薄い人が、支部長にゆるりと礼を取った。ご主人の腰帯にしがみついている俺にも軽く目礼をくれる。姿からも声からも性別がわからない、妙に存在感の薄い人だ。ほんとに人かな？

支部長は俺以上にびっくりしていた。目を白黒させ口をパクパクさせて全身でびっくりを表現している。この人（人かどうか怪しいが）の正体を知っているのか。

「な、き、君たちは……王命を……!?」

「往来でする話ではありませんね。支部長、家の鍵を開けていただけますか？」

「何？　君たちも鍵を持っておるだろう？」

「いいえ、この家の鍵は組合にお返ししました。僕たちは家に入っていません」

「なんだと……？」

「初めて拝見しますからね。支部長が強く推薦されるこの家がどのようなものなのか、とても楽しみです」

リーダーがニッコリして、さあどうぞというように手を広げた。だくだくと汗をかきはじめる支部長が少しばかり哀れだ。リーダー、怒らせたらめっちゃこわいな。俺はちょっと寒くなってご主人にぴたりとくっついた。

覚束《おぼつか》ない手で支部長が鍵をガチャガチャさせる。この世界の錠前も向こうの世界と似ていて、複雑な形をした鍵を使う。向こうでは生体認証や電子ロックもあったけど、こっちでは魔力認証とかありそうだな、契約時に魔力流したりするし。

ガチャリ。支部長が扉を開いた。途端に、むわっと閉め切った室内の匂いが周囲に広がる。

「うっ……」

ご主人が盛大に顔を顰《しか》め、しゃがみ込んだ。後ろにいたのでみんなは気づいてない。

耳元で小さな声で「どうしたんですか」と囁《ささや》くと、ご主人も小声で「大丈夫」と囁きを返した。

「……やっと思い出した。なんでこの家が嫌なのかわかった。匂いだ」

「？」

「昔、よく香を焚《た》いて瞑想《めいそう》する修行をさせられてて……その香に似てるんだよ、この匂い」

匂い。また『匂い』だ。俺はスンスンと周囲の匂いを嗅いでみる。いろんな匂いの中に、確かに重さのある嫌な甘さの香りがする。

――まさか『粉』か？　そうか、俺の嗅覚はこの匂いに慣れすぎて麻痺《まひ》してしまってたんだ。数日屋敷から離れてやっと認識できるようになったのかもしれない。実家の匂いに、帰郷して初めて気づくみたいに。記憶と匂いは深く繋がっているんだ。

「ハルク、そりゃ本当かァ？」

めざとく俺たちの様子に気づいたダインが小さな声で聞いてきた。耳いいな。

「ああ」

「……中に入って確かめっぞ」

『粉』がここにあるかもしれないんだ。気を引き締めて、みんなに続いて家に入る。

この世界の民家には初めて入った。照明を入れていないので少し薄暗い。玄関から入ったところは広めのホールのようになってる。少し奥の区切られた場所がくつろげる居間のようなスペースで、暖炉もあった。居間兼キッチンを通り抜けると裏の道に抜けられる勝手口のような扉がある。風呂トイレ完備だし長期で住むには狭いけど、短期間なら手ごろかも、という印象。

多分、二階にベッドルームが複数あるんだと思う。

「へえ、広さと間取りがパーティーで滞在するのにちょうどいいかんじだ」

「そうだろう、ぜひとも諸君に使ってもらいたかったのだが……宿に泊まっているというのは本当かね？」

「ええ、本当ですよ。そういえば昨夜、ちょっとした騒動がありましてね、宿には迷惑をかけてしまいました」

「騒動が？」

「そうなのです、なんでもカトレ商会に出入りしていたという冒険者の女が、僕たちの宿へと乗り込んできたのですよ」

「そ、そうか」

リーダーに追い詰められて汗だくになるかわいそうな支部長。

同時に匂いが強くなる。甘い匂い。もしかして、あの女の匂いも香水なんかじゃなくて、体臭だったんじゃないかって気がしてきた。『粉』を常用している人特有の匂いじゃないかな。自分の匂いには気づきにくいというし。

「……ハルク、どこが匂う」

「あっちの方かも……わかんねえ」

ダインとご主人が何かを探すようにコソコソと嗅ぎ回っていた、文字通り。

それより俺は、ちょっと構造に違和感のある部分を見つけた。リビングになっている場所に暖炉があるんだけど、暖炉がついてる壁がちょっと厚すぎるというか、外から見た印象より部屋が狭い気がする。こりゃ匂うぜ。海外の捜査官ドラマばかり観てた記憶がうっすらあるからな、ブツの隠し場所には詳しいんだ。

同じ壁に備え付けてある食器棚も怪しい。俺は食器棚に近づき、扉をがっと開いた。……中は空だった。それはそう。待てよ、こういうときは棚の背板をズラすのが定番。

……ズラすってどうやるの。向こうの世界の背板は薄いベニヤが多かった気がするけど、これは頑丈でしっかりくっついてる。ネズミ一匹通しそうにない。違ったかあ。俺に捜査官は早かったかもしれない。

ちょっと落ち込んでると、頭をぽんぽんされた。ダインだ。ご主人もいっしょ。

「いい鼻してるぜボウズ」

「ここが濃い気がする」

うん？　棚の背板は不発だったんだけど。

「あ～支部長さんよォ、棚の裏に硬貨を落としちまった。ちょっと動かすぜェ」

「あ、待ちたまえ、そこは……！」

慌てたような支部長の声を無視して棒読みダインは棚をガーーーーっと横にずらした。

おい！

「ん？　なんだこりゃァ」

ぽっかりと、穴が現れる。大人がしゃがんで通れるくらいの穴。大当たり。

背板じゃなくて棚そのものだった……！

筋肉に負けた……………！　俺は敗北感でその場にくずおれた。

「支部長、この隠し部屋のことはご存知でしたか？」

「知らぬ、私は何も……」

「そうですか。では中を改めさせていただきます」

「………好きにしたまえ」

あくまで丁寧な態度で、リーダーが現れた穴に率先して入る。

支部長の汗は止まっていた。代わりに蒼白《そうはく》になっている。倒れちゃわないだろうか。

ノーヴェが魔法で明かりを出して中を照らす。

「そう広い空間ではないようです。木箱が四つ積んでありますね……そちらへ運びますね」

どん、と木箱を一つ、リーダーが皆の前に運び出す。

「これは、何ですか？」

「……知らぬ」

木箱の中には、麻袋のようなものと、たくさんのガラスの薬瓶が詰め込まれていた。

『粉』だ。この借家には『粉』が大量に隠してあった。ここが、保管場所だったんだ。

そういえば、とリーダーが唐突に話し始めた。

「まだ『王命』の話をしていませんでしたね」

「……」

「我々は確かに王命を受けています。ある劇的な作用をもたらす『粉』を調べよ、と」

「……！」

お、王様からの依頼だったんすか……！　『奥の手』強烈すぎませんか……。

「さて、僕らはこの『粉』が何かを知っています。その上でお尋ねしますが、この借家を推薦されたのはどうしてですか？」

「……ぐっ」

「よもや、僕たちを罠《わな》に嵌めて『粉』を流通させている張本人だと喧伝《けんでん》するつもりだったとは仰いませんよね？」

うっ、だから借家に同行するとか言い出したのか。

本当はこの隠し部屋を支部長が発見し、騒ぎ立てて告発する予定だったのかもしれない。部下という目撃証人も用意していたし。その上で荷物を改めさせて、パーティーの荷物に紛れた『粉』を発見し、運び屋として仕立て上げるつもりだった。

『粉』に関する法律はまだない。だけど「あのカトレ商会を破滅に至らせた！」とかいう謳《うた》い文句で危険性を発表し、運搬者を摘発したとすれば。支部長を疑う人はいないだろう。それどころか、功績を認められて名声が上がったかもしれない。

それに対して、このパーティーは一介の冒険者に過ぎない。社会的信用が高いのは支部長の方だ。

だが、そうはいかなかった。相手が悪かったな。詰みだ。

リーダーと支部長が対峙《たいじ》する中、ダインとご主人が小声で話をしていた。

「この匂い、これが『粉』だったのか。もっと早く思い出してりゃな……」

「オメェこんな危ねェもん修行に使ってたのかァ？」

「ちがう、あの香に危険はない。精神を落ち着かせる程度だ。……ただ精製がけっこう難しくて、間違った製法だと幻覚や依存性が出る……って古文書に載ってた」

「古代の製法かよ。じゃ、間違ったほうが出回ったのか」

それはちがうと思うな。きっとわざと間違ったほうを広めてるんだ。依存性が高いほうが、相手を操作しやすいから。この件には明確に『黒幕』がいると感じられる。

ダインは、じ……と俺を見て、ため息をついた。やれやれ、みたいな顔しないでくれますか。

「支部長、我々の仕事はここまでです。僕らはあなたを告発する権利も捕縛する権利も持っていません。この『遺い』がすべてを記録して持ち帰り、その後決定がなされます」

「確かに見届けました。本体と共有してから十分で決定をお伝えします。少々お待ちください」

急にリーダーが、それまで気配を消していた『名も無き遺い』を指し示した。いたの忘れてた。

『本体』ってことは、やっぱり人ではない何かか……？　そう思っていたら。『遺い』は、にゅるんと腕輪に戻った。その入退場の仕方、心臓に悪いです。

支部長は肝心なことは何も話していない。だが、脱力した様子を見れば、『粉』の保管に関わっていたのは明白だろう。

支部長が連れてきた部下は状況が理解できないようで、おろおろしている。かわいそう。

「支部長、これは一体……」

「ハァ……何も言うな。王の目に留まったのだ、私は終わる。かの大国シンティアも滅んだのだ」

うーん、この人は自己保身に走りはしたけど、元凶というかんじがしないな。『粉』を広めるような悪人は、得てして自分自身はそれを服用しないものだ、と思う。支部長は明らかに『粉』の常用者だ。利用されただけなんじゃないかな。

それに、まだわかってないことがある。『粉』がどこから来たのか。

「支部長、すべてを正直にお話しになるなら酌量されるかもしれません。たとえば、誰から命じられたのか、など」

「ふん、諸君らのような若者では、あれには太刀打ちできまいよ」

「……そうですか」

そんな簡単に黒幕がいるって話してくれるんですか。『若者』か。引っかかる表現だな。

「ただ今戻りました」

わっ、にゅるん再び。慣れん。

影の薄い人が話し始める。

「決定をお伝えします。これから冒険者組合支部には監査が入ります。その間、マキム支部長は自宅にて待機し、監査官に事情をすべてお話しください。今後の役職については判位会議の後、追ってお知らせします。よろしいですね？」

「……かしこまりました」

「ご所望なら治癒師をお付けします。そして『粉』については、今後議題に上がり、取り扱いの法令が迅速に制定されることでしょう。『ガト・シュザーク』の皆様の働きに感謝します」

「恐縮です」

「それでは、わたくしはこれにて。詳細は後ほどシュザーク様とお話しさせていただきます。お疲れ様でした」

『遣い』はゆるりと礼をして、にゅるんと消えた。同時に、衛兵が借家に入ってくる。

支部長は衛兵に伴われ、項垂《うなだ》れながら出ていった。部下さんがおろおろしたままついていく。

終わった……のか？

「おーい、これどうすんの……」

あとに残されたのは、パーティーメンバーと。大量の『粉』だった。

「ええー、持って帰ってくれないんだ……」

「放置するわけにもいかないね、どうしようか」

「誰かが回収に来るだろォ。ヤツが抜かるこたァねェよ」

「じゃあ待ってないと」

うーん、締まらない。

みんなどこからか木箱を取り出して、座り始めた。俺はご主人においでおいでされて、膝の上にちょんと乗った。固い。

これで依頼はほぼ達成ってことになるのかな。依頼達成っていうより、仕返し成功！　の方が正しいかもしれない。実感が湧かないなあ。俺は大量の瓶が詰まった箱に目を向ける。

……なんだか、うまくいきすぎてる気がする。

どうして支部長は、このパーティーに決めたんだろう。街を出入りする冒険者はいっぱいいるのに、よりによって『粉』を追うパーティーを標的にした。

人数？　年齢？　構成？　王都から来たこと？　……それとも誰かに進言された？

もしかして、初めから全部決まってて、駒のように動かされていただけじゃないのか？

いくらこのパーティーが優秀っていっても、王様の部下の方が調査能力が遥《はる》かに高いはずだ。

全部調べ上げた上で、獲物を追い立てるための猟犬、もしくは囮《おとり》として使われたんじゃないだろうか。

初めから支部長を内偵するのが目的で、あとは証拠を固めていくだけだったのかもしれない。もっと時間をかけて。

だって王様の部下が動くくらいの事態だ。

想定外だったのは、商会が突如倒れ、俺が買われたこと。いや、俺を買ったご主人も想定外だったのかも。このパーティーは、いいように使われただけなのかな。それとも、その利用されるスタイルこそが『冒険者』なんだろうか。わからない。

屋敷の中にいた頃は想像もできなかったいろいろな縁や繋がり、この世界の人たちがよく口にする『巡り』を感じる。

この世界には、とても大きな『巡り』がある。その一端に組み込まれてしまったような、そんな気がする。俺たちは、みんな誰かの掌中で足掻《あが》いているだけの小さな存在なのだ。

……全部、妄想だけどな。そんなことを考えしまうのは、やっぱり向こうの世界でドラマを見すぎたせいかもしれない。考えすぎないほうが幸せなこともある。感傷に浸っていた俺は、ダインが俺を見ながら難しい顔をしていることに気づかなかった。

かなり待ってからやっと回収する人がやってきた。学者のような雰囲気の人だ。バッジのようなものをリーダーに見せていた。回収した『粉』を研究したり解析したりするのかな。彼らは俺たちが待っていたことに礼を言って、すみやかに四箱分の『粉』を回収し、去っていた。

ようやく、お掃除終わりです。お疲れ様でした。ノーヴェが大きく伸びをした。

「あー終わった。宿に帰ってアキの飯食べたい」

「あれ、そういやアキはどうしたんだ？」

「この家に入る前に別れて市場へ行ったよ。先に帰って晩ご飯の仕込みをするそうだ」

すごい。さすがアキは一切ブレないな。

なんだか、そのことに妙に安心感を覚えた。

「おお、ご馳走《ちそう》だな！」

「おいしそうだね。ありがとう、アキ」

宿に戻って、アキが作った豪勢な料理が並ぶ食卓を囲む。

つやつやした鳥の丸焼き、いろんな野菜を薄切りにして綺麗《きれい》に並べてソースをかけたサラダ、山盛りのパン、焼いた肉、そっちに焼いた肉、こっちも焼いた肉。肉。

すごい。

「今日はいろいろ大変だったけど、いったん忘れて料理を楽しもう。みんなお疲れ様」

リーダーが音頭を取り、みなバラバラに返事して食事に取りかかる。一番はもちろんアキ。肉！　さすがにもう食べられると思うんだ。いいですかね？　治癒の人。

「……アキ、その胸んとこボウズに切り分けてやれ」

「いいのか？」

「食いすぎんなよォ」

やったー!!

こっちに来て初めてフォークを握った！　丸焼きの鳥、香味野菜が詰めてあった。アキが昨日から仕込んでたやつだ。どうやって焼いたんだ？　ぱくっと食いつく。

おいしい…………………!!

「うめえ！」

「アキこの鳥最高だよ、こんなの狩ってたのか？」

「市場で買った」

「明日もう一羽買ってくれるかな？」

「もう手配済みだ」

「さすがアキだぜ！　あーこっちの肉もうめえ」

胸部分だけどパサパサしてなくて柔らかい。無限に噛《か》み締めてしまう。照りがあるから砂糖か蜂蜜を使ったのかな？　柑橘《かんきつ》系の苦味もちょっとある……！

酸味のあるドレッシングがかかった薄切り野菜と交互だと、肉がエンドレスでいけるな。

鳥肉をパンの上にのせて食うと、この世のものとは思えない幸福感が襲ってくる。香味野菜の旨味《うまみ》が溶けている肉の脂がサクサクのパンに染み込んで、飛ぶ。

生きてるなあ、俺。かなり舌が食材を見分けられるようになってるぞ。いいぞ。その調子だ。

「……こいつァ、酒がねェと…………」

「悪いねダイン。今日中に報告をまとめたいから、素面《しらふ》でいてもらわないと」

「わかってらァ……くそ、報告終わったら飲むからなァ」

ほんと、酒欲しい。洋食系だから白ワインが合いそう。すっきりして辛いやつ。

みんなはどんなお酒が好みなんだろう。ダインとか俺と好みが似てると思うんだ。こいつ医者の不養生ってかんじするもん。だがしかし。この身体だと当分飲めないんだなあ……。

あんまり覚えてないけど向こうの俺、けっこう酒飲みだったのかもしれなかった。大人になってみんなと飲めたらいいな。

食事が終わり、後片付けをすませて各々が好きにくつろいでいる。今俺は、なぜかダインの膝の上というかほぼ腹の上にのせられていた。

のだが。何この筋肉、やわらかすぎないか？　脂肪じゃないのに沈み込むようなやわらかい筋肉。どんなトレーニングしたらこんな柔らかになるんだ……？　ご主人の筋肉はカッチカチで、弾力はない。鉄みたいな筋肉。

こいつ、盾なのに人をダメにするやわらか筋肉を持ちやがって！　俺は腹筋に沈み込みながら、ダインの二の腕をぷにぷにと人差し指でつついた。

これからは、盾の人でも治癒の人でもない。『やわらか筋肉』って呼んでやろう。

「ダイン、今日『視《み》た』ことを話してくれるかい」

「おォよ……」

嫌々ながらにダインは語りはじめたので、俺はつつくのをやめた。

「まず大前提だが、支部長はかなり歳上だ。だから思考のガードが固《かて》ェ。読み取れたのは断片だけだ」

「構わないよ」

お、やっぱりダインの反則な能力ってパーティー公認なんだ。

でも他人の思考が何でも読めるってわけではないみたい。地球由来の知識を考えてるときなんかは、スルーされてるかんじがしていたから、俺の方で無意識にガードしてるのかも。

「動揺したときに『あの男の指示通りにしたのになぜうまくいかない？』、ボウズを見たときに『商会との繋がりを悟られないようにしなくては』、借家の前で『王の耳にまで届いているだと!?』、粉が出てきたときに『嵌められたのは私だったのか』……この程度だなァ」

「なんともまあ、面白みのない思考だね」

「面白《おもしれ》ェやつはそう滅多にいねェよ……こいつァけっこう面白ェがなァ」

ダインに頭をぽすぽすされる俺。

勝手に思考を読んで勝手に面白がってんじゃねえ。俺はバラエティ番組じゃないぞ。

「じゃあ、支部長に指示していた存在がいたってことかな」

「あァ」

「顔はわかんねえの？」

「……ハァ。紙と鉛筆よこせ」

えっ鉛筆？　鉛筆があるのですか!!

ペンとインク、良くてチョークか木炭くらいしかないと思ってた。ちょっと文明さん！　リーダーからダインに渡された鉛筆を目で追う。おお、まさしく鉛筆……。俺の記憶のものより芯の部分が太い気がするが、紛《まご》うことなき鉛筆。

と思っていたら、俺の身体が持ち上げられてカウチに下ろされた。俺のやわらかな椅子……。

どこからか取り出した木箱を机にして、紙にザクザクと線が描かれていく。というか、ダインが読めるのって思考だけじゃないんだ。イメージも読めてしまうの？　とんでもねえな……。ダインが悪人じゃなくてよかった。

「一瞬だったからよォ……おぼろげにしか『視え』なかったぜ。これすっげェ疲れっからもうやりたくねェ」

「見えても描けるかどうかはまた別だしな」

「死ぬほど訓練させられたからなァ……」

たしかに、自分の頭の中のイメージですら描くのは苦労するだろうに。他人の頭の中のおぼろげなイメージを紙に描き起こすのって、とてつもなく難しいと思う。

俺もどうしても描いてほしいものがあったらダインにお願いしてみよう。

「……こんなもんか」

ダインが鉛筆を置いたので、完成した絵を覗き込む。うわ、うま。

あれ、この人どこかで……。

紙を渡されたリーダーが首を傾《かし》げる。

「老人……？」

そう、老人のような顔が描かれている。歳を取った人なんて会ったことは……。

あ。

「見覚えはないね。みんなはどう？」

「この街に来てまだ数日だし、支部長と付き合いがあるような老人に、オレらが会えるとは思えないな」

「……なあアウル、言ってたよな。『屋敷で執事のおじいさんが助けてくれた』って」

「その人に似ているのかい？」

言った……かもしれない。お風呂とかでおしゃべりしてたときに。まさに、似顔絵はそのおじいさんに似ていた。ご主人が首をひねる。

「それを聞いたとき、俺ちょっと引っかかったんだよな。高齢の人が誰かに仕えることなんてあるか？」

「王城ならあり得るけど、商人の家でそれはないね」

「だよなあ」

そうなのか。……どういうこと？

執事といえばナイスミドルな渋い老人だと思い込んでたけど、この世界だと違う？

「……なくはねェ」

「なんか知ってんの？」

「この国じゃあり得ねェだろうが、カスマニアならどうよ」

「あ！」

なんでそこでカスマニアなんだ。

「アウルは知らなかったかな。カスマニア人はとても寿命が短いんだよ。そうだね、長くて八十年、だったかな」

一瞬頭が真っ白になった。

待ってほしい、寿命が八十年って普通だよ。この国の人たちは、八十年より遥かに長く生きる……んですか？

ええーーーー!!

だからか！　だから、老人が見当たらないのか!!

だから！　三十歳半ばにしか見えなかった支部長がめちゃくちゃ偉いかんじだったのか！

鑑定所のおばあさんにノーヴェがめちゃくちゃ気を使ってたのも、それか！

世界ひっくり返ったんだが。

待って、待ってくれ。ご主人もパーティーのみんなの年齢も、見かけ通りじゃないってこと……。

ダメだ、それは後にしよう。

「カスマニアだと老人が労働するのは普通のことらしいぜェ。職にありつこうと職業紹介所は毎日大勢の年寄りが詰めかけてるんだと」

「うそ、ミドレシアじゃあり得ないよ」

「カスマニアだけだ、そんな国は」

俺の価値観がぐるんぐるんしてるんですけど。たすけてほしい。

ミドレシアって何ですか。

「おい、アウルがかなり混乱してるぞ」

「あ、ごめんね？　このミドレシアで年配者が誰かに仕えるということは、ほとんどないってことだけ覚えてね」

へえ、この国『ミドレシア』っていうんだ。

ダメだ、情報量が多すぎる。細かいのは後で！

ということは、だ。この世界に来たばかりで常識を知らなかった俺は、屋敷で助けてくれたあのおじいさんが執事をやっていることに何の疑問も持たなかった。でも知った今ならわかる、あの人がいかに怪しい存在だったか。

あの人が、黒幕？

「でも、いくらカスマニア人でもこのミドレシアへの帰化を望むなら、老人を執事なんかにしないと思うよ。評判が下がる」

「アウルの前で執事のふりをしていただけかもしれないね。奴隷商でも助けてくれた人がいた、とは聞いたけど細かい話は出なかったよ」

「奴隷もだいたいみんなカスマニア人か外国人だったんだろ、気づかなかったんだよ」

みんなの話す声が遠のく。

カチリ、カチリ。ピースがはまっていく音が頭の中で響いている。俺の頭の中でさまざまな記憶が掘り起こされ、混ぜ返され、通り過ぎていく。嵐のようなそれが過ぎた後。やがてそれは一連の大きな輪になった。

脳裏には恐ろしい妄想がひとつ、浮かんでいた。

俺は、想像より遥かに大きな企《たくら》みに巻き込まれていたのではないか。ぐるぐる巡るそれに、ちょっと恐怖を感じてブルリとする。

ダインと目が合った。見えたかな？　大丈夫。全部、妄想だから。

「どこに行ったんだろうね、その『老人』は」

ノーヴェのつぶやきが、やけに大きく聞こえた。


俺は思い出していた。

いつだったか、雨の降る夜だったと思う。

一日の労働が終わり、奴隷たちの部屋で薄い毛布に包《くる》まって眠ろうとしていたときだった。

怒声と共に扉が開き、皆が身を竦《すく》める。いつも護衛たちの暴力に晒《さら》されていたから、もう慣れてしまった反射的な反応だ。

しかし、その夜は違った。一人の老人が、奴隷部屋に蹴り入れられたのだ。俺の目の前に転がってきたので、よく見えた。

『まったく、乱暴ですな……』

『うるせぇ！　今日はここで寝ろってよ！』

バタン、と扉が閉められ、入ってきた老人はため息をつきながら、服をはたいて汚れを落としていた。突然のことに、みんなどうしていいかわからず固まった。

弱く光るランプに照らされて、老人は優しい声で語りはじめた。

いわく、自分はこの屋敷の主人に仕える者であるということ。主人の不興を買い、奴隷部屋に放り込まれたこと。最近の主人は乱暴で使用人たちへの扱いもひどいので、どうにかしなくてはいけないということ。

奴隷たちも初めは警戒していたが、老人の柔らかな口調と現状への嘆きを聞いて、少し心を開いていた。

それは俺も例外じゃなかった。

『旦那様を売るような真似はしたくありませんが、これも仕方のないこと。実は、今度開かれる宴に、王都よりお越しになっている監査の方をお招きすることになっていましてね』

どうにかして、その人に現状を伝える術《すべ》はないものでしょうか、とその執事は奴隷たちに尋ねた。

奴隷たちは困惑しており、誰も答えられなかった。それに当日、奴隷たちは客の目に届かぬ場所に閉じ込められることになっていたから、どうしようもない。自分たちは、主人の不利益になるような行動は取れないのだ。

『……少年よ、君はどう思いますか？　話してごらんなさい』

執事はひと通り奴隷を見回し、最後に俺を見てやさしく言った。

話せと言われても、声が出せるとは思わなかった。

しかし、試してみると驚くほどスルスルと発声することができた。

『……護衛たち、ご主人さまが招待状を書き渋ってると言ってました……なので招待状を書きかえて、予定よりはやい時間にお客さまがお見えになるようにしたらいい、とおもいます』

これが、この世界で目覚めてから俺が初めて人前で発した言葉だった。

俺が答えるとは思っていなかったのか、執事は驚いた顔をした。すぐに思案顔に変わる。

宴の準備中は奴隷も働いている。むしろ酷使されるだろう。招待する時間を早めれば、奴隷たちが隔離される前にその役人が到着して、決定的な場面を目撃するかもしれない。

『それは名案ですな。封をする前の書状は書斎の机の上に出したままにしてらっしゃいますし、いちいち読み返したりなさいませんから、書き換えても気づかれることはないでしょう』

君はできますか、と尋ねられたが、俺は字が書けないということを伝えた。

『では、わたくしが実行致しましょう。幸い書斎の鍵は預かっておりますし、旦那様は悪筆でいらっしゃるから、筆跡を真似るのも容易《たやす》いことです』

優しく微笑んだ執事が、救いの神に見えた。わずかな希望の光が差し込んだようだった。

本当に執事が俺の案を実行したのかはわからない。

ただ、数日後に奴隷部屋の扉を開いたのは護衛たちではなく、衛兵と領主の騎士団だった。

こうして、俺たちは地獄の底から抜け出すことができたのだった。

経緯を思い返しても、執事のおじいさんに不審と思えるようなところはなかった。

これまでの価値観なら、の話だ。今はまるで違う世界が見える。

彼が黒幕だとしたら。俺の妄想はどんどん大きくなっていく。

カトレ商会は意図的に潰されたんじゃないか、と思える。カトレ商会の評判は悪くなかった。カスマニア人であるという偏見も乗り越えて地域に根ざした商会へと成長した。

商会を利用しようとしていた黒幕にとっては、自分の言いなりにならない会頭がだんだんと目障りになっていったに違いない。その上、国に『粉』の存在が嗅ぎつけられたことに気づく。

だから、潰すことにした。最もダメージの出る仕方で、商会が丸ごとそっくりなくなるように。

そしてそれを実行した。

きっと、その後釜に据えられる商会こそが黒幕の本命だ。俺の案なんてあってもなくてもよかったんだ。奴隷の現状と意思確認のため、それから万が一の時に自分が加害者ではなく助けた執事として奴隷たちの記憶に残るよう印象付けるため、あの夜あの部屋へ現れた。

そもそも、奴隷もカスマニア人の護衛もきっと彼が用意して契約した駒なんだ。

なぜなら、声が出せたから。俺の本当の主人はカトレではなく、あの執事のおじいさんだったのだ。だから彼の前では話せたんだ。俺たちは、奴隷への虐待という弱みを作るために使われた小道具だった。

支部長へいろいろと指示したのは、調査する者の目が支部長本人に向けられるようにするためだろう。それだけの大物が絡んでいたとなれば無視できないからだ。

このパーティーが調査の命《めい》を受けていると知っていたかどうかはわからない。もし知っていたとしたら、王都に情報を流す者を置いているのかも。もうすでに、こちらの想像より長く彼の手は伸びているのかもしれない。

なんてことだ。

あのおじいさんは奴隷の恩人であると同時に元凶でもあったかもしれない、なんて。

……いろいろ妄想したけど、重要なのは経緯じゃない。目的だ。あの老人は何のために、こんなことをしたのか。

俺の予想では――。

世界征服じゃないか。

……なんかめちゃくちゃ頭の悪い言葉になったな。だけどいろいろすっ飛ばして結論を言うとそうなる。全部妄想だが。ぜひとも俺の誇大妄想であってほしい。

いつの間にか、俺はダインのお腹の上にまた戻されていた。ちょっと壮大な陰謀論について考えすぎて疲れちゃった。

悔しいことに眠くなってきた。この時間に寝るようにしつけられたせいだ。教育の弊害！

あと、やわらかく沈み込むような筋肉のせぃ！

ご主人が俺に近づいてきて、手を伸ばした。

「ほら、風呂に入るぞアウル」

む、ご主人を洗わねば。

目を擦《こす》りながら、俺は頭に浮かんだこの街の未来を振り払ってご主人についていった。

コトリ、とシュザがペンを置く音がした。

「うん、報告はこれでいいかな。ありがとうダイン……………ダイン？」

「どうしたんだ、ぼんやりして」

「……………」

ダインはいつものように体をカウチに投げ出している。しかしすこし難しい顔をしていた。

「ヤベェもん、視ちまった」

「え？　何見たんだ、誰の？」

「ボウズだ」

「アウルがどうかしたのかい」

ダインは『視た』ものをどう説明したものか逡巡《しゅんじゅん》した。

自分が、自分たちが考え至らなかったような未来だ。その壮絶な予想図がアウルの頭の中を駆け巡るさまを、『視て』しまった。

あるいは、見せられたのかもしれない。

「あいつは……その爺《じい》さんのしようとしてることを予想してやがったんだが……………」

「ええ!?　目的を予想してたの？　やっぱり、ずいぶん頭が回る子だね」

「そうじゃねェ、そんなもんじゃねェよ」

ダインは体を起こし、座り直した。

「……カトレ商会の抜けた穴はデケェ。それを埋める存在が必ず現れる。そんで、その『新たに現れる商会』こそが爺さんの目的だろうって話だ」

「どういうことだい」

「カトレを乗っ取れなかったから、潰してすげ替えたってこと？」

「そォだ。次にこの爺さんに会うとしたら、新たにこの街でカトレの代わりに商売を始めた商会の、会頭の隣あたりに並んでやがるのを拝むことになる…………ってのがボウズの予想だ」

「うわ、じゃあこの街でまた『粉』が広まるかもってことか？」

「それだけじゃねェ」

この街サンサは貿易の玄関口だ。新たな商会を通じてサンサを裏から掌握してしまえば、南の二ヶ国、そしてこの国の王都にまで手を伸ばすことができる。徐々に、着実に、裏から数カ国を操り、ひいては世界をも手に入れることになるかもしれない。

世界征服への道。

それがアウルの『予想』もとい妄想だった。

恐ろしく遠大でむちゃな計画、しかし実現は不可能ではないように思える。現にサンサの街は多大な影響を受けている。冒険者組合の支部長にまで手が伸びていたのだ。

もうすでに、それは始まっているのかもしれない。

「ボウズはなァ、『粉』がわざと依存性が残るよォに精製されてんじゃねェかって考えてたんだよ。資金集めと駒を増やすのを兼ねてなァ。国力を下げるオマケつきだ」

「……」

『粉』は単なるきっかけだ。どの街でも、裏がある。そこを支配できりゃ全部を手にしたも同然ってなァ。そォだろアキ」

「そうだな。路地裏の者たちは、そういう手合いに利用されやすい」

アキは子供の頃に路地裏で暮らしていたため、その言葉の重みに皆は黙り込んでしまう。

この短い時間に、それだけのことを予想したというのか。あの丸くてふわふわした赤茶色の頭で。字も読めないというのに頭の中はどうなってるんだ、と皆が思った。

シュザは、信じられないという表情をダインへ向けた。

「……本当にアウルがそんなことを考えていたのかい」

「俺が考えたことにしてもいいが？」

ダインの返答に対して、シュザは「君を疑っているわけではないよ」と補足しつつまだ信じられない様子で首を横に振る。ノーヴェもそれに同調した。

「ハァ……執事の話でショックを受けてるのかと思ってたのに」

「ショックではあったろ。そのあと、とんでもねェ方向に思考が飛躍したってだけでなァ。『これはただの妄想』ってしつけェほど繰り返してやがった」

「だけど、政治的な影響にまで思い至るものだろうか。教育を受けたわけでもないのに」

「『王の影』どもみてェな着眼点だわなァ」

「不動と言われていた大国シンティアだって滅亡した、だよ」

有名な故事を引き合いに出して、ノーヴェはシュザとダインに対して『この世にあり得ないことはない』と暗に指摘した。

誰からともなく、ため息がこぼれる。

「いつか話してくれたらいいな」

「そうだね」

自分たちの知らない世界がある。そしてきっと、あの不機嫌な顔の少年はそれを知っているのだ。

今回はその一端に触れてしまった。

だが、この件に関しては自分たちにできることはもう何もない。報告書を提出してしまえばこの特殊依頼は達成される。またいつも通りの、冒険者の生活に戻るだけだ。

スッと、アキが酒瓶を取り出した。

「飲んで忘れろ」

「そォするわ」

「待って！　忘れちゃダメだろ！」

「せめて、新たに参入させる商会の選定には気をつけてほしいって、領主か『遣い』に言付《ことづ》けしたいところだね」

「それならいい人がいる。ほら、鑑定所の……」

「百五十年物だとォ？　アキどこで手に入れやがったこんな代物」

「お前には教えん。いいから飲め」

「チッ、オメェのつまみの旨さに免じて見逃してやらァ」

「オレにもくれ！」

風呂から上がった二人が、こうして憂さ晴らしに始まって熱狂的に盛り上がっている酒宴に驚くまで、あと少し。

新生活の四日目。

朝起きると、屍累々《しかばねるいるい》だった。酒くせえ。

いかにも宅飲みの成れの果てっていう惨状だ。昨夜、風呂から出たときにみんな異様に盛り上がっていたけど、気が詰まる仕事を終えた解放感でおかしくなっちゃったかな。よくあることだ。

ダインはトイレの前で力尽きてる。ノーヴェとリーダーはどうにかベッドに収まっているが、アキも頭を押さえて呻《うめ》きながら調理場を這《は》っていた。

ご主人はちゃんとベッド……の下ですやすや寝ていた。穏やかな寝顔だが、場所がちょっとおかしい。まともな人間が俺しかいない。

よし、浄化だ、浄化！

窓を開けて、部屋全体に軽めの『浄化』をかけた。風も吹かせて空気を入れ替える。酒くさいのが、ちょっとましになった。散らばった酒瓶を集めて並べておく。食べ散らかした痕も『浄化』。脱ぎ捨てられた服も『浄化』！『浄化』祭りだ！わっしょい！

ふう。

こりゃ、大人になってみんなと飲むのは苦労しそうだ。

調理場に行くと、アキがのろのろとパンと果物らしきものを木皿に置いて渡してくれた。

無理をしないで。

「悪いが……ダインを…起こしてくれ……」

やっぱり無理だった。治癒師の出番ですよ。


「飲みすぎてしまったね」

「くそ、まだ頭いてェ……ノーヴェ」

「まだ魔力動かしたくない。自分で何とかしてくれ」

「ボウズ」

「アウルにはまだ回復教えてないだろ」

ゾンビのようだったみんなが、ダインの回復によってようやく人間の姿を取り戻した。

あれだよな、肝臓のアセトアル何ちゃらっていう成分を分解するイメージでいいんだよな？

ダインはまだつらそう。

それなら俺でもできるかも。よし、人体実験だ。

「冗談だ。無理すんな………ん？」

「あれ、治った？」

「……治った」

「すげえなアウル！　今度コイツらがだらしなく二日酔いになったらアウルに回復頼めるぜ」

「酔わないからって偉そうにするなハルク」

「よし、次に回復するときは金払ってもらおうなアウル」

「嘘《うそ》だよ、ハルクは偉いね」

「偉いのはアウルだね」

元気になったら途端にうるさくなった。今度からは、ほどほどに治そう。

朝食や身支度を終え、みんなは荷造りを始めた。収納鞄《かばん》という、空間魔法がかけられたポーチに放り込んでいくだけの簡単なお仕事。ひとりひとつは持ってるらしい。

依頼を終え、とうとうサンサの街ともおさらばするのだ。

「市場と支部に寄ってから出発したいね」

「ん？　必要なもんあるか？」

「あのねえハルク……身一つで連れてこられたアウルがこのまま旅に出られると思う？」

「あ！」

「それと金返して」

「あ」

ポンコツご主人も通常運転である。

買ってもらってばかりでちょっと申し訳ないが、働きで返しますので。

『浄化』で綺麗にできちゃうから、服がそんなにたくさん要らない。この世界、その点が便利で助かる、んだけど。

「どうしたアウル。そんなもじもじして」

「……部屋を綺麗にしすぎたこと、気にしてやがるぜ」

「宿の旦那は喜ぶと思うよ。……多分」

実際、宿の旦那は部屋を見てむちゃくちゃ喜んだ。金を払うから他の部屋もやってくれと頼まれたが、リーダーが断った。これから旅に出るのに無駄に魔力を消費できないので。

まず支部に行き、預金引き出しや諸々《もろもろ》の手続きを終えて市場に向かう。裏では波乱があった冒険者組合支部だが、表向きは支部長のことなどなかったかのように通常営業している。

途中、ノーヴェが用事でどこかに行ったり、アキがふらっと食堂に行くのを引っ張って止めたり、それなりにいろいろあって支部を後にする。

「実は、アウルに渡したいものがあってね」

支部を出たところでリーダーが収納鞄から布のようなものを取り出した。

外套《がいとう》だ！　フード付きのポンチョみたいなやつ。買ったのかな？

「奴隷商に話を聞きに行っただろう？　その時に奴隷商の主人がアウルはどうしているか尋ねて、『子供の服はなかなか売ってないでしょう』ってこれを渡してくれてね……他にもまだあるよ。必要なものだし、せっかくだから買い取ったんだ」

あの奴隷商！　悪人顔なのになんて優しい人なんだ。いつか恩返しがしたいね。必ず世界で一番ハッピーになってみせるよ。

よくよく考えてみれば、あの奴隷商の夫婦も見た目よりかなり年齢が上だったんだろうなあ。

ノーヴェが感心したようにいうなずいてる。

「そりゃハルクが押しに負けるはずだね。遣《や》り手《て》だよその主人」

「負けてねえよ！　……リーダーありがとう。払った分は返すよ。あと、こないだの食事の分も」

「僕は構わないのだけど……ハルクの気が済むならそれでいいよ」

「オレの貸した分、ついでに返して」

「いくらだっけ」

「覚えとけよ……」

ご主人はチラッと助けを求めるように俺を見た。しょうがないなあ。指折り数えてみる。

えっと、市場の朝ご飯二人分で銀貨一枚、随行者証の発行で銀貨一枚、魔力鑑定二回分の銀貨二枚……しめて銀貨四枚の借金ですね。俺は指で四を作ってピッと掲げた。

「アウルはかしこいな！」

「しっかりしろ、主人」

四則演算とも呼べないような計算で頭わしゃわしゃして褒められても困る。犬じゃないので。そろそろ貨幣価値とか教えてほしい。度量衡《どりょうこう》も年月日もなーんもわからん！

まあ、いいか、ちょっとずつで。

市場は今日も賑わっている。まだちょっとピリピリしてるけど、そのピリピリもやがてなくなるんだろう。

俺の旅支度はけっこう大変だった。野営するようなので毛布とか細々《こまごま》した日用品とか、基本的な物をたくさん買わなくてはいけない。奴隷商が服を提供してくれて本当に助かった。

良《あ》し悪しがわからないし、口を挟むこともできないので、言われるままに購入したものを身につけたり鞄に詰めたりする。品物をじっくり見たかったけど、その余裕はなかった。

ほかのみんなも、それぞれ必要なものを手際良く購入していく。交易の街なだけあって、品揃《しなぞろ》えがいいみたいだ。

みんなの服は街にいるときの緩めなものとは違って、『冒険者』な装いになっている。多分、防具が増えたのかな。靴も、ブーツのような脛《すね》を覆うものに変わってる。それだけでもう、一般人とは違うぜ！　って主張してる。武器はまだ身につけていない。

俺は、といえば。いつもの服、靴、靴下にポンチョ外套。それに加えて小さなナイフ、小さなポーチ、手袋、収納鞄。それが装備だ。ちょっと旅人らしくなった。

ご主人は身軽なほうがいいらしく、ご主人の収納鞄は俺が持つことになった。俺と共用だ。

荷物持ち、見習いらしい仕事！　といっても、背負うタイプの収納鞄ひとつだ。空間魔法がかけられているから中身がどれだけ入っていても重くない。荷物持ちと主張するには少々荷が軽い。

ご主人はこの軽さでも動きの邪魔になるから、持ちたくなかったんだって。とても喜んでピョンピョンしていた。ワンちゃんかな。

俺も仕事ができてハッピー、ご主人も身軽でハッピー。これが世界平和だね。ウィンウィンだ。

ルンルンピョンピョンする俺たちをダインが不審なものを見る目で見ていた。

「北門からしばらく街道沿いに歩いて、草原を越えた後、森に入る経路で行こうと思うんだ。草原のあたりで休憩したり訓練したりできると思うよ」

「森の中で野営だね」

「森を突っ切ったら王都まで近いな」

「それでいこう」

リーダーの案にみんな賛成して、門を目指して歩き始める。

だんだん、人より馬車が多くなってきた。旗のようなもので誘導する人が真ん中に立って、信号の代わりをしている。ときどきピヨォーーと笛を吹いていた。こちらの交通事情、面白いな。

車輪の音、カポカポという蹄鉄《ていてつ》の音、馬の嘶《いなな》き、御者のかけ声。

まるで映画のセットに迷い込んだよう。異世界に来た実感が強くなった。

門は馬車が四台は並んで通れる広さで左右に大きな石造りの見張り台がある。この街の外壁を初めて見たけど、思ったより低い。あまり防衛は意識されてないのかな。戦争が少ないからなのか。魔法があるから無意味だからなのか。うーん。

唸《うな》っていると、リーダーに名前を呼ばれた。

「アウル、あそこに人が並んでいる停留所があるだろう？　そこから王都に向けて一日に四回くらい定期便がでているんだ。もし僕たちとはぐれてしまったら、街道に出てあの紋章の馬車に助けてもらうんだよ？　巡回騎士団が通ることもあるから、そちらでもいい。随行者証を見せたら、王都まで乗せてくれるからね。覚えておいてくれるかい？」

リーダーがしゃがみ込んで俺に言い聞かせた。

何があるかわからないもんな。定期便のマークは疾走する馬の絵だ。わかりやすい。

うなずいて了解の意を示すと、リーダーは優しく笑って俺の頭を撫でた。お父さん……！

「じゃ、王都に帰ろう！」

天気は晴れ。

ノーヴェが元気よく歩き出して、俺たちもその後に続いて門をくぐった。

交易の玄関口。さまざまな人や物が交差し、出会い、別れる街サンサ。

いろいろあったけど、ここは俺にとって始まりの街で、最悪と最高が隣り合っていた。

とうとうお別れか。不思議な感慨に包まれる。

さよならサンサ。またね。


なかなかうまく運ばぬものだ。

ある小さな商店の地下室で、老人は嘆息した。

だが、走らせている計画はひとつではない。表に出たのはわずかな部分だけだ。王の影に嗅ぎ付けられてしまったが、彼らは巨大な蛇の尻尾の先端を掴《つか》んで歓喜する愚か者だ。

己はもっと大きな流れを操っている。

老人はランプに照らされた大きな地図を眺めて目を細めた。そこには、主要都市にいくつもピンが立てられ、赤い糸が蛇のように伸びてそれぞれを繋いでいる。詳細な計画が記された、未来の勢力図を前にして、老人はゆっくりと手にした杯を傾ける。

サンサの街は、この中央国ミドレシアから忌まわしき祖国カスマニア、その隣のマシネイア列島諸国への足掛かりとなる。カスマニアは商業の国だ。その中での熾烈《しれつ》な争いに比べればミドレシアなど容易く掌握できよう。

そうすれば、誰もが認めざるを得なくなる。

己が存在を誰もが畏怖《いふ》をもって知ることになる。

老人は、カスマニアのとある商家の三男だった。凡庸で、大きな才に恵まれず、誰からも気に留められない、影のような存在だった。多くの店を渡り歩き、行商をし、数多《あまた》の国を訪れて商才を磨いていった。それでも、どこにでも現れる『カスマニアの商人』のひとりでしかなかった。

己を、己が、唯一無二だと認めさせねばならない。

幼い頃から燻《くすぶ》っていた不満の火種は徐々に大きくなり、全身を焼き尽くすほどに苛烈《かれつ》になっていった。各地で思想に賛同する者を集め、組織的な地下活動を始めた。正攻法では既存の権益に食い込めない。彼は、非合法なやり方が自分に非常に合っていることに気がついてしまった。

こうして、裏社会を牛耳らんと画策するひとりの『老人』が誕生した。


彼は『粉』の可能性に目をつけ、財産をはたいて生産に力を入れた。

『粉』はその危険性を周知したとて蔓延《まんえん》を止められるものではない。法律ができたとしても、それを逆手にとる方法は幾通りもある。人員を用意する伝手《つて》もある。すでに多くの仕掛けが、獲物を狙う蛇のように鎌首をもたげている。

ようやく始まったのだ。自分が主役の時代の幕開けだ。誰にも止められはしない。

老人は満足げに杯を置いた。

すかさず、注《つ》ぎ足される酒。

トポトポ……という音にハッとして老人は傍らを見た。

いつからそこにいたのか。

夜空のような目をフードの下から光らせている男が、当たり前のような顔をしてそこに侍《はべ》っていた。老人は人を信用していなかったので、誰にもこの場所を告げたことはない。

誰もいるはずはないのだ。

「誰だ！　……いつから？　なぜこの場所が」

「……ほう、街を離れる前に顔を拝んでやろうと匂いをたどってきてみれば。本当にただの老人だったとはな。ま、存分に飲めよ」

「貴様……どこの手の者だ」

「何者でもない。通りすがりの光陰のようなものだ。気にするな」

全く気配がしなかった。王の影が、まさかこの場所まで探し当てたというのか？

その若者はするりと回復薬の瓶を取り出し、一気にあおった。

「疲れるからなあ、さっさと終わらせちまうか」

「……私を消しにきたのか」

「『消す』？　ああ殺すって意味か。心配するな、俺は人を殺さない」

「では、何をしに来たのだ？」

「お前に恐怖を授けに」

ゴオ――――!!

濁流に呑《の》まれたかのような凄《すさ》まじい衝撃が老人を襲った。

感じたことのない悪寒が背筋を幾度も走る。肌はすっかり粟立《あわだ》ち、膝が笑う。

夜空のようだった若者の目が金色の光を放った。その目に睨まれた瞬間、縫い留められたように

動けなくなる。

恐ろしい。理性も本能も破壊し尽くすほどの威圧を前にして、傲《おご》っていた己の無力さを身に沁《し》みて感じる。なんと小さく、弱いのか。

永遠に続くかに思えたそれが、唐突に終わった。

老人は打ち震えながら部屋を見回したが、何も変化していない。慌てて杯を掴んだ手は、ガクガクと壊れたように揺れた。

若者は涼しげな顔でさっきと同じ場所に立っており、震えながら杯に口をつける老人を横目に、同じように回復薬の瓶をあおる。

「い、今のは一体……」

「今ので気絶しないとは、なかなか気骨がある。俺は、とある高き存在より加護を受けている。その威光の一端を見せてやったんだ」

「加護、だと？　貴様は『王の影』ではないのか」

「違うよ。加護のせいで地を穢《けが》す輩《やから》を見過ごすわけにはいかなくてな。この国も気に入ってるしな……だが耐え切ったお前に敬意を表してひとつ、昔話をしてやろう。——およそ千五百年ほど昔のことだ。かの大国シンティアが繁栄を誇っていた時代、ある小国がシンティアを落とさんとして策を練った。国力を削《そ》ぎ、内部から腐らせるために、とある植物の種子から抽出し精製した薬物を広めた。その薬物は人々に『夢』を見せる代わりに恐ろしい惑溺《わくでき》性を秘めていた」

「！」

「薬物はシンティア民の手に渡り、計画は成功したかに見えた。ところが、いつまで待ってもシンティアの国力は落ちず、腐ることもない。逆に小国の中で薬物の中毒者が多数出るようになった。しだいにその小国は衰えてゆき、やがて周囲の国々に飲まれるようにして消え去った。

その小国の名は……」

ゴクリ、と老人は喉を鳴らした。己の所業をすべてを見透かすような、煌《きら》めく夜空の瞳に魅せられる。その口から滔々《とうとう》と語られる歴史に呑まれそうになるのを、必死で耐えた。

「――名前は残っていない」

「！」

「名前すら残らず、その愚行のみが歴史書に刻まれることになったってわけだ。……つまり千五百年も前に、お前がやろうとしたことはすでに失敗してるんだよ。街の図書館に置いてる古文書の写本に書いてあるぞ。粉の製造方法だけ読んで満足したか？　歴史をもっと知るんだな」

「な……何…………なぜそれを……」

磐石《ばんじゃく》に思えた未来の世界地図が、儚《はかな》く砕ける音が聞こえた。認めるわけにはいかなかった。

「なぜ計画に気づいたのかは知らぬが、私はまだ止まれぬ……！　己《おの》が存在を認めさせるまで止まらぬぞ……」

「なんだ、そんな理由でこの街を引っ掻《か》き回したのか。計画とやらは知らねえな。だが、なんでシンティアが落ちなかったのか、わかるか？」

「…………」

「必要なかったんだよ。大国シンティアは武を重んじる国。薬で溺れなくとも人々は闘いに夢を見た。逆にその薬を精製し直して、精神への攻撃に対抗する訓練に使ったんだってよ。……この国でも、思ったより『粉』は広がらなかっただろ？　ミドレシア人は長寿で暮らしも安定している。一時の『夢』など必要ないくらいにな」

「そんなはずは……」

「お前のやり方では、屍《しかばね》しか残らねえぞ。物言わぬ死体の山に己を認めさせたいのか？」

「く……！　私はまだ終わるわけにはいかん！　仮に私が死んでも我らの野望は止められんぞ！」

「いいや、夢は終わりだ」

若者はまた回復薬の瓶を飲み干し、そっと老人の額に手を当てた。

終わりを悟り、老人は震え始める。

「『大蛇』の首を断ち、俺がすべてを終わらせよう。悪いようにはしない。何か最後に言いたいことはあるか？」

唐突に、有名な古典童話の一場面が老人の頭に浮かんだ。天龍の寵愛《ちょうあい》を受け英傑と呼ばれた少年が、天龍の名を騙《かた》った大白蛇の首を大剣で落とす、その様が。

ゴトリ。杯が机に置かれる音が響いた。

「……貴様の名を教えろ」

「俺の名前は――」

耳元で囁かれたそれに、老人は驚愕《きょうがく》した。

同時に頭が温かな魔力に包まれ、それが収まったときにはもう若者の姿はそこになかった。石壁に貼られた地図もすべて消えている。

それどころか、自分がどうしてここにいるのかもわからなかった。

「……はて、夢でも見ていたのかね」

老人は地下から出て、自分の小さな商店で明日の支度を始めた。

その後、二度と地下に戻ることはなかった。

静かな夜のサンサの路地裏で、ひとりの冒険者がうずくまっていた。

「おえぇ……飲みすぎた…………はやくアウルの顔を見に帰らねえと……」

星を見上げたその若者の目は、夜空をそのまま映したように瞬《またた》いていた。

四章　森の中

サンサから出発して、街道と呼ばれている馬車や旅人が行き来する道をのんびりと歩いていく。

しばらくは平野が続く。

ぽつりぽつりと林や村が点在していて、その先は大きな森になっているのが見える。

街道は森をぐるっと迂回《うかい》して通ってるようだ。ところどころに休憩できる広場が設けられている。整ってんなあ。

平野といっても、背の高い草が生えていたり、芝生のようになっていたり、灌木《かんぼく》が生えていたり、沢があったりと、景色はころころと変わって飽きない。このあたりは危険な魔物もいないらしいので、たわいない話をしながらみんなリラックスして歩いていた。

この国の人はものすごくのんびりしてる。急がないし、急《せ》かさない。技術は発達してるのに馬車しか乗り物を見かけないのは、そのせいだと思う。長寿ゆえの時間感覚かもしれないな。

そういうわけで、俺のペースに合わせてのんびり進んでも誰も気にしない。それでも俺は歩幅が小さいから、時々小走りになったりしてついていく。疲れたなと思うと、交代で誰かが肩車してくれた。

うーん。この身体の体力では、まだまだ長距離の移動は厳しい。数日前までボロボロだったからなあ。情けないが、そこは諦めないといけない。無理なものは無理なんだ。うじうじ考えたところで状況は良くなったりしない。

それより、まわりの景色をちゃんと見ないと。

植物は元々詳しくないから、針葉樹とその他いろいろくらいしか見分けがつかないけど、それにしても初めて見るような形のものばかりだ。時々見かける小鳥も、見たことも聞いたこともない色や形、鳴き声をしてる。

初めてがいっぱい。覚えることがたくさんあるぞ。

街道から逸《そ》れて、森の方へ平原を進んでいく。かなり進んでから、一行は立ち止まった。

太陽が真上にある。ここで昼飯かな。木の影に木箱を取り出し、みんなそれに座ってアキが作った昼食のサンドイッチをむしゃむしゃ食べた。俺のはみんなよりひとまわり小さい。おいしい。

俺も専用の木箱をもらったのだ。

どうやら冒険者はみんな木箱にこだわりがあるらしい、ということを今朝の買い物で初めて知った。パーティーメンバー全員を巻き込んで俺の木箱をどれにするか散々議論したあげく「仮だ」ということで小さめのものをもらった。他の日用品を選ぶのは雑だったのに。俺はなんでもいいんだが。

木箱の何が彼らをそこまで熱くさせるのだろうか。いわく「木箱は物を入れて運ぶのによし、座ってよし、机代わりによし、足台によしの必需品」らしい。

たしかに、パーティーのみんなを見回すとひとりひとり違う形状の木箱に座ってる。細い板を何枚も貼り合わせてあるスタンダードなタイプや、一枚板で組んであるタイプ。持ち手もさまざまで、外付けしてある取手タイプや、持つところがくり抜かれている穴タイプなどがある。ダインなんかは角材を組んでるめっちゃ頑丈そうなタイプだ。体重ありそうだから、やわい木箱だと座ったら潰《つぶ》れちゃうもんな。

王都に戻ったら、ちゃんとしたのを自分で選ぶように言われた。冒険者にとって自分に合った木箱を選ぶことは、相棒を選ぶことに等しいのだという。……本当に木箱の話だよな？

うなずきながらも、今使ってるやつを使うことになるだろうな、と思った。

「ハルクに初めて会った頃さあ、こいつ木箱を持ってなかったんだ。それで代わりに何を使ってたと思う？　……でっかい亀の甲羅だよ」

ブフッ。遠い目をするノーヴェがちょっと可笑《おか》しかった。

そっかあ。ご主人は亀の甲羅を木箱代わりに……。ダメだ。おもしろい。

「どこから持ってきたんだか。亀の甲羅に座ったり、荷物を亀の甲羅に入れて運ぶ羽目になってて、かなり間抜けだったよ」

「あれで便利だったんだぞ、形がわかりやすくて収納鞄《かばん》の中から見つけやすいんだ。他のやつの木箱と取り違えることもないし、丸くて座り心地も良かった！」

ご主人は拳《こぶし》を握りしめて力強く反論する。なるほど、木箱は混沌《こんとん》としがちな収納鞄の中で、物品を仕分けるのにも使えるのか。でもそのまま運んでたってことは……さてはご主人、甲羅をそうとう気に入ってたな？

ノーヴェは小さくため息をついた。

「買い取りの窓口で薬草や狩ったものを甲羅に入れて提出したら、甲羅ごと買い取られて泣いてたろ」

「泣いてねえ！」

「いーや、泣いてたね」

やっぱり気に入ってたんだな……。

亀の甲羅を背負うご主人を想像してしまった。川にいる妖怪かな。なるほど、反面教師《ごしゅじん》のおかげで木箱が大事っていうの、ちょっとわかった気がする。やっぱり真剣に選ぼう。

食後、休憩してから『身体強化』を教えてもらうことになった。

教師役はノーヴェだ。ノーヴェは魔法が得意だと思ってたけど、身体強化もできるのかな。

他の人たちは、獲物を探しに行ったり昼寝したり、好きなことをして過ごしている。

「身体強化っていうのは『体内の魔力を使って身体の能力を強化すること』なんだよ。たとえば、速く動けるようになる、重い物を持ち上げられる、体を硬くする、といったことができるようになるんだ」

魔力を使うから、ノーヴェか！　理解した。

「今のアウルに一番必要なもの、何かわかる？」

「？」

「体力だよ。身体強化を使えば、疲れずにオレたちについてこられるようになる」

「！」

「な？　覚えたほうがいいだろ」

激しくうなずく。それめっちゃ欲しい！　どうやるんだろう。

やる気満々になった俺を見て満足げにノーヴェはうなずき、やり方を教えてくれた。

魔力で全身を覆うイメージ。それだけ。

俺は魔法を使うときはいつも、手の先からエネルギーを出力し別のものに変換するイメージで水を出したり浄化したりする。だから、身体強化はエネルギーを変換せずに身体にまとうイメージでいけそう。できるかな？

手の先からふわっと……おお！　身体が軽くなった気がする！

これ、知ってたら屋敷でもう少し楽できたかもしれん。

「できた？　じゃあ防御から練習してみよっか。いざというとき、自分の身は自分で守れたほうがいいだろ。アウルは武器を持てないから」

そうだった。奴隷は武器持っちゃいけないんだったな。

少し身を引いて構えるノーヴェの真似をして、俺も構える。

「合図でオレが軽～く拳でトンってするから、アウルは手のひらでそれを受け止めるんだぞ。よく見て、当たる前に手のひらを硬くしてごらん」

言われるままに手のひらを前に突き出して待つ。

ノーヴェがゆっくり振りかぶって「いくよ～」と言った瞬間。

俺はギュッと眼をつむってしまった。

いつまでたっても手のひらに何も感触がないので、ゆっくり目を開く。ノーヴェはなんだか困ったような顔をしていた。

「もう一回、やってみるよ？」

かけ声とともにゆっくり迫る拳。

ギュッ。あっ、また目を閉じてしまった。

身体くん！　目はつむらなくていいの！　殴られるわけじゃないから！　困ったな、この身体、暴力らしきものに直面すると反射で目を閉じて身を硬くしてしまう。訓練にならんではないか。

こんなゆっくりでも無意識に反応してしまうのか。これだから暴力はダメだ。

「……最初はこれでいこうか」

俺の前にしゃがんだノーヴェが、人差し指を出した。

ゆるゆると近づいてくる指先。手のひらに、ちょん……と当たる。

せ、成功した……！

「アウル、いま身体強化した？」

あっ。

そんな紆余曲折《うよきょくせつ》がありながら、ノーヴェが優しく根気よく付き合ってくれたおかげで、なんとか拳が迫ってきても目を閉じずガードができるようになった。

思わぬところでつまずいてしまったけど、最初にやっておいてよかったかも。身体強化でガードすると、体が硬くなって怪我《けが》や痛みが少なくて済む。岩や盾の気分になれる。

これ魔法攻撃にも有効なんだって。

「うん、これくらいの硬さだったら大抵の攻撃から身を守れるよ。あとは訓練あるのみだな」

じゃあ次は……とノーヴェが言いかけたところで、ビュン！　と何かが近くに飛んできた。

攻撃!?　俺は習ったばかりのガードで体を硬くした。

「見ろ、珍しいのいたから狩ったぞ！」

飛んできたのは、派手な鳥を担いだご主人だった。何いまのスピード！　あれが身体強化……？

ゴクリと固唾《かたず》を呑《の》んでいたら、ノーヴェが大きなため息をついた。

「アウル、一応言っておくけど今のハルクのは身体強化使ってないからね。こいつ素の身体能力がおかしいんだ」

マジか。

「しかも魔力量が少ないくせに制御がうまいから、器用に要所だけ身体強化使ってバカみたいな威力とスピード出せるんだよ。防御無視のスピードバカだから真似しちゃダメだぞ」

「褒めてんのか？　バカにしてんのか？」

ご主人すごい！　全身を覆わなくても、要所要所で身体強化を使うやり方もあるんだな。

身体強化って奥が深い。

ご主人が、狩った鳥を近くの木に吊《つ》るして何か道具を首に刺して血抜きを始める横で、俺は次のステップに進む。

「次は跳んでみようか。身体強化をかけた状態で、思いっきりジャンプしてみて」

えっ怖。

どれくらい跳べるかわかんないのに、着地どうすんですか。

「大丈夫、絶対オレが風で受け止めてあげるから。自分の最大の力を知っておかないと、後で怪我しちゃうからな」

それはそう、だが。この身体、まだうまく制御できないからなあ。

ぐずぐずと躊躇《ためら》ってる俺を見て、ノーヴェはしばらく考えてからご主人を呼んだ。

「なんだ？」

「ハルクちょっと思いっきり跳んで落ちてくれない？　オレが風で受け止めるところ、アウルに見てもらおうと思って」

「えっ怖」

ほら！　怖いものなしのご主人でも怖いって。

ご主人はぐずぐず言っていたが、被験者をやってくれるみたいだ。ちょっと助走をつけて、地面を蹴り。……跳んだ――!!　見事な跳躍です！

ちょっと見事すぎるんじゃない？　ビル三階くらいって人間の跳べる高さじゃないと思う。前世はバッタだったのかな。そのまま弧を描きながら重力に従って落ちてくる。が、途中で落下スピードが緩やかになり、ふわふわ浮かびながら地面に着地した。

これが風魔法か。風のかたまりで包みながら減速して降ろしてくれるかんじかな。

「どうかな？　大丈夫だろ」

「これ楽しいな」

いけそう！　アウル、いきまーす！

身体強化を使ってジャンプすると、俺でもビル二階くらいは余裕で届いた。

すごい。鳥になってる！　風に包まれて地面に降りるのも大丈夫だった！　すごい、楽しい！

なんだか、いけそうな気がした俺は、近くの木の枝に狙いをつける。あそこに乗れそう。

助走をつけ、ピョーン！　と跳んで、枝の上に見事に着地！　やった！

ノーヴェが微笑《ほほえ》ましいものを見る目になってる。

……降りられなくなって、風でふわふわしてもらった。

でも跳べる距離をかなり掴《つか》めてきた。

これ風魔法と併用したらもっと飛距離伸ばせそう。滞空時間中に補助的に、こう、何かしたらすごいことになると思うんだけど。今はまだやめとこ。

それからしばらく、ピョンピョンとご主人と二人、平原を跳ね回った。着地の時に、最初に習ったガードするやつを使えばちょっと失敗しても大丈夫。それにぜんぜん疲れない。俺みたいに筋力がぜんぜんなくても鳥みたいになれるから、魔法はすごい。鳥というか、今はバッタだ。いずれ風と一緒に空を飛んでみたいな。

補助輪（ノーヴェの風クッション）なしでジャンプができるようになってしばらく経った頃、リーダーとアキが帰ってきた。籠《かご》にいっぱいの草を採ってきたようだ。

ダイン？　やつなら荷物の隣で寝てるぜ。

「彩色鳥《さいしきちょう》を狩ったのか」

「この肉うめえだろ」

「これは剥製《はくせい》にしたがっていた人がいた気がするね」

「肉が優先」

「羽根売るだけでもいい金になるし」

「ハルクが狩ったんだ、それでいいよ」

ご主人が血抜きしていた鳥は『彩色鳥』っていうんだ。コンゴウインコより派手な見た目だなあ。

でも『極彩色鳥《ごくさいしきちょう》』っていうさらに派手で珍しい鳥もいるんだって。

アキが指示を出して、みんなで鳥の処理を始めた。ノーヴェが浄化の後にお湯のようなもので表面を撫《な》でて、みんなで羽根をむしっていく。高い場所なので俺は届かない。麻袋を持ってみんなのむしった羽根を受け取る係になった。

ついにツルンと皮と身だけになった鳥。こうなってしまえばもう、肉にしか見えないな。そのあとはアキの手によって驚くほど手早く大きな部位ごとに分けられ、でかい布とでかくて保冷効果のある葉っぱに包《くる》まれて、アキの収納鞄に詰められた。思ったよりグロくなかった。血抜きした後だったからか、食材だと思って見ていたからか。耐性あったのかな、よかった。なんか早回ししてるみたいに一瞬の出来事だった。アキの解体技術すげえ。

狩った獲物はほとんどその場で血抜きと下処理するのがこのパーティーのやり方（というかアキのやり方）らしい。他のパーティーだと、血抜きだけその場でやって組合や精肉店に持ち込んで解体してもらうことが多いという。熟成期間もあるしな。

アキが肉質が落ちるの絶対許さん派なので、このパーティーでは狩った獲物は即血抜き&下処理&保冷するよう、しつけられる。鳥は熟成が短く、早くて今晩食べられるんだって。

採ってきたもの、狩ってきたものの整理が終わり、ひと息ついて出発することになった。

次はいよいよ、森に入る。

「ほら、手伝ってくれたアウルにはこれをやろう」

ご主人が色とりどりの、ちっちゃな羽根の束を俺にくれた。きれい。

俺はニッコリして、浄化した羽根を腰につけたポーチにしまったのだった。

思い出がひとつ増えた。

森の手前でご主人がパンパンと手を打った。

なんだなんだ？

「よーしお前ら並べ。武器を配るぞ」

「ハルク、僕は短いほうで頼むよ」

「森だからな、了解」

どこからか取り出した武器をみんなに渡していく。リーダーにショートソード、アキに短剣二振り、ノーヴェに棍棒《こんぼう》のようなもの、ダインに盾。最後に短めの槍《やり》を取り出して自分で持つ。

ご主人が武器屋を始めた……！

収納鞄を持ってるのは俺なんだが、どっから湧いてきたんだその武器たち。

「ハルクには、『特殊収納』があるんだ」

ノーヴェが教えてくれた。特殊収納……。収納鞄とは違うのか。

「特殊収納は、『特定のものだけ無限に入る異空間』を持つことができる魔法。ハルクの場合は『武器』だけなら、いくらでも入れられるんだよ。空間魔法の一種だけど、入れるものを限定するとほとんど魔力を使わないから、魔力量の少ないハルクでも使えるってわけ」

「体のどっかに魔法文字を刻んでるんだとよ」

「痛そうだし、『歩く武器庫』とか呼ばれるのやだし、オレはごめんだね」

「でもいつも助かっているよ。ありがとうハルク」

ご主人がみんなの役に立っている！　どうりで、ご主人もみんなも武器を持ち歩いてないと思ったよ。

みんな武装した、ということは、森の中では戦闘があるかもしれないってことか。できれば避けたいけど、みんな強そうだし、俺は足を引っ張らないようがんばります。

ところで、ノーヴェのその棍棒というかメイスでしょうか。それで殴るスタイルなの？　魔法は？

俺の疑問をよそに、ゆるく縦一列になって森を進んでいく。

森に入って、明らかに空気が変わった。吸い込む空気は新鮮でおいしいけど、どこか落ち着かない気持ちになる。他人の敷地に無断侵入してるような、そんなかんじ。

先頭はアキ、その次にリーダーとノーヴェ、その後ろが俺、ダインとご主人、という順番で進む。アキが索敵、ご主人が殿《しんがり》かな。

俺は身体強化を使いつつ、みんなについていく。が、木の根っこに足を取られないように下を見て歩いたら顔に枝がピシャッてぶつかったり、滑ってベシャッと転んだり、なかなか大変だった。何回浄化と回復のお世話になっただろう。

薄々気づいていた。この身体、運動神経あんまり良くないな……？　身体のせいにするのは可哀想《かわいそう》だが、向こうの俺はけっこう健脚だったし運動もそこそこできてたと思うんだ。運動慣れしてないだけだろうから、鍛えていかないとな。

そんな状態なので、俺は歩くのに精一杯で索敵だとか探索だとかの余裕は一切ない。

戦闘？　無理。ひとりで森に入ったら数分で死ぬ気がする。森、舐《な》めちゃダメだった。

みんなは適当におしゃべりしつつ、警戒しつつ楽々と進んでいく。俺に合わせているので、むしろのんびりしてるくらいだ。ノーヴェなんてついでに植物をいろいろ採集してる。

これが練度の差……。

「アウル、疲れていないかい？」

「もっと気を抜きなよ、ダインがいるから森歩きは楽できるんだし」

ダインがいると楽とは。何もしてないように見えるが。

小休憩で倒木に腰掛けて水を飲みながら、首を傾《かし》げた。

「ダインはね、『権能』を持ってるから、森を安全に歩けるんだ」

リーダーが解説してくれる。『権能』。また何か新しいやつきた。

「アウルはもう知ってるかもしれないけれど、ダインは人の考えていることを読み取る、『権能』という技能を授かっているんだよ」

あの反則技、『権能』って言うんだ。

リーダーいわく『権能』は、森を守護するすごい存在が人間に自らの能力を分け与えたものだという。この国ではけっこう珍しい技能なんだって。人によって発現する権能の種類は違うらしいが、共通しているのが『森に歓迎される』こと。森を歩くとき、普通の人よりかなり歩きやすくなったり、虫や魔物に襲われにくくなったりする。

つまり、冒険者にとってむちゃくちゃ垂涎《すいぜん》ものの能力なのだ。まわりも恩恵を得られるから、文字通り立ってるだけでダインは魔物避《よ》けの蚊取り線香みたいなもんってわけ。

その上こいつは盾で、治癒で、思考が読める。一家に一台欲しい便利さ！

「ダインがパーティーに入ってから格段に楽になったよねー、狩猟と採集と探索依頼」

「得られる食材の質も上がった」

「うんうん、ダイン連れてきた俺すげえ」

「……ふん」

うっわ、持ち上げられてめっちゃ照れとる。

ダインは治癒師として、じゃなくて歩く魔物避けとして活躍してたんだな。

ちょっと高機能すぎやしないだろうか。立ってるだけなのに。森の中ではダインの近くにいよう。

さらに奥へ進んでゆく。

途中、少し小高くなっていたり、小川が流れていたり、起伏があった。それでも人が通れる道らしきものはちゃんとある。『権能』がなくても入れないわけじゃないみたいだ。

「止まれ」

先頭を行っていたアキが皆に静止の合図を出した。

「大角猪《おおつのいのしし》のハグレだ……一、二……四頭か？　『転化』したものも一頭いる」

「多いな」

わ、出た……のかな？　まだ見えない。デカい猪だろうか。

戦闘になったら、俺はどこにいたらいいんだろう。

「確か、今年は大角猪はたくさん狩っていい年なんだよな」

「祭りがあるから、商工組合に肉を卸したら喜ばれるね」

「今の時期は脂が乗って美味《うま》い」

「よし、『転化』したやつは俺が一気にやる。あとは頼んだぜ」

「いつも通りだね」

なんかすでに決まってる！

邪魔にならないところ、どこ。あたりを見回して、俺はコソコソとダインの後ろにしがみついた。

安心の盾！　こいつ、狩りには加わらないのかな。後ろの方で立ってるだけなんだが。盾って敵を引きつけて耐えるタンクじゃないの？

「俺ァ狩猟はやらねェ。これは自分の身を守るための盾だ」

マジで立ってるだけだった。本来は治癒師なんだし、後方支援が普通だよな。ダインが支援するのかはわからないけど。とりあえず安全地帯ではあるようなので、ここにいよう。

ノーヴェが多分、領域魔法で守ってくれてるっぽい？　ので、おそらく大丈夫なはず。

かなり先の方で、木々の合間からご主人たちがゆっくり獲物に近づいていくのが見える。

そして、大角猪とかいうやつが見えてきた。

……いや、デカくないか。軽自動車くらいあるんだが。それが、五頭。あんなの単独で狩っちゃうの？　大勢で囲んで狩るやつじゃないの!?　こっちが獲物じゃん！

俺の命もここまでか。めっちゃ短い異世界生活だったな……。

「オメェも狩ってみるかァ？」

なんでそうなる。いま俺めっちゃびびってるところなんだけど。

それに、武器を持っちゃいけない奴隷が攻撃魔法を使ってもいいんだろうか。

「……武器は持てねェが、攻撃禁止とは言われてねェ。奴隷でも身を守る権利があんだよ」

ものすごく揚げ足取りじゃん、それ。

俺が今使えるのって、水、浄化、それから電気か。電気強めにバチっといったら、スタンガンの要領で麻痺《まひ》くらいさせられますか？　そういえば雷魔法の練習まだだったな……。

「もしこっちに来たら頼むぜ。俺が盾で動き止めてやらァ」

こっち来ないでね、猪さん……。

狩りが始まった。

ご主人の姿が見えなくなったと思ったら、いちばん大きくて禍々《まがまが》しいオーラを出していたやつがドシーン！　と倒れる。バサバサと付近の鳥が飛び去っていく。

待ってくれ。あの『転化』とかいうやつ、どう見ても魔物っぽいかんじがしたんだが、もしかして普通の動物が魔物に変わったやつだったりする？

それを瞬殺。うそでしょ。

「オラァ！　やったぞ！」

「よし！　かかれ！」

リーダーの号令で皆が他の猪に一斉に飛びかかる。ご主人も、もう一頭に狙いを定めた。

「おるぁぁぁぁ！」

「ハァーーッ！」

「シッ！」

メキッ。ドスッ。ザシュッ。スパッ。

他の四頭、瞬殺。

咆哮《ほうこう》を上げる間も逃げる間も与えなかった。これ、ぜったい猪の狩り方じゃない。特にノーヴェ。

魔法師じゃないのか。鬨《とき》の声を上げて撲殺していたが。

「おい！　一頭そっちいったぞダイン！」

ご主人の声で我に帰る。

ドッドッドッ、と小さめの猪がこちらに猛進してきていた。

小さいから木に隠されて見逃したのか！　来ないでって言ったのに！

うわー！　来ちゃう！

「止める！　頼んだぜェボウズ！」

しがみついていたダインの身体にぐっと力が入り、カチコチになった。身体強化だ。

ダインは一直線にこちらへ向かってくる猪の真正面に立ち、腰を落として盾を構える。小さいっていっても鼻先が俺の目線より上だ。こわい。俺は必死にダインにしがみついた。

こちらに憤怒の形相で駆けてくる猪のツノが並んだ顔が、よく見えた。

「うォらァァァ！」

ガィイン!!

盾が真正面から猪の牙を受け止める。

その瞬間、盾から半透明のシールドのようなものが形成され、傘のように広がった。

なにこれ！　かっこいい!!

「おらァ、出番だ」

ギギギ……と盾と牙が擦《こす》り合わさる音がする。シールドに見とれてる場合じゃねえな。

俺はダインの後ろから右手を前に出した。動きを止めるだけでいい。テーザー銃みたいに、電気を伝搬させてバチっとするだけでいい。

必死にイメージする。手のひらにパチパチと電気が起こる。

どこに電気を流すのがいちばん効くか。表面はダメ、体内がいい。神経が集まってる首の後ろかな。首どこだよ。耳の後ろでいいか！

もし、倒れなかったらヤバいから強めにいこう。狙いを定めた。

……バヂィッ！

手のひらから伸びたスパークが、猪の耳の後ろに届き、光が弾《はじ》ける。電線をぶった斬ったみたいな音がした。猪は動きを止める。麻痺した……か？

「おっとォ」

圧力がなくなったのか、ダインが盾をずらす。半透明のシールドも消えた。

そして。

ズシ――――ン。猪は倒れた。ぴくりともしない。

「あァ……こりゃ死んでるなァ」

あ、あれ……？

「うそ、一撃？」

「こいつァ麻痺させるだけのつもりだったみてェだがな」

「表皮に傷がない。肉も傷んでいない。いい狩り方だ」

「アウルは干渉力が強いな！」

「しっかし、よくまァ急所を……」

戻ってきたみんなが、俺が倒しちゃった猪を囲んで講評してる。

麻痺だけのつもりだったんです。倒しちゃうとは思わなかったんだ……。

ノーヴェが不思議そうに俺を見た。

「……なんでダインの後ろにくっついてるの？」

「生き物を殺したのが初めてなんだろォよ」

別にそのショックはちょっとだけだ。やらなきゃやられてたんだし。加減を間違えたのがショックだった。だって、スタンガンで自衛するくらいのつもりだったのに。これが人だったら、と思うとゾッとする。魔法はすごい。でもこわい。とんでもない凶器になり得るものを自由に使える、という感覚に慣れない。

でも慣れなきゃな。俺は違う世界にいるんだ。俺はダインから離れた。

「アウル、ダインを守ってくれてありがとう」

リーダーがしゃがんで両手で俺の頭をよしよしした。いつもの二倍よしよしだ。

リーダーはこう言ってくれたけど、守られたのは俺です。それにたぶん、俺が倒せなくても大丈夫なようにご主人が槍を投擲《とうてき》するポーズで構えていた気がするんだ。

安全を確保した上で、狩りを体験させてくれたんだと思う。ノーヴェの領域魔法もあるし。

ご主人はちょっとうれしそうだった。

「雷を選んだのは正解だぞ。他のだと表面で弾かれちまうからな。雷は攻撃が貫通する」

「そうだね、水で窒息させる手もあるけど、即効性がないからね」

む、窒息は盲点だった。

そっか、雷みたいな制御をミスしそうな魔法じゃなくて、ノーヴェの言うように水とか制御しやすい魔法で自衛する方法を考えたらいいんだ。ちょっと気分が上がってきたぞ。魔法の練習、がんばろう。

アキはその間も淡々と猪たちの血抜きをしていた。そして近くの大木に吊り下げての大々的な処理が始まった。枝折れないのかな。軽自動車くらいのサイズの猪の皮が剥《は》がれる様子は衝撃的だった。みんなは平然としてるから、俺はまだまだ初心者ってことか。上がった気分がちょっと下がる。

ひたすら、いろんな内臓を浄化して葉っぱで巻いていく作業に従事する。部位に分かれてたら平気なんだよ。

しかしとんでもない量になったな。サンサの街が一年くらい飢えなさそう。脂肪もすこしある。おいしいのかな。おいしいんだろうな。

「アウル、来い」

珍しくアキに呼ばれて顔を上げると、俺が倒した猪が吊り下げられている番だった。

よく切れる解体ナイフを渡される。俺が初めて倒した生き物だから、自分でナイフを入れてみろってことか。俺が届く位置に吊られている。

そうだな。命は重い。自分が手にかけたものとは、ちゃんと向き合わなくちゃいけない。

いただきます。

俺は言われるままに、すうっと猪の腹の表皮にナイフを走らせた。

下処理が終わった猪はアキの収納鞄の中で熟成する。アキの鞄は特別で、ずっと低温状態なんだって。冷蔵庫だね。もはや文明を超えたな。

リーダーは満足そうに成果を数えてメモしていた。

「皮に牙にツノ、晶石もひとつ。あと大量の肉。うん、いい儲《もう》けになったね」

「おい、まだ終わりじゃない」

「うん？　どうしたんだアキ」

「この時期に大角猪が群れていたんだ、アレがあるかもしれん」

「あーー！」

「忘れてたぜ」

「大傘《オオカサ》深林《シンリン》松露《ショウロ》！」

オオカサ……なんて？

処理がひと段落したのも束《つか》の間《ま》、アキの発言でみんな叫びながら地面を這《は》い始めた。ノーヴェが呪文みたいな言葉を唱えているが、それはなんですか。

何が始まったんだ。きのこ狩りか。

「アウルも探して！　傘の大きいきのこを見つけたら教えてくれ！」

きのこ狩りでした。

どうやらあの猪、トリュフ的なやつを探す嗅覚に優れているらしく、狩ったあとは周囲を探すといいみたい。この世のものとは思えぬほどの香り高いきのこが生えてるんだって。

売ったらちょっとすごい値段になるという。

「オレ薬師仲間に、見つけたら相場より高値で買うって言われてるんだよね。売っていい？」

「僕も、母と兄が買い取りたいと言ってきていてね」

「待て、俺も知り合いから頼まれてんだ」

ノーヴェ、リーダー、ご主人の間に見えない火花が散った。

そんな内乱が起きるほどすごいきのこなの？

あ、猪が掘り返したっぽい跡にきのこがあるぞ。これかな。ひっくり返したスープカップみたいな丸さだ。めちゃくちゃデカいマッシュルームってかんじ。香りはよくわからん。

「待てお前たち」

「アキも誰かに頼まれてるのか？」

「そうじゃない。俺は自分で食べるつもりだが……お前たちは食べたくはないのか？」

「あっ」

「それは」

「食う！」

そんなすごいきのこを目の前にして、食べないでいられるのか？　無理です。という話だな。

無事、内乱は終了した。さすがアキ。俺は見つけたきのこをアキに見せる。

「これだ、間違いない」

「見つけたのかアウル！」

「すごいよ、アウル」

「でかした！　晩飯が豪華になるぜ」

よかった、合ってたみたい。きのこは間違えたら怖いからな。専門家に見てもらわなくちゃ。

このきのこ、育てられないものだろうか。特定の木とか、栄養が必要だったりするのかな。まだ傘が開いてないやつがあったから、持って帰って研究したいな。でも増えなかったら困るから置いて帰ろう。今晩のご飯は、すごいきのこが食べられそうでワクワクする。

案外、こうやって冒険者が誘惑に抗《あらが》えないから市場に出回らずより高価になっていくんじゃないかな、と思ったのだった。

猪狩りの後始末を終え、ひと休憩してからさらに進む。

俺もやっと森の歩き方に慣れてきた。歩きながら、植物や鳥について教えてもらう。森が資源の宝庫だということがよくわかった。そして、森に入って狩りをしたり採集したりする冒険者という仕事が、けっこう重要なんだということも。

「冒険者への依頼は五つあってね、『探索』『採集』『狩猟』『護衛』『特殊』に分けられるんだ。それぞれこなしていくごとに級が上がる。五級から始まって一級、その上の特級まであるんだよ」

『探索』、未開拓地や森の調査。

『採集』、植物などを集める。

『狩猟』、魔物、動物を狩る。

『護衛』、商人や学者などを護衛する。対魔物専門で、対人戦はしない。

『特殊』、上記に該当しないもの。

各分野の『級』が上がっていくとそれらの総合評価で冒険者としての『階位』が上がる。『階位』は色のやつだ。いわゆる、ランクというやつかな。それぞれの分野で特化していく人もいれば、全体を満遍なくこなす万能型の人もいるらしい。このパーティーは万能型だ。

この級や階位の評価は、個人とパーティーの両方ある。個人で階位が『白』でもパーティーは『黒』だと、俺みたいに冒険者証の裏が半々の黒白になるってわけだ。ご主人は個人でもパーティーでも『黒』なので冒険者証の裏が真っ黒だったけど、たとえばダインは個人で『青』パーティーが『黒』なので青黒の半々である。

階位をあらわす色の順番も教えてもらった。紫が一番上で、その次が緑、黒、青、赤、黄、そして白が一番下だそうだが、白以外まるで覚えられる気がしない。

「サンサのやつは『特殊』依頼だな。おかげでやっと『緑』に上がれるぜ」

「王都に戻ったら手続きしなくてはいけないね」

へえ、今回の依頼でパーティーの階位が上がるのか、すごいな。ご主人は緑が好きだから、うれしそうにリーダーにうなずいてる。緑って上から二番目のやつだな？　それだけは覚えちゃおう。

冒険者のことや、いろんな森のルールを教えてもらいながらさらに進む。いっきに全部は覚えられないけど、今はそれでいい。

少しだけ開けた場所に出た。……奥の方に、なんかいるんですが。

むっちゃデカい蜘蛛《くも》だ。この世界、なんでもかんでもデカくないか。すげえ怖い。

「あれは大蜘蛛……いや大毒蜘蛛かな。シュザ、どうする？」

「あの大きさを倒してしまうと、このあたりの生態系に影響が出そうだね。街道からも離れているから、そのままにしておきたいな」

「迂回しよっか」

「うん、他にもいたら、そっちを倒そう」

ノーヴェの提案通り、蜘蛛の縄張りと思われる箇所を避けて、ぐるっとまわり道をする。

エンカウントした敵を何でも倒すってわけじゃないんだ。冒険者って、けっこう頭使う……？

「魔物や動物の生態系調査が『探索』依頼のひとつなんだ。生態系、というのは生き物の『巡り』のことだよ」

俺が難しい顔をしていたからか、リーダーが優しく教えてくれる。

ほう、よく耳にする『巡り』の思想はそういったところにも使われるのか。

「あの大きい蜘蛛は魔物を食べる益虫だからね、倒してしまうと魔物が増えすぎてしまうかもしれない。魔物が増えすぎると、街道や街が安全じゃなくなる」

「倒していいやつとダメなやつは年ごとに変わるから、組合の掲示板に表示されるんだ」

「そのための調査をすんのが『探索』依頼だ。『探索』をこなせたら一人前の冒険者だぜ」

ノーヴェとご主人が、こぞって教えてくれた。教師がいっぱいだと助かる。

冒険者は粗野でも野蛮でもない、クレバーさが求められる職業なんだな。できる気がしないんだが。俺の本職は奴隷ですので……。

蜘蛛の縄張りからかなり離れたところで、一行は止まった。

砂地になっている場所で、テニスコートの半分くらいの広さがあった。

「ここで野営しようか」

リーダーの指示で、みんなテントを張ったり周囲を見回ったり、食事の準備を始めたりした。

森の中にはポツポツと砂地になっている箇所があり、そこだと安全に火を起こせるから野営スポットとして利用されるんだって。

薪《まき》拾い……はしなくてよさそう。アキが道中で歩きながらたくさん焚《た》き木を集めていた。テントから少し離れた場所で、アキはさっそく料理の準備を始める。

みんなが設営してるテント、ごくごくシンプルなやつだ。二本の立てた棒にロープを渡し、その上に布をバサッとかける。布の端っこは石を置いて留める。前後にも布をバサッとかけて塞《ふさ》ぐ。

三角テントの出来上がり。中は敷き物を敷いて、その上で毛布にくるまって寝る。

テントなしで雑魚寝だと、朝に露が降りてびしょ濡《ぬ》れになっちゃうらしい。

二つテントを張って、それぞれ三人に分かれて寝ることになった。

キャンプ、わくわくするね。

テントを張り終えて、まわりを見ると、草を大量にロープに引っかけてるノーヴェが目に入った。何やってるのかな。

「あ、アウルちょうどいいところに。手伝ってくれるか？　薬草を乾燥させてるんだ」

ノーヴェは、束にした薬草を木の間に張ったロープに吊るし、温風を送って乾かしているところだった。乾かすんだ、薬草。

「乾かさずに使う薬草と、乾かして使う薬草があるんだ。別にそのまま納品しても買い取ってもらえるけど、乾かしておくと少し高く買ってくれるよ。ほら、アウルが採ったやつも出してごらんよ」

ノーヴェが、これは乾かすやつ、これは乾かさないやつ……と教えてくれた。

乾かすやつは温風を送って乾燥させる。

む、温風って難しい。熱すぎたら傷んでしまうし、温度が低いと時間がかかる。いっそ全部水に浸して、水を引っこ抜く洗濯と同じやり方じゃダメだろうか。必要な成分まで抜けちゃうか。ダメだな。きっと、こういうのは先人の教え通りにやったほうがいい。俺の浅知恵程度のことは誰かがすでに思いついてるんだ。

俺は熱すぎないドライヤーを意識しながら、手のひらから温風を送り続けた。

いい匂いがしてきたので、アキの方を見ると、なんだかすごいことになっていた。

キャンプのご飯って、こう、焚き火を囲んで肉や野菜を焼くちょっと原始的なものだと思うじゃん。

焚き火はたしかにあるんだ。だけど、なんで森の中に立派なキッチンが現れてるのかな。

かまどとかコンロとか流し台はまだいい。よくないが、いいことにする。

何そのデカい箱。まさかオーブンとか言わないよな。

野営……。野営とは。俺の中の、常識とか、価値観とか、概念とか、そういうものがガラガラ崩れていく音がする。

アキは森の真ん中でも一切ブレなかった。

日が落ち、あたりが闇に包まれ始めた頃。

とんでもない香りが漂い始めた。

こ、これはアカンやつだ。お腹がぎゅるぎゅる鳴って、とめどなく涎《よだれ》が出てくる。

みんなの様子を見ると、無言でキッチンを囲んでいた。そこかしこのお腹から、ぎゅるぎゅる音がする。

あの何たら松露《ショウロ》とかいうやつ、ヤバいブツなのでは？

「もう我慢できないよアキ！」

「おいノーヴェ、ちゃんと領域作ってるか？　こんな匂い撒《ま》き散らしたら大猪の氾濫が起こるぞ」

「やってるに決まってるだろ、匂いは空の上に逃してるよ！」

魔物寄ってくるの!?　やっぱりヤバいブツじゃん。

「食わせてやるから全員座れ」

全員が素早く木箱に着席した。

みんなが凝視する中、木皿に盛られたのは……麺！　この世界にも麺があるのか！

パスタかな？　フェットチーネくらいの太さの麺に絡んだきのこや野菜……！

やっべ、涎が地面に落ちてた。これ、絶対野営で食べる料理じゃない。いいとこのレストランでコースで出てくるやつだ。森のど真ん中で食べるやつじゃない。

あってもパスタだと乾麺で持ち歩けるから、携帯食としてはいいのか。いいのか？

他にもオーブンから出てきた骨つきの肉などが、木箱に置かれたデカい板の即席テーブルに並べられ、夜空の下で晩餐《ばんさん》が始まった。

あのデカい箱は、やっぱりオーブン的な何かだったようです。どう考えても野営で使うものではな……俺は考えるのをやめた。美味い飯を前にして、常識になんの価値があるというんだ。

ランプに照らされ、料理が揃《そろ》ったところで、リーダーがみんなを見回した。

「それでは、森の恵みとアキに感謝して」

その言葉を合図に、アキが食べ始め、みんなも食事を始めた。

フォークで不器用に麺を巻き取って、ぱく。

「！」

時間が止まった。

なんだこれ!!

歯応えのある麺に絡むのは、葉物の野菜とベーコンからにじむ旨味《うまみ》を凝縮した汁、コクのある木の実やニンニクの香りを移した植物油、そしてそれらすべてをまとめ上げるきのこの香り……！

口に入れた瞬間から、鼻に抜けていく香りがヤバい。

これ、ダメだ。

この身体には早すぎる邂逅《かいこう》だった。まだ出会ってはいけなかったんだ。この貧相な舌でもぶっ飛ぶ美味さなのに、いろんな味を覚えて肥えた舌で味わったらどうなってしまうのだろう？　もっとレベルアップしてから出会いたかった。

「やっべ、売らなくてよかった……」

「うめェ」

「はむ……はむ……これはダメだ……はむっ……」

「…………」

みんなも感動したり、無言で咀嚼《そしやく》したり、天を仰いだりと、忙しい反応だ。これに高値がつくのがよくわかった。出回らないのもわかる。こんなヤバいブツを目の前にして冷静に商売できる人間はいないだろう。

ノーヴェが鳥肉をパクリと頬張《ほおば》ってさらに顔を緩める。

「この鳥も美味いね。ハルクが今日狩ったやつかな」

「本当だ。アキに強請《ねだ》られて加熱調理器を買ったときは少し後悔したんだけれど、買って正解だったね」

「言っただろう、必要だと」

「この鳥、もっと寝かせりゃ最高になるなァ」

ご主人が狩ったあの派手な鳥、以前食べた鳥とは違って引き締まってるけど味がしっかりしてるかんじだ。地鶏みたいな。塩だけでも美味いやつ。アキのあのオーブンみたいなやつ、ねだって買ってもらったのか。めっちゃ胸を張ってるな。

俺は細かい味の違いはまだよくわからない。全部おいしいから、いっか。

問題がひとつある。フォークがうまく使えないことだ。記憶はあっても、身体能力や言語能力はこの身体準拠だから多分、箸も使えないと思う。にゅるんと逃げていく麺が恨めしい。うぬぬ……ほんとはちゃんと使えるんですよ。巻くのにこんなに時間かからないんだよ。すり抜けて、ぺちょんってしない。

「アウルは食べるのがうまい」

巻き取りに苦戦していたら、アキが声をかけてくれた。

そうかな、ちょっと見苦しいと思うんだけど。

「子供はもっと食べるときにまわりを汚す。皿からかき込むように食べる。そんな風に丁寧にひと口ずつ食べたりしない」

うーん、他の子供を知らないから何とも言えないけど。

リーダーも微笑みながら教えてくれた。

「アキはね、たまに冒険者組合で初心者指南の依頼を受けているから、いろんな子供を見ているんだよ」

「豪快に食べるのもいい、丁寧に食べるのもいい」

褒められた、のか？　あんまり食べ方を気にしなくていいって言いたいのかもしれない。

でも、やっぱり俺の日本人的な精神がご飯は行儀良く丁寧に食べなさいって言ってるんだ。だってこんなにおいしいんだし。

食にしか興味のないアキが初心者指南をしてるのは意外だ。ご飯の話ばっかり教えてくれそう。いいな、それ。


豪華な食事と後片付けを終え、焚き火を囲んでのんびりとした時間を過ごす。

ダインの能力やノーヴェの魔法がなければここまでのんびりはできないみたい。

夜の森は怖いのだ。たしかに、昼より夜の方が生き物の気配が濃い気がする。虫や鳥、獣のいろいろな鳴き声が聞こえて賑《にぎ》やかだ。

「オレ思ったんだけどね」

ノーヴェが話し始めた。乾燥させていた薬草の束を整理している。

「やっぱり、声が出せないのは危ないなって。助けが要るときに声を上げられないのは危険だよ」

「アウルのことか？」

「ノーヴェの言う通りだね」

俺の話だった。

今日は助けてほしい場面がなかったから、不便を感じなかった。でも、たしかにそうかも。俺は弱いし、チームで行動するときに声が出せないというのは、けっこう危ないことかもしれない。

ノーヴェ、俺のこと見ててくれたんだな。やさしい。そしてむずむずします。

「ダインが四六時中『視《み》る』わけにもいかないし、何か考えたほうがいいかもね」

「何か音を出すものがあればいいんじゃないかな」

「それならいいものがあるぞ」

ご主人がゴソゴソとポーチを漁《あさ》って取り出したのは、ちいさな筒だ。子供の小指くらいの大きさをしている。

それは、笛だった。とても、ちいさい。

「俺には小さくってな。思いっきり魔力を込めて吹けば魔物が寄ってくるが、魔力なしなら人間にしか聴こえねえ音が出る」

「大丈夫なのか、それ」

「アウルにやるよ、吹いてみるか？」

手渡されたそれは、黒い石か何かで出来ているようで重みがある。犬笛とか呼子《よびこ》笛とかいうやつかな。暗くてよく見えないけど、彫りが入ってる気がする。

言われるままに、息だけ吹き込んでみる。

プィーーー。

ちゃんと音が出た。何か気の抜ける音だなあ。「ピ」と「プ」の間くらいの音だ。

これなら気づいてもらえるかも。

「いい案だね、首から下げておくかい」

「オレ革紐《かわひも》持ってる」

「確か横に、紐を通すための穴があるはずだ」

「よく見えないな、ランプをもっと近づけてくれ」

みんなで頭を寄せて、暗い中での紐通しという難関を乗り越えた。

うれしい。首から下げるものが増えた。魔物を呼んじゃわないように気をつけないと。

ご主人ありがとう！　の気持ちを込めて小さくプィプィ鳴らした。

ノーヴェがくすくすと笑う。

「迷子になったらちゃんと鳴らすんだよ」

「プィー」

返事ができた！　いつか、ちゃんとありがとうが言えたらいいな。

焚き火とランプに照らされたみんなの笑った顔、ずっと覚えていたいと思った。


夜も深まり、俺は早めに就寝することになった。ご主人と一緒にテントに入る。

風呂はないけど『浄化』で体と服を丸ごと清潔にできる。すっきりですね。ついでにご主人も『浄化』してあげる。屋敷にいた頃は毎日こうして魔法で清潔にできたので、衛生面は安心できた。

遠くに来たなあ。

森の夜は冷えるそうなので、毛布にしっかりくるまって、テントの中で横になった。硬いけど、慣れてますので。

ご主人は武器と布を取り出して隣で手入れを始める。槍かな、昼に使ってたやつ。暗いのに手元が見えるんだろうか、ご主人なら夜目が利きそうだけど。他のみんなはまだ焚き火のそばで話をしてるみたい。ご主人は俺が寝るまでそばにいてくれるのかな。

「ご主人は槍使いなんですね」

「ん？　ああ、今日はそうだったな」

「今日は？」

「俺はいろんな武器を使うんだよ。これっていう得意はないが、だいたい何でも使えるぞ。今日は連携を考えて短槍にしたんだ」

「すごい」

なにそれ、オールラウンダーなの。かっこよすぎじゃん。ご主人は一体どこを目指してるんだ。

でも今日の狩りで連携とかあったか……？　遍《あまね》く瞬殺だったが。

「そうだろう。ダインに盾を教えたのも俺だ」

「すごい！」

「アウルにも教えてやりたいが、武器を持てないからなあ。魔法で援護してくれよ」

「……はい」

いいんだ、戦いたいと思わないし。武器を持てたとしても、きっと戦わなかった。命と向き合うのは大変なんだ。

ご主人は槍をしまって、黙ってしまった俺を覗《のぞ》き込んだ。

「どうした、浮かない顔だな」

「……今日、初めて殺しちゃった」

「そうか、怖かったか？」

「こわかったです」

「命は重い。覚えておくといい」

ご主人は俺の頭をゆっくり、よしよしした。よかった、こっちの世界も命は大事なんだな。命。

カトレ商会の人たちも、冒険者の女も、みんな命。彼らのことが心のどこかにずっと引っかかっている。屋敷から助けられたあとは、とにかく俺の知らないところに行ってくれさえしたら、もうどうでもよかった。極刑になるかも、と聞いても心は動かなかった。それだけの余裕がなかったのだ。

でも今は違う。生活が変わり、心は落ち着いていて、考えるゆとりがある。俺は今も、彼らが死刑になってほしいと望んでいるのだろうか。わからない。

でも、小さな選択の違いひとつで、俺はあちら側に立っていたかもしれないんだ。容易に逆転する世界。そのことがとても恐ろしい。自業自得と嗤《わら》うことが、今の俺にはできなかった。

俺の気持ちで刑が変わるわけじゃない。今は考えても仕方ないよな。寝なきゃ。

みんなの談笑する声、遠くで鳴く動物の声。森の音を聞きながら目を閉じる。

「眠くなってきたか」

「ん…………」

ご主人の手が、規則的にゆっくりと上から下へ、髪の毛に沿って流れていく。

布越しに入ってくるわずかなランプの光に照らされて、ご主人の目がキラキラしてるのが見える。

よしよしされてるうちに、眠気がやってきた。寝かしつけが上手だなあ。

「……ご主人、笛ありがとうございました……」

「ああ、ちゃんと使うんだぞ」

「ご主人はいつ寝るんですか」

「眠くなったら寝るよ」

「…………ご主人……」

「なんだ」

「……ごしゅじんの目……星が踊ってるみたい…………綺麗…………」

すとんと意識が夜空に沈んでいく。

あたたかい何かにふわりと包まれた気がしたが、その頃にはもうすっかり寝入ってしまっていた。


鳥の声がうるさい。

最初に思ったのはそれ。むちゃくちゃうるさい。

目を擦りながら起きると、横にダインっぽいかたまりが寝息を立てている。ご主人はいない。

テントの布を捲《めく》ると、まぶしい光が目を刺した。

朝だ。

新生活の五日目の始まりは、森です。野営です。

葉っぱにのった露が朝日を浴びて、そこらじゅうでキラキラしていた。息を吸い込むと、冷たくて肺の底がキンッてなる。

テントから離れた場所で、キラキラを飛ばしながら大きな木剣をゆっくり振るご主人がいた。

朝稽古してる！　ご主人、朝練ちゃんとするタイプなんだな。知らなかった。ご主人の動きはゆっくりで、剣先は少しもブレれていない。身体強化使ってるのか。太極拳と剣技を合わせたみたいなかんじだ。そのどこか舞を思わせる動きをぼんやりと眺めた。

「ん？　起きたかアウル」

稽古を終えたご主人が俺に気づいて近くにくる。汗びっしょりだな。

浄化してあげようと立ち上がって……べしゃりと転んだ。何。なんでだ。

「大丈夫か？」

痛い。足腰がすごく痛い。筋肉痛……！

支えてくれたご主人をとりあえず『浄化』して、ゆっくり座り直した。

「足が……じわじわ痛いです……」

「ああ筋肉痛か。昨日いっぱい歩いて身体強化もしたからなあ。あとでダインに見てもらおうな」

涙目でうなずく。

身体強化してても筋肉痛にはなるんだ。調子にのって跳びまくったせいか。次の日にすぐ筋肉痛だなんて、若いんだなあこの身体。向こうの俺なら二日後に丸三日痛みでのたうっていたことだろう。

「俺は寝る。お前ももう少し寝とけ」

二度寝するの!?

もしかして、宿に泊まってたときも早朝に稽古して二度寝してたのかもしれない。知らなかったな。

いつも俺の方が早く起きてて、ご主人より早起きできた！　ってちょっとうれしかったのに。そんな事実はなかった。

痛む体を引きずってテントに戻り、もう一度毛布に潜り込み目を閉じた。


次に目が覚めたとき、みんなすでに起きて撤収作業を始めていた。

朝ご飯に薄焼きパンと果物をもらったあと、俺も撤収を手伝う。

テントの布は水を弾く加工がしてあるらしいんだけど、それでもぐっしょりと重い。そこで俺の得意技、洗濯の登場ってわけだ。水球の中で全部丸洗いです。抜いた水は少し離れた場所に落とすと、砂地に吸い込まれて消えた。あとに残るのはパリッとした布たち。

筋肉痛で痛む足でよろよろしながらがんばった。布を畳んで収納するのはみんながやってくれた。

アキたちが焚き火の後始末をしてる間に、ダインに診察してもらう。筋肉痛は怪我じゃないから治せないけど、ふくらはぎから太もも、腰まで魔力を流して痛みを緩和させることはできる。ちょっと楽になった。一家に一台ダインだなあ。

「街道に出たら、乗せてくれる馬車探すかな」

「そうだね、成果は十分だから、街道沿いの休憩所で空いてる馬車がないか探してみよう」

「賛成」

「俺も」

「プィ」

帰りは馬車か。ありがたい。

こうして俺たちは出発し、野営地を後にして再び森を進み始めた。キャンプ楽しかったな。あれをキャンプと呼んでいいのか、少しためらいがあるが。またやりたい。

アキが先頭、ご主人が最後尾の森歩きフォーメーションで進んでいく。動物や魔物には出会わなかった。小さいものはうろうろしているようだけど、狩りの対象じゃない。時々立ち止まって薬草や季節の果物、木の実なんかを採集しつ数時間歩き続けた。

視界が開けて平原が現れる。

森を抜けた！　遠くに広い川、そして馬車のようなものが行き来してる道っぽいものが見える。街道だ。そのさらに先は、王都がある。今日中に着くかな。楽しみだ。

ちょっと気分が上がってきた俺の足取りは軽快になる。が、筋肉痛でピシッとなり、木の根に足を取られて転んだ。また顔が汚れてる。うう、転ばぬ先の杖《つえ》……ってどういう意味だっけ。

ダインが笑いを堪《こら》えてるのが視界の隅っこに見えた。くそ、この歩く魔物避《よ》け線香め。森ではありがとうよ。

森を抜けてからしばらく平原を進み、河原までやってきた。

これを越えてから昼飯にすることになったのだが。川幅十メートルくらいのこれをどうやって越えるのか。見渡すかぎり橋はない。ご主人が元気よく言った。

「よーし、跳ぶぞ！」

はい？　跳ぶって何ですか。

「だりィ」

「これくらいならいけるだろ、ごちゃごちゃ言わない」

みんな、これを跳んで越えるんだって。ダインすらノーヴェに促されて準備運動してるぞ。マジなの？　いやいや、当たり前みたいに言わないでほしい。今の俺の身体強化じゃ川に落ちる気がする。

くいくいとご主人の服の袖を引っ張る。

俺、無理です。

「うん？　ああ、アウルはでっかい川を見たことがなかったか。よし、おいで。一緒に行こう」

ひょい、と抱き上げられる。

えええ、俺を抱えて行くの。止める間もなく、ご主人は助走を始めた。

待って……！

「いくぜ………そぉ、れ！」

ブワッ！　と耳元で音がした。　怖っ！

浮遊感につつまれ、ご主人の肩越しに景色が遠ざかっていく。太陽の光できらきら光る水面が走る。滞空時間長すぎ。人間の出せる飛距離じゃねえな。

やがて、どん、と少し衝撃を感じて、無事に対岸に着地した。こわかった……。

俺は学んだ。

人に抱えられて跳ぶと距離感が把握できなくて、めちゃくちゃこわい。自分で跳ぶほうがいい。

地面に下ろされたあとも、俺はぷるぷるしながらしばらくご主人の腰にしがみついていた。

みんなちゃんと対岸に身体強化だけで届いたようで、昼ご飯の準備を始めている。

河原は石がごろごろしてるなあ。

アキは細長い虫かごみたいなものを取り出して、川に投げ入れていた。虫かごから伸びた紐を適当な石にくくりつけている。魚を獲る仕掛けかな。釣りじゃないんだ。

昼ご飯が出来るまで、暇なので河原の石を拾って眺める。けっこう楽しい。縞《しま》模様が入った石、薄青い石、濃い緑の石、ゴツゴツしてるターコイズブルーの石。いろいろある。

河原の石はどれも角がとれて丸い。削ったらアクセサリーになりそう。どうやって削るのかわかんないけど。小さいものをいくつかポーチにしまって持って帰ることにした。

「見てごらんアウル」

ノーヴェが一つのごつごつした黒い石を見せる。

それを手のひらの中に包んで何か魔法を使う。手のひらを開くと、半分に割れた石がのっていた。中が透明になってる！

「ここら辺の石は、中がこんなふうに透明になってるやつが多いんだ。『陽含石《ようがんせき》』っていうんだよ。薄く割って裏側に絵を透かしたりして装飾品にするんだ」

そこらじゅうにあるから安いけどね、と言いながらノーヴェは半分に割った石をくれた。ただ透明なだけじゃなく、外側の色が中にも少し滲《にじ》んでいるかんじ。向こうの世界の水晶とアゲートを足したようなやつだ。あんまり詳しくないけど。

そういえばノーヴェは、街では石と金属のアクセサリーをよく身につけてたなあ。宝石みたいにキラキラしたやつとは、またひと味違う素朴な雰囲気のデザインだった。

この石、ただ透明なだけなのに、なんで「太陽を含む」って意味の言葉を使うんだろう。不思議だな。魔法で研磨とかしたら楽しそうだ。もう少し探してみよう。

昼ご飯は薄く焼いたパンに酢漬け野菜と燻製《くんせい》肉を挟んだやつだった。おいしい……けど酸っぱさに舌がびっくりしてる。はやくいろんな味に慣れような。

アキの仕掛けには小魚やエビっぽいものがかなりたくさん掛かっていた。魔法で素早く氷漬けにしている。持って帰って干したり焼いたり発酵させたりするんだって。

リーダーは河原の葦《あし》のようなものを何本か刈り取っていた。削ってペンにするらしい。リーダーは文房具にこだわりがあるんだって、ご主人が教えてくれた。ご主人も矢にするからと葦の細いものを刈っている。お金はあるだろうに、何でも自分たちで作っちゃうんだなあ。みんな、ていねいに生きている。いいな、こういうの。貨幣経済が泣いてそう。

ダイン？　やつなら草むらで寝てるぜ。

しばらく河原で過ごしたあと、一行は街道の休憩所に向けて歩き始めた。みんなの武器はご主人がすでに収納している。

最初と違って、俺は身体強化でついていけるのですよ。合わせてもらうことも肩車してもらうこともない。筋肉痛はつらいが。

「あ、あそこの馬車、空《から》みたいだよ。王都方面に折り返しかな」

「交渉してみよう」

やがてたどり着いた街道沿いの休憩所で、二頭立ての馬車が一台だけ止まっていた。

御者が馬たちの世話をしている。整地されてる休憩所はけっこう広い。自衛できるなら、ここでの野営も可能なようだ。

リーダーが代表して御者に近づいた。

「王都に向かうところですか？」

「ん？　冒険者か。ちょうど折り返しでな。乗ってくか？」

「お願いします。大人五人と子供一人で……こちら、組合証です」

「はは、冒険者にしちゃあ随分と丁寧な兄ちゃんだな。どれ、俺の運行証はこれな」

「拝見します……車庫は中央区ですか、じゃあ冒険者組合の前までお願いできますか」

「おうよ。こっちも黒色の冒険者が同行してくれるなら、ありがてえ。ま、ここらは安全だが。料金は……正規じゃねえから半分でどうよ？」

「問題ありません」

「交渉成立だな」

お互い証《あかし》を見せ合って、交渉は無事成立した。もっとこう、ヒッチハイク的なのを想像してたけど、すごくちゃんとしてた。ほぼタクシーだ。それはそうか、相手が強盗とか盗賊だったら困るもんなあ。身分証、大事。俺は自分の随行者証をそっと握りしめた。

もうすぐ、王都だ。


ガラゴロと、想像通りの音を立てながら馬車は行く。

想像と少し違ったのは、揺れだ。長距離走るとよくわかる。揺れがすごく少ない。向こうの世界でも、未舗装の道路で車を走らせると揺れるしお尻が痛くなるってのに。魔法で何かしてるんだと思う。開発をすごくがんばった人がいたんだろうなあ。俺のイメージするクラシックな馬車とはいろんな構造が違う。幌《ほろ》付き馬車だけど、今は畳んでいるから風が気持ちいい。

ぽつぽつと村や林、穀倉地帯が見えてくる。もうすぐ収穫の季節なのか、わずかに黄金を帯びた広大な畑が広がっていた。

「王都は広いからね、アウルはきっとびっくりするよ」

「俺らの拠点は外の方の区だから、まだ静かだけどな」

おやつのジャーキーっぽい干し肉を齧《かじ》りながらノーヴェが言って、ご主人がそれに乗っかる。ついでにジャーキーをもらっていた。いいな、固いから俺はまだ食べさせてもらえないやつだ。

リーダーも話題に乗ってきた。

「帰ったら、アウルは区長と顔合わせしないとね」

「あー薬草園が気になる。ルオとメオも気になるし、エルミャとマーニャも元気にしてるかな……オレだけ先に拠点に戻っちゃダメ？」

「ダメだよ」

区長？　偉い人と会わなきゃいけないのか……。ノーヴェは初めて聞く名前をたくさん挙げている。近所の人だろうか。楽しみだな、拠点。

時々休憩を挟みながら、何時間も長い道のりを行く。途中で何台も馬車とすれ違う。

だんだんと通行人の往来も多くなってきた。街に近づいてきたぞという感じがする。

そして、ついに外壁が見えてきた。建物の数が増え、賑やかになっていく。もうすぐ日が傾く時間だ。ぐんぐん外壁が迫ってきて……ついに、王都の外壁をくぐり、その全貌《ぜんぼう》が見えた。

……でっっっか！

検問などもなく外壁を過ぎたあとは、もうびっしりと建物が立ち並ぶ街並みだった。

すこし下り坂になっていたので、全景をよく見渡せる。

すごい！　本当に大きい。

街中を川みたいな水路が何本も通っているのが見える。ぽつりぽつりとブロッコリーが生えたみたいな緑色がある。林かな。かなり向こうに内壁っぽいものがあり、そのさらに奥の小高くなったところに王城っぽい建造物があった。すごいすごい！　街じゃない、これは都市だ！

王都だ！

「こら、あんまりはしゃぐと落ちるぞ」

ちょっと興奮して身を乗り出した俺を、ご主人が捕まえて膝の上にしまった。おのぼりさんな反応しちゃった。でも仕方ないと思う。サンサの街が二十個くらい入りそうな大きさなんだぞ。即迷子になりそうだし、迷子になったら詰む。

ご主人が遠くを指差した。

「内壁の手前に大きな像があるだろ？　あれが知識の聖人の、ええと何だったか……」

「アダンだよ」

「そう、『聖人アダン』の像。あのあたりが中央区で、教院や役所がある。左側にある大きな像が『大商人の聖人シムルク』、あのあたりは商店が並ぶ商業地区だ。右の方の像が『大戦士の聖人ベハムーサ』、軍や騎士団の施設、闘技場があるところだ」

「三聖人って言われていてね。年の始めに、彼らにちなんだ祭りがあるんだよ。来年はアダンの年だね」

へえ、アダンにシムルクにベハムーサ。リーダーの言葉にふんふんとうなずく。神像じゃなくて人の像があるんだな。目印があるとわかりやすい。しかし、大商人の聖人って。アリなんでしょうか。『聖人』の定義が俺の知るものとは絶対に違う気がするな。

「今から行くのは、中央区の南寄りにある冒険者組合ミドレシア本部だ……あのあたり」

本部！

ご主人が指さしたのは大きな像の少し手前。サンサの支部でもすごかったから、きっと本部はもっとすごいんだろうなあ。

街は何もかもがすごい。石とレンガと木が混ざった造りの家が多い。王城付近は色からして石が多いっぽい。素材はヨーロッパ風なんだけど、どちらかと言うと全体的には中東に近い気がするな。デザインとか。

下町の家の壁は柔らかい色合いで、王城に近づくにつれ灰色が強くなる。屋根の色は青緑や茶色が多い。こちらの世界にも屋根瓦は存在するようだ。形はさまざま。

色とりどりの服を着た、色とりどりの髪の人たちが賑やかに歩いている。道路は馬車道と歩道が大まかに分けられていて、外壁の近くからは石畳になった。往来の馬車の数が、サンサとはぜんぜん違う。サンサでも門の付近は多かったけど、こっちはどこもかしこも馬車。大きな交差点ごとに旗信号の人たちがいたり、環状交差点になっていたりと、文明を感じる。

家、人、馬車、人、人、人。すごい。お祭りみたい。

びっくりし通しで大興奮な俺を見て、ノーヴェはクスッと笑った。

「王都へようこそ、アウル」

あたりはだんだんと薄暗くなってきた。

あちらこちらでランプの明かりがついていく。夕暮れに街の明かり、すごく綺麗だ。

街に入ってからもガラゴロと長く馬車で走り、やっと中央区と呼ばれる場所に着く。

そしてとうとう、やってきた。

冒険者組合本部！

「ありがとうな、助かったよ」

「こっちもだ。じゃあな」

長時間乗せてくれた馬車を見送ったのち、改めて本部に向き直る。

でかい。……けどサンサ支部とそんなに変わらないかな？　奥行きがあるのかも。

いや違うな、これは錯視だ。まわりも大きな建物ばかりだからデカさがそんなに目立たないんだ。

建物の近くに行くとわかる。造りが全然違う。組合の外壁はデカい石のブロックを丁寧に磨いて組み上げられていた。ひとつのブロックが大人の身長くらいある。

これ、古代の遺跡とかで発見される建造物じゃないの。すごいなあ……。

まわりの建物もみんなそう。中央区ヤバい。

「さて、依頼終了の報告か……階位上げの手続きや採集品の買い取りはまた今度かな。商工組合の方にも行かなくてはいけないからね」

「はやく帰りたいし、それでいいよ」

「アキ、先に帰るかい？」

「すぐ済むだろうから待つ」

みんなで本部に入る。

入ったところにはベンチやテーブルセットがいくつもあって、かなり広い待機所になっていた。けっこうたくさんの冒険者が休んだり談笑したりしている。人多いな。サンサとはぜんぜん違う。

「シュザじゃん！　どこ行ってたんだ」

「よう、調子はどうだ？」

「ダインの兄貴～！　久しぶりだぜ！」

「おかえり！」

リーダーたちに気づいた冒険者たちが次々に声をかけてくる。すごい、人気者だ。なんかサンサより、王都の方がアットホームなかんじがする。街は都会的なのに。

……ああ、そうか。この本部はこのパーティーにとってホームで、帰ってくる場所なんだ。サンサとは違う。仲間がいて、友達がいて、家族がいる。痛いほどにそう感じた。

カウンターに向かう途中もいろんな人が声をかけてくる。

そんな中、ひときわ体格のいい男がリーダーの前に立ち塞がった。

「よお、お坊ちゃま。しばらく見ねえ間にまた一段と腑《ふ》抜《ぬ》けたか？」

「やあガルージ、良い日和だね」

「ちっ、澄ましたツラしやがって」

なんだなんだ。めっちゃ絡んでくるじゃん。

ガルージと呼ばれたゴツい男、ダインよりも筋肉量がありそう。ツヤがあってかっこいい革鎧《よろい》を装備している。何か因縁があるのかな。仲間、友達、家族、そしてライバルってわけね。

少年漫画か。

「仲間引き連れてデケェ顔しやがってよぉ。お坊ちゃまはおとなしく家で…………ん？　誰だぁ？その子供」

目が合っちゃった。合っちゃったので、おずおずと前に出て見上げる。でけえわ。

「この子は、僕たちの新しい仲間だよ」

「何？　こんな小せえ子供を、お前……しかも奴隷の紋があるじゃねえか！　どういうことだ！」

うん？　この人もしかして……。とりあえず、リーダーに掴みかからんばかりの剣幕なので落ち着いてもらおう。俺はガルージさんのかっこいい革鎧をペチペチした。

こんにちは、革鎧マジかっけぇっすね！

「な、なんだ……？」

「あー、そいつァ口が利けねえんだ。お前の革鎧がかっこいいって言いてェんだろ」

「あ、本当だね。新調したのかい？　よく似合っているよ」

「……へへ、そうだろ。こないだ、やっと工房から上がってきてよぉ、まだ馴染《なじ》んじゃいねぇが。……ボウズお前見る目あるじゃねぇか」

革鎧褒めたらイチコロだった。でっかい手のひらで俺の頭をぐりぐりする。

この人やっぱりアレだった。めっちゃ悪そうなのにめっちゃ良い人のパターンだった。

リーダーに絡んだのは……多分、新しい革鎧を自慢したかったのかな。微笑ましいね。小学生か。

リーダーも最初からにこやかで親しげな態度だったから、こういうウザい絡み方がこの人のいつもの挨拶なんだろうな。

「けどオメェ、奴隷って……」

「いろいろあってね」

「ボウズ、シュザんとこが嫌になったらいつでもうちに来いよ」

「ガルージ、言っておくけどこの子――アウルの契約者はハルクだよ」

「はぁ!? ハルクだと? 何考えてんだ!」

なんとなくわかってたよ。そういう反応になるだろうって。

ご主人だもんなあ……。最近はさすがに俺も、ご主人ちょっと常識から逸脱してるのでは……と思い始めている。

本人は犬のように無邪気なんだけど、いろいろヤバい二つ名がついてそうなんだよな。

「『歩く武器庫』『破壊の魔手』『影より出し断罪者』とか呼ばれてる野郎だぞ、そんなやつが子供の奴隷を買うなんざ、いったい何があったんだ」

「いろいろあってね」

想像の四倍くらいひどい二つ名が三つでした。さすが俺のご主人。

「ちょっとガルージ、またシュザに絡んでるのか? ごめんねシュザ、うちのリーダーが」

「構わないよシルハ」

リーダーとガルージが話しているところへ、三人ほど近寄ってきた。ガルージのパーティーメンバーみたい。

シルハと呼ばれたのはスラっとした薄灰色の髪の女の人、あとボサボサの金髪の男と、俺より二歳くらい年上っぽい少年がいる。俺は慌ててリーダーの後ろに引っ込んだ。

「おや、新顔だね」

「うちに入った見習いのアウルだよ。事情があってしゃべれないんだ。見かけたら助けてあげてほしい」

「うちの新人と歳《とし》が近そうだね、よろしくな！」

「オレは新人じゃねぇ！」

うわあ同年代……！

すこーしだけリーダーの後ろから顔を出して、会釈した。すぐに引っ込む。

俺、こんな人見知りだっけ。なんかセンサー的なやつがビンビンしてるんだよな。冒険者の女性がダメなのか。同年代がダメなのか。

適当に挨拶を交わし、やっと窓口にたどり着いた。手続きするのは全部リーダーだから、俺たちはちょっと手持ち無沙汰です。

今の時間、窓口はけっこう混み合ってる。依頼から帰ってきた冒険者の報告ラッシュ時かも。

こんな都市部でも冒険者の仕事っていっぱいあるんだな。

「買い取りは明日、僕が出向くよ。今日はもう帰ろう」

「うん、それがいい」

何らかの手続きを終えてリーダーが戻ってくる。やっと拠点か！　今日一番の楽しみだ。

本部から出て、すっかり暗くなった街角でみんなは何かを探すように道路を見回してきょろきょろしはじめた。

「北西区方面の停留所、馬車ある？」

「何台かあるぜ……あ、あれヤクシじゃねえか？」

「ほんとだ！　おーい、ヤクシー！」

帰りの馬車を探してたのか。バスかタクシーみたいに運行してるんだ。都会だな。

ノーヴェが一台の馬車に近づいていく。知り合いらしい。ヤクシと呼ばれた御者とノーヴェが話をして、乗せてもらうことになった。王都に来たときに乗せてもらった馬車より小さい。それに一頭立てだ。七人も乗って大丈夫かな。座席がたくさんあるから大丈夫なんだろうな。

「ちょうど良かったよ、ヤクシがいてくれて」

「外・北西区のやつが中央区で会食があるっていうから乗せてきたんだ。お前ら今日帰ってきたんだな」

「そうだよ。あ、この子はうちのパーティーで見習いをやるアウルだよ。拠点に住むからよろしく」

ノーヴェに紹介され、俺は座席からぺこりと御者のヤクシに頭を下げる。この挨拶はこちらの世界でも通じるから助かる。

暗いからよくわからないけど、ヤクシは黒い髪で若そうな雰囲気の人。テンションが低い。この世界だと外見が当てにならないので、年齢は本人から聞くまではシュレディンガーの猫である。

「お前らが見習い取るとはな」

「というより、ハルクが買ったんだよね」

「……ハルクが？」

ここでもその反応だった。わかっていたよ。

暗い道をランプで照らしながらガラゴロ進む。馬車のランプには反射板が付いているのか、前方を広範囲で照らせる。だから夜でも運行できるんだね。文明！

暗い視界をものともせず、ヤクシは巧みに馬を誘導していた。すごく腕がいいっぽい。

聞くところによると、定期便や流しの馬車とは別に、どうやらそれぞれの区内に駐在する馬車があるらしい。王都は広いので馬車は必須だ。運送組合がそこらへんを調整して取り仕切ってるんだって。鉄道会社みたい。このパーティーの拠点がある区で待機する人員が、ヤクシだという。田舎の駅前で一台だけいるタクシーみたいなかんじかな。ノーヴェがいろいろ説明してくれた。

「うちの厩《うまや》を貸しててその横にヤクシが住んでるんだよね。おかげで便利だよ」

「俺も外・北西区は暇で助かる」

「あ、そうだ。アウル、ヤクシに乗せてもらいたいときはあの笛を鳴らすといいよ」

「笛？」

「うん、この子しゃべれなくてさ。呼び止めたり声かけたりできないだろ、だから……」

「プィー」

「これで呼ぶから、よろしくな」

「なるほど、わかった」

笛、便利！

王都の煌《きら》びやかな街並みを過ぎて、静かになってきた。

暗いから景色はわからないけど、住宅街に入ったようだ。街灯は曲がり角にポツポツと立っている。ガスではないだろうし、晶石や魔力を全部に入れるのは大変だし、どうやって光らせてるんだろう。不思議がいっぱいだ。その街灯すらも少なくなってきて、すこし上り坂になっていく。

上り切ったところで、馬車は止まった。到着かな。

振り返ると王都の街明かりが煌めいていて、なかなか見応えのある夜景が広がっている。

こんなに眺めがいい場所に拠点があるんだな。すごい。

「やっと帰ってきたね、じゃあ解錠するよ…………あれ？」

拠点の扉の前で手をかざしていたノーヴェが首を傾げた。

「どうした？」

「誰かが入った魔力跡がある……」

なんだって。

夜なので拠点の外観はよく見えない。誰かいるようには見えないけど……。

「明かりはついていないね……ノーヴェ、外に出た形跡はあるかい」

「ないよ。二人……エルミャとマーニャだな。彼女たちだけは入れるようにしておいたから」

「そうだったね」

魔力で開ける鍵、本当にあったんだ。

文明に感動する場面なんだけど、何が出てくるかのドキドキでそれどころではない。

「エルミャ、マーニャ！　オレだよノーヴェ！　今開けるからな！」

「……ノーヴェ！」

ノーヴェが扉をぐっと押すと、中から誰かが飛び出してきてノーヴェに抱きついた。

びっくりして俺は身体強化ガードを発動して近くにいたご主人にしがみついてしまった。

飛び出してきたのは女の子……女の人？　十六歳くらいに見える人だった。ノーヴェが受け止めて背中をよしよししている。

「ノーヴェ……うっ…………母さんが……」

「落ち着いてエルミャ。もう大丈夫だから」

「みんなかえってきた〜！　ダインだ〜」

中からもう一人、女の子が出てきてダインによじ登り始める。六歳くらいかな。ダインがめちゃくちゃダルそうな顔になった。

泣きじゃくる女の子、はしゃぐ女の子。誰なんだろう、この子たち。とりあえず、出てきたのが魑魅魍魎《ちみもうりょう》ではなく、恐らく普通の人間だったので安心です。

ようやくの到着だが、まだ休めそうになかった。

「エルミ、何があったんだい」

ランプをたくさん灯《とも》し、女の子を広い部屋の椅子に座らせて落ち着かせてから、リーダーが優しく問いかけた。

拠点、思ったよりかなり広い。掃除しがいがある。今はそれどころじゃなさそうだが。

みんなが見守る中、うつむいた女の子――エルミがぽつりぽつりと話し始める。

「夕方ごろに、うちに知らない男たちがやってきたの。みんな武器を持ってて……母さんが、ここに逃げなさいってわたしたちを裏から出して……」

「ジャミユはまだ残っているんだね？」

「うん、ノーヴェがくれた障壁の装置、あれを発動させて納屋にいて……見られたらと思うと助けも呼べなくて……母さん…………」

再び泣き出したエルミの背中を隣に座ったノーヴェが優しく擦った。

リーダーは難しい顔をしている。

「ノーヴェ、あとどれくらい障壁は保《も》ちそうかな？」

「わからない……けど長時間使うことを想定してないから、魔力が切れたらヤバいかも……」

「ハルク」

「わかった」

ご主人がスッと立ち上がった。む、悪漢を倒してエルミたちのお母さん救出作戦かな。

「ノーヴェ、魔力回復薬一本くれ。それと障壁内に俺が入れるようにできるか？」

「うん、この指輪をしてたら通れる」

「ハルク……母さんをお願い……」

「おう、すぐ戻ってくるから、衛兵呼ぶのと後のことは任せた。じゃあな」

くいっと瓶の中身を飲み干してから、すう……とご主人がその場からいなくなった。

えっ、何したの!?

「ジャミユのことはもう大丈夫だよ」

「ヤクシが衛兵を呼びに行っていたから、そいつらもじきに捕まる」

「その男たち、どうして君たちの家に来たんだろう」

「たぶん、父さんの知り合いなんだと思う……『よくも捕まえてくれたな』とか『恨みを晴らしてやる』って言ってた……」

「君のお父さんが捕まえた悪党たちが、家族に仕返しに来たんだね」

「バカなやつらだよ」

「うん……」

「誰も異変に気づかなかったのかい？　知らない男たちがいたら、区内の誰かが衛兵を呼んでいるはずだと思うのだけど」

「今日は中央区で食事会だって、この近くの人たちは出掛けちゃったから」

「ああ……」

ヤクシが乗せたって言ってた人たちかな。タイミングがとても悪かったんだ。

「マーニャも行きたかったな～お食事」

「今日はうちで食べていきなよ」

「ほんとう？　うれしい～！」

椅子に座って足をぷらぷらさせていた妹の方がのんびりと言った。この子は事態を理解してないのか、ちょっと鈍感なのか、姉と違って平気な顔をしていた。大物だ。

どうやら、母親と娘二人でこの拠点の隣に住んでいる家族みたい。エルミとマーナ、それからジャミユか。ノーヴェは娘二人のことをエルミャ、マーニャって呼んでる。愛称かな。お隣さんと仲が良さそうだ。

「帰ったぞ」

ヌッと突然ご主人が現れて、ちょっと椅子から体が浮いた。びっくりした。

どうやったんですかそれ、ほんとに。

ご主人は抱えた女の人をゆっくりと丁寧に長椅子に横たえる。気を失ってるみたいだ。

姉妹二人が駆け寄る。

「母さん！」

「気が抜けて眠っただけだ。すぐ目を覚ますと思うぜ」

三人が集まると、親子というより三姉妹にしか見えない。お母さんのジャミユという人も、十七歳か十八歳くらいにしか見えなかった。

「無事でよかったね」

「ありがとうハルク」

「ありがと〜」

「気にすんな。あとは衛兵が何とかすんだろ」

帰っていきなりの騒動だったけど、無事に何とかなりそうでよかった。

ちょっと休む、と言ってご主人は廊下に出た。みんなは姉妹を労《ねぎら》ったり料理の準備をしたりして気に留めていない。

あの体力バカのご主人が休む……？　何となく気になる。こっそりついていく。

暗い廊下の先で、うずくまっている姿が見えた。

ご主人！　慌てて駆け寄った。

「ご主人」

「おう……うええ気持ち悪い……」

「悪いやつに何かされたんですか」

「されねえよ……魔力回復薬飲みながらでっけえ魔法を使い続けたら酔うんだ……でもアレがないとすぐ魔力切れるしよ…………」

「どうしたら治りますか」

「うーん……熱い風呂に入って横になる？」

二日酔いとだいたい同じかな。よかった、怪我とかじゃなくて。

ご主人、魔法使ってこんなふうになっちゃったんだ。魔力が少ないと、大きい魔法使うたびにこうなっちゃうのか。かわいそう。

背中を摩《さす》ってあげながら、お風呂と寝るのと食べるの、どれからしたらいいんだろうと考える。

「横になりたいから、俺の部屋まで支えてくれるか？」

「はい」

選択したのは『寝る』だった。がんばりますよ。ご主人を支えるのが俺のお仕事なので！

……意気込みは十分だったのだが、身長が足りなくて全く支えられなかった。肩にご主人の手がのってるだけ。俺のお仕事とは……。それにご主人の部屋はすぐそばにあり、十歩も歩いたら到着した。俺のお仕事……。

ランプをつけて明るくなったご主人の部屋は、意外にもさっぱりと片付いていた。そういえば、ご主人は宿でも自分の荷物はきちんと片付けてたんだよなあ。何で俺を買ったのって思うくらい。他のみんなは片付けるのが苦手だったけど。ぽつんと置かれたベッド、机、本棚がなんだか寂しい。

軽めに『浄化』をかける。ついでにご主人にも。

「部屋は寝るときしか使わねえから、綺麗なんだよ……あ、ちょっと楽になったかも」

「浄化で楽に？」

「なんでもいい、回復とか干渉の強い魔法で魔力回路を整えたらマシになる」

「じゃあ回復やります」

「ありがとうな、助かるよ」

ベッドにごろんと横になったご主人に軽めの回復をかける。まだダインに教わってないから自己流だ。魔力回路とは何だろう、血管かリンパ腺のようなものだろうか。

干渉……他の人の身体に自分の魔法を作用させる力のことっぽい気がする。

なんもわからん。回路とか、そこらへん意識しながらやったら何とかなるんじゃない、という気がしてる。ちょっと自分のイメージ力に対しての信頼が高すぎるかもしれない。

「元気になった！　……けどもうちょっと寝る」

「よかったです」

「アウルも横になれよ、疲れただろ」

ぐい、といささか強めに引っ張られて低めのベッドに突っ込んだ。わ、痛……くはない。やわらかベッドだったので。横になると、たしかに疲れを自覚する。このまま寝ちゃったらご飯食べそびれてしまうな。それはいけない。

「やっと帰ってこれた」

「近くにいっぱい人が住んでるんですね」

「ジャミユたちか？　そうそう。騎士だった旦那が亡くなって、最近引っ越してきたんだ。親子三人で隣に住んでる。区のやつらみんなが気にかけてるんだよ」

「無事でよかった。ご主人どうやって助けたんですか」

「あれは影を使う魔法でな……」

あの消える魔法を使い、家を取り囲んでる連中に気づかれることなくジャミユを連れ出したらしい。悪漢たちを倒したわけじゃないんだ。意外だな。

使った魔法について説明してくれたけど、さっぱり理解できなかった。影？　幻影？　視覚干渉？　わからん。やっぱり感覚だけで使うんじゃやなくて、理論を学ぶべきかもしれん。その前に字を覚えないと。やることがたくさんだ。

魔法の話をしているご主人は楽しそう。わかったふりをしながら、うんうん、とうなずいてベッドのやわらかさを堪能した。

これから、ここが新しい家かあ。不思議なそわそわ感がある。夕食に呼ばれるまでご主人と並んで寝転んで、とりとめのない話を続けた。

呼ばれて居間に向かうと、お母さんのジャミユは起きていた。アキを手伝って料理の配膳をしている。

パーティーのみんなに、親子三人にヤクシを加えて大人数での晩ご飯になった。元々置いてたテーブルでは狭いので、小さめのカフェテーブルみたいなのをくっつけてある。

そして鳥の丸焼きどーん！　クリスマスか？

あとはスープと山盛りのパンである。人数多いから、比較的簡易なメニューだ。

料理が行き渡ったところで、リーダーが音頭をとる。「パーティーの無事と、君たち三人の無事に感謝して……」と言ったところで、わっ！　と賑やかにみんな食べ始めた。

疲れた身体にスープが沁《し》みる……！　野外の食事もよかったけど、旅を終えての食事は別格だなあ。おいしい。

今までの食事と大きく違うのが、食器だ。木皿じゃなくて陶器！　それが食卓をよりいっそう賑やかにした。

さっきまで泣いてたエルミが、今度は思いっきり頰《ほお》を緩めていた。

「んー！　アキのご飯はおいしー！　外に出られなくてお腹が空《す》いてたんだよね」

「家の中のものは自由に使っていいと言ったのに。何か食べてもよかったんだよ？」

「シュザ……。でも、アキが大事にしてる食料でしょう」

「気にしない。腹を空かせているほうが気になる。また同じことがあったら遠慮するな」

「ありがとうアキ」

「同じことがあったら困るよ。そういうときどうするか考えておかなくちゃな」

「ごめんなさいね～、私たちの問題に巻き込んでしまって」

ムッとした顔になったノーヴェに対して、ジャミユはゆっくりと食事を口に運びながらおっとりと謝っていた。おっとり感がすごくマーナと似ている。三人が並んでるのを見ても、やっぱり姉妹にしか見えない。

これがこの国の常識なんだろうな……慣れないと。

「君たちだけじゃないよ、区全体の治安の問題だ。このことはあとで区長とも話をするつもりだよ。いいね？」

「ええ、お願いね」

リーダーも念押ししている。

冒険者って気楽な根無し草なのかと思ったけど、しっかり地域に根ざしてるんだなあ。

これからどんな生活が待っているのか想像を膨らませながら、香味野菜がきいてる鳥肉にかぶりついた。

おいしい！


「ところで、ずっと気になってたんだけど……その子はだぁれ？」

食後、一息ついてお茶を楽しんでいたところでエルミが俺を見て言った。

途端にパッと視線が俺に集まる。うわっ。リーダーが俺をみんなに紹介してくれた。

「そういえばまだ紹介していなかったね。この子は僕らのパーティーで見習いをすることになった、アウルだよ」

「アウルっていうのね！　わたしはエルミ、こっちは妹のマーナ、それから母さんのジャミユよ。ここの隣に住んでるの。よろしくね」

「よろしくね〜」

こくり、うなずく。

エルミは紫っぽい髪を後ろでお団子にしている。マーナの髪は同じ色で左右でちょんちょんと結んでいる。ジャミユは茶色系統の髪色で、緩めに結って後ろに流している。

親子かあ。やっぱりどう見ても姉妹。

「アウルはいろいろあって声を出せないんだ。困っていたら助けてあげてほしい」

「あら、そうなの。……ハルク、いじめてないよね？」

「何で俺なんだ。俺とは契約で話ができるからいいんだよ」

「契約？　奴隷ってこと？　小さいのに大変ね。ハルクが悪さをしたらわたしに言うのよ。殴ってあげる」

「何で俺ばっかり」

大丈夫です。その時は自分で殴……るのは無理だけど、何とかしますので。

エルミは随分と物騒なお姉さんだな。頼りになる。

「どれいって何だっけ～」

ほっぺたにデザートのナッツをくっつけながらマーナが首を傾げる。

「ほら、野菜屋のおじちゃんの荷物を運んでる、大きいお兄ちゃんがいるでしょ。あの人とおんなじよ」

「力持ちのお兄ちゃん！　アウルも力持ち？」

ど、どうでしょう。身体強化使ったらわりといけると思いますよ。重いもの持つのはやったことないけど……。

俺は椅子から下りて、見るからに重そうな一人掛けソファーを持ち上げてみせた。

できた……！　腰がプルプルする。マーナはすごーい！　と手を叩《たた》いて喜んだ。

不安だったけど身体強化成功してよかった。

「そうじゃねェだろォ……」

ダインが難しい顔でつぶやく。これは笑いを堪《こら》えてるときの難しい顔。わかってきたぞ。笑うな。

国際法のおかげで奴隷に対するネガティブなイメージがなくて安心だ。ちゃんと浸透してるんだな。

「力持ちかはともかく、アウルにはここでみんなの手伝いをしてもらうんだ」

「そうなの……アウルも学堂に行くの？」

学堂？　学校かな。あるんだ、学校。行きたいか行きたくないかで言えば……うーん。

「アウルは学堂には行かないよ」

リーダーがきっぱりと言った。

リーダーの中では決定事項なのか、俺の意思を尋ねることもしなかった。理由があるのかな。俺も今さら同年代と並んで勉強する気にはならない。お仕事を優先したいです。

でも、マーナは少ししょんぼりしてしまった。

「……そのかわり、僕がここでいつもマーナに勉強を教えてる時間に、アウルも一緒に教えようと思ってるんだ。アウルはまだ字が読めないからね。いいかな？」

「うん！」

パッと輝くマーナの顔。

やった、リーダーに字を教えてもらえる！　俺が知らない間にご主人が頼んでくれたのかな。

うれしそうな俺を見てリーダーもうれしそうな顔をした。

しばらく談笑してから、そろそろお暇《いとま》しなくちゃ、とジャミユが立ち上がった。マーナも眠そうに目を擦っている。そうそう、お子様は寝る時間だもんね。

帰り支度をし始めた彼女たちを、リーダーが心配そうに見ている。

「いいのかい。うちの客室が空いているから泊まってもいいんだよ」

「ふふ、大丈夫よ～。わたしたち、そんなに弱くないわ」

「送っていくよ。オレが不安で眠れないから、せめて君たちの家に領域魔法をかけさせてくれ」

「ありがとう、ノーヴェ、みんな。大変だったけど、おいしい料理をご馳走《ちそう》になったから、今日は良き巡りの日だったよ」

「ダインまたね〜」

「気ィつけろよ」

親子三人を見送り、ついでにヤクシも見送り、居間に戻ってひと息。

「お子様は寝る時間だなァ」

ダインが含み笑いをしながら言った。なんで。まだ早いよ！

抵抗むなしく、あれよあれよと風呂に放り込まれる。

まあでも、この世界に入浴の文化があって本当にマジでよかった。

拠点の風呂場は当然サンサの宿より広い。置いてあるアメニティ用品も多く——つまりこれから、俺がこれらを整えることになるんだな。ごちゃっとしてるし、拭き布なんかもごちゃっと雑に積んである……よし、仕事がちゃんとありそうでよかった。

浴槽は多分めちゃくちゃデカい石をくり抜いたやつで、洗い場の床はテラコッタのような色合いの幾何学模様のタイル張り。浴室全体は円形になっている。もちろんシャワー付き。

……この拠点、想像以上に豪華なんだが。何なら、前いた商会の屋敷より材質が良い。すごいなあ。

適温のお湯に浸《つ》かると、筋肉痛でこわばっていた全身から力が抜ける。文明、最高。

ゆっくり天井を見上げて固まってしまった。湯気であまり見えないけど、天井部分、ガラスになってないか？　満天の星を眺めつつ入浴を堪能ですか、そうですか……。

「どうした、ぐったりして」

「……高そうなうちだと思いました」

「元は高かったらしいぜ。引退した高官の夫婦が隠居するために建てたはいいが、曾孫《ひまご》が生まれてそっちにかかりきりになったから売りに出したんだってよ」

なるほど、だから所々にお金持ちの匂いがするんですね。

ところで、毎回ご主人と一緒にお風呂なんだけど。いつの間にか一緒に入ることが決まってしまっているみたいだ。俺がしゃべれる貴重な時間だからいいが。気を使われてるのかな。

「ほら、ちゃんと首まで浸かるんだぞ。ダインからアウルをしっかり風呂で温めて巡りを良くしろって言われてんだ」

医療目的だった。たしかに、おかげで調子がいいです。

「ご主人も、しっかり浸からなきゃダメです」

「俺はいいだろ、健康だ」

「ダメです、さっき酔ってたから」

「ぐ……それはそうだが」

押しに弱いので、強く言うとおとなしく俺の言う通りにした。いい子だ。

風呂から上がり、奴隷商がくれた服のラインナップにあった寝巻きを着る。上下のゆったりした服だ。そう、寝巻き！　なんという文明的な暮らしだろう！　俺は本当に奴隷か？

「あ、そうだ。アウルに見せたいものがある」

雑に拭こうとするので温風で髪を乾かしてあげていると、ご主人がそう言った。

ご主人は自分の部屋に俺を手招きする。室内用のスリッパみたいな布靴に足を突っ込んで、ついていく。

部屋にはもう一つ扉があって、ご主人はそこを開けて俺に見せた。続き部屋があるみたいだ。四畳か五畳くらいの部屋で、こぢんまりとしたベッド、机、タンスがある。

「ここがお前の部屋だよ」

ちょっと狭いけど、とご主人が笑ってみせるのを、俺は信じられない気持ちで見上げた。

俺の、部屋。

俺の部屋？　えーーーーー!?

「い、いいんですか」

「ああ、使用人用の続き部屋だけど、あんまり広くても落ち着かないだろ。リーダーもいいって言ってるし」

「本当の本当に？」

「本当の本当だ」

俺の部屋……！　俺の部屋ですよ！

俺は隅っこでも寝れるし、邪魔にならなくて寒くなければ何でもいいと思ってたのに！　こんなプライベートスペースがもらえるなんて！

うれしい！

「はは、いい顔だ」

満面の笑みになっていたらしい。今にもピョンピョンしてしまいそう。

「……ただ、ちょっとだけ浄化が必要かもなあ」

ほんとうだ、ちょっと埃《ほこり》っぽい。そんなの、一発ドカンですよ。えいや。

『浄化』でキラキラする部屋をうろうろして、ちょっとピョンピョンして、椅子に座って。風呂に入る前に着ていた服をタンスにしまう。机にポーチから出したものを並べる。ベッドの下に靴を置く。

俺の部屋だ。キラキラに輝いてるぜ。

この部屋にはご主人の部屋に繋《つな》がる扉と、廊下に繋がる扉の二つある。いいですね。とてもいい。

ピョンピョンしてると持ち上げられ、そのままベッドへ運ばれた。

「うれしいのはわかったよ、そろそろ寝ような」

「む……」

サンサの宿と同じ、包み込むようなやわらかベッドに出迎えられた。これから毎晩ここで寝るんだ。

俺に毛布をかけ、部屋の照明を落としてからご主人はベッドに座った。また寝かしつける気か。

しかし寝かしつけられる間もなく、横になるとすぐ眠くなった。

今日はいろんなことがあったからなあ。王都に来て、中央区に来て、本部に入って。

新しい人にもたくさん会った。

組合本部でガルージ、シルハ。御者のヤクシ、お隣のエルミ、マーナ、ジャミユ。

明日はどんな人に出会うかな。

「俺は隣の部屋だからな。怖くなったら呼べ」

「……こわくない…………」

「そうか」

ご主人が何か言ってるのが聞こえる。それが心地よい睡眠導入になった。

俺はそのまま安全安心な新しいうちで、安らかな眠りに身を委ねた。

五章　拠点にて

朝。何事もなく目覚めた。

一瞬ここがどこかわからなくなる。新しいうち。新しい部屋。新しい朝。よし。

新生活も六日目となりました。なんと俺は今、王都にいます。

支度を済ませて居間に行く。誰もいない。暗い。

居間から外のテラスに出る掃き出し窓があり、そこから剣を振り回して朝練するご主人とリーダーが見えた。早起きだなあ。

庭がかなり広い。ちょっとした公園くらいはある。そして、庭からは朝日に染まる街並みが見えた。差し込んできた朝日を浴びて、リーダーとご主人も汗がキラキラしてる。リーダーは剣に火をまとって優雅に振り回していた。魔法剣かな、ものすごくかっこいい。この光景すべてが、まるで夢みたいだった。

部活のマネージャー気分で、終わった頃合いに拭き布を渡すと喜んでくれました。部屋をくれたお礼にリーダーの腰にキュッと抱きついておく。伝わらないかもしれないが。

「早く目が覚めたんだね、部屋は気に入ったかい？」

頭ぽんぽんしつつリーダーが穏やかに笑った。伝わったようです。もう一回、ギューッとしておく。ついでに『浄化』もしてあげよう。

二度寝に戻るご主人を見送り、リーダーと、すでに起きてパンを焼いていたアキと三人で朝食をとった。ずっと薄焼きパンだったから、ふかふかのパンがうれしい。

朝食後、リーダーが拠点を案内してくれる。

拠点……これ、拠点でいいのか？　呼び方間違ってないかな、邸宅じゃないのか？

ちょっと気が遠くなりながら、拠点と呼ぶには気品がありすぎる建物内を見てまわった。

昨日は暗かったしバタバタしてたし、よくわからなかったけど、明るいとかなり印象が違った。

二階建てで、二階から屋上にも出られる。廊下の壁には俺の目線くらいの高さに幾何学模様が描かれたタイルが埋め込まれている。玄関ホールの床にはモザイク、天井はアーチ。全体的な建材は石っぽい。ご主人と俺の部屋は板張りの床。全体的にアラビックな雰囲気のデザインだ。

玄関から廊下をしばらく歩くと居間にたどり着く。居間はかなり広く、食卓スペースと、長椅子などがあるくつろぎスペース、クッションが積み上げられているくつろぎスペースその二がある。

端の方は本棚と立派な書斎机があり、ここがリーダーの定位置だそうだ。書き物をしたり、本を読んだりできる。机の上にはいくつかのインク壺《つぼ》とペンがきっちりと並んでいた。ご主人も言ってたけど、文具へのこだわりをかんじるな。

居間の書斎部分とは反対側に、厨房《ちゅうぼう》の入り口がある。もちろんアキの縄張りです。ここもかなり広かった。食料棚があり、食材や調理器具などが所狭しと並んでいる。この場所でアキの素晴らしき料理の数々が生み出されるってわけだ。

一階には、他にもご主人の部屋と俺の部屋、トイレとお風呂などもある。居間からはテラスにも出られる。一階だけでもお腹いっぱいだけど、みんなの個室は二階にあります。途方もないですね。

想像してたのとだいぶ、かなり、大きく違う。冒険者の拠点だから、サンサの借家を大きくしたようなかんじかな、と思ってたんだ。あの借家もまあまあ住みやすそうだったが、今は掘っ立て小屋に思える。もはやカトレの屋敷すら素朴だった気がしてきた。あそこは木造部分が多かった。

俺、このうちでやっていけるだろうか……。

「アウルに家の管理を手伝ってもらえると助かるよ。でも、急がなくていいからね。君のやりたいことをする時間もちゃんと作るんだよ？」

居間に戻ってからリーダーが俺に言い聞かせる。あまりにホワイトな職場で泣きそう。

「僕たちは、その……整理するのがあまり得意じゃないから、そこを手伝ってくれると、とても、すごく助かるかな」

目を逸《そ》らしながらちょっと言い淀《よど》むリーダー。

たしかに、ご主人以外のみんなは整理整頓がけっこう苦手だ。端正なデザインの建物の中、ぐちゃあ……としてる居間を見回してうなずいた。

これ、みんなの自室どうなってんのかな。ちょっと怖いんだが。

ノーヴェ、ご主人、それからダインの朝弱い組がのろのろと起きてきてゆっくりと朝食をとる。

ダインは朝食のあと、テラスの窓の前に無造作に敷き詰められたクッションの中にうずもれるように寝転んだ。そこがダインの巣か。起きたばっかりなのに、また寝るんだ。

ノーヴェは外のテラスに布を広げて座り込み、薬草を並べ始めた。買い取りに出すものを整理するみたい。俺とご主人がそれを手伝う。

「売るときはこうして束にするんだよ。十本ずつオレに渡してね」

「全部売るのか」

「そうだね、珍しいものだけ手元に残してあとは売るよ」

「売るのは冒険者組合でいいんだな？　法師組合とか商工組合にも卸してたろ」

「今回は冒険者の方でいいんだよ。今後のためにね」

ノーヴェはチラッと俺を見て、また束ねる作業に戻る。

自分で調合もするみたいだけど、採ったやつ全部売っちゃうのか。

「あー！　また多いよハルク、十本って言ってるだろ」

「十本だろ」

「十二本になってるよ。なんで十を超えると雑になるんだ」

「えー、多いか？　……ほんとだ」

ご主人……。

わーわー騒ぎながら薬草の山を作っていく。俺が採ったのも合わせて、結構な量になった。

草花に全く興味がなかったせいか、薬草の種類をぜんぜん覚えられない。何かいい方法があればいいんだが。

作業を続けていると、開けっ放しの窓の中からガランゴロンとカウベルのような音が響いた。

なんだなんだ。

「おや、来客だね」

呼び鈴だったのか。いや、呼びカウベル？　呼び鈴でいいか。玄関の方で話し声がする。アキが対応したのかな。と思ったら、何か灰色のかたまりが居間にヒュンっと飛び込んできた。

そのかたまりはナ〜オ〜と鳴いてダインの上に乗り、ふんふんと匂いを嗅ぎはじめる。

お客さんは猫……？

「邪魔をする」

猫ではなくて、猫の後から四十か五十歳くらいに見える男の人が入ってきて挨拶をする。

人間のお客さんだった。見た目がそれくらいってことは、相当に年上の人なんだろうな、この世界基準だと。

「区長、わざわざお越しいただいたんですね」

「うむ、ニヨが散歩に行きたがったので寄ったまでだ。無事に戻ったようで何より」

「恐れ入ります」

区長さんだって。

リーダーが一人掛けソファーに案内してる声が聞こえる。あの長椅子、応接セットだったのか。

リーダーは畏《かしこ》まってるけど、他のみんなは特に挨拶するでもなく、平常運転だ。ただ、テラスの窓は閉められてしまい、声は聞こえなくなった。

灰色の猫はダインをひと通りすんすん嗅いでから、今度はキッチンの方に行ってしまった。アキが煮干しみたいなやつをあげてる。川で獲《と》った小魚はこの猫のためだったのか。アキの手から食べさせてもらえるなんて、なんて贅沢《ぜいたく》なやつだ。

「はい、面倒ごとはシュザに任せて、オレたちは買い取り品目を紙に書いていくよ」

「よし、俺が書いてやろう」

「ダメに決まってるだろ、書くのはオレ、数えるのもオレ、終わったのを鞄《かばん》にしまうのがお前。いいな？」

「うん……」

張り切っていたご主人がしゅん……と縮んでしまった。俺も手伝えたらいいんだけど。

ノーヴェが木箱と紙と鉛筆を取り出して、リストアップしていくのを眺める。

数字だけなら覚えられると思うんだよ。一、二……と声に出しながら書いてくれるおかげで、なんとなく数字がわかってきたかもしれない。けっこうシンプルで覚えやすそう。この世界も十進数なのでよかった。十六進とか二十進だったら大変だった。

「これは収納して。はい、次……そういえば、アウルのこれからの予定は決めてあるのか？」

「リーダーは何も言ってない。様子見しながら決めていくんじゃねえか」

「そっか、調合とかアウルに手伝ってほしいことが結構あるんだよな」

「アウルはできるやつだからな！　アキも手伝ってほしいって言ってたし、ある程度予定決めとかないと取り合いになっちまうなあ」

えっ、お仕事いっぱいあるんですか！　それは朗報だ。

まあ、たしかにご主人の言う通り、必要とされるのはうれしいが、ある程度は決めとかないと体力が保《も》たないかもしれない。……買った張本人のご主人があんまり俺を必要としてないんじゃ……いや、ご主人の魔力不足分を補うのが俺の役割なんだ、きっと。

のんびりと作業を続けていると、リーダーがテラスの窓を開けた。

「アウル、ちょっと来てくれるかい。区長に紹介するよ」

む、なんとなく覚悟はしてたけどついに来たか。

リーダーに促されて家の中に入ると、クッションの山で寝こけているダイン……の腰の上に落ち着いている猫が目に入った。なぜ、猫という生き物は絶妙に斜めな場所を選ぶのか。

「区長、この子がこの家に住むことになったアウルです」

「アウル、か。私はアクシオという。外・北西区の区長をしている者だ。学堂の教師もしている」

一人掛けソファーに座った区長に、おずおずと頭を下げる。目上の人と話すときには基本、最初は目を合わさないのがこの世界のマナーだ。

許可なくじっと目を合わせてると喧嘩《けんか》を売っていることになる。猫の威嚇と同じです。

「子供の奴隷とは。嘆かわしいことだが、君たちに引き取られたのは僥倖《ぎょうこう》だったな」

「ええ、僕たちも巡り会えたことをうれしく思っています」

そういう恥ずかしいことを臆面《おくめん》もなく言う。俺はむずむずして仕方ない。

「……やはり、学堂には行かせないつもりか」

「心配なさるお気持ちはわかります」

「私は、何も学習のことだけを言っているのではないぞシュザーク。同年代と共に過ごす時間というのは何物にも代えがたい。君も承知しているだろう」

「ええ、それでも」

「理由を聞かせてくれるか」

学校の話か。この国では義務教育ってないみたいだし、俺は読み書きさえできれば必要ないからなあ。でもリーダーが俺を学堂に行かせたくない理由は気になる。

「区長、ご存知とは思いますが『他の人と違う』ということは子供にとっては大変に大きな荷となります……たとえば、声を出して書き取りをする、本を朗読する、質問をする、質問に答える。これらは学習において基本ですね？　そういったことに参加できない子にはどういった措置を取りますか？」

「……その子だけ、参加しなくてもいいように取り計らうだろうな」

「きっとそうなさるでしょう。しかし、積み重なっていくと、それを『優遇』だと感じる子も出てきます。そこで生まれた軋轢《あつれき》が、アウルの心に負担を強いるであろうことを僕は懸念しているのです」

「ふむ……」

リーダー……そこまで考えてくれてたんだ。俺もそういう理由で同年代を警戒しちゃうのかもしれない。「あいつだけズルい」とか言われそうだもんな。

区長さんは表情を変えずにリーダーを見つめている。

「しかし、それもまた『学び』となるのではないかね」

「仰《おっしゃ》る通りです。他の子にとっては、良い機会となるでしょう。しかし、アウルはこれまで浅くない傷を受けてきました。僕は、わざわざその傷を広げるような真似は、したくありません。なにより――」

リーダーは言葉を止めて、ひと呼吸置いた。

「なにより、アウルは『奴隷』です。奴隷の扱いについては取り決めがあります。子供たちはそれを本当に守れますか？」

「……そうであったな。大人ですら奴隷と接するのに慎重さを要する時代だ。『学び』としては最適だが、少々危険なのは否めない」

区長は大きなため息をついた。

そっか、最大の障壁が国際法か。奴隷の扱いは決められている。些事《さじ》なら見逃されるかもしれないけど、万が一俺が大怪我《おおけが》をしたり事が大きくなった場合、無知な子供が加害者と認定されてしまう可能性がある。マーナも奴隷が何かを知らなかった。

俺にとっても、子供たちにとっても、お互いに危険が伴うんだ。

子供の奴隷が学校に通うっていう事例が少なすぎて、今まで問題になってなかったのかもしれない。国際法、思った以上に根深い問題があった。なんでこんな欠陥が放置されているのか。

あと、俺は『教材』になる気はない。俺の身体じゃないからな、勝手に被験体にするわけにはいかないんだ。

「君の言いたいことは理解した」

「ありがとうございます」

「しかし、情操は大事だ。学堂が難しいなら、週の終わりに講堂に連れてきなさい。それなら構わんだろう?」

「ええ、そうします」

週の終わり……?　講堂…………?

またなんか新しいのきた。日曜日に教会に行って説教を聴くみたいなかんじだろうか。

そんなの……ぜったい居眠りするやつだと思います。

下がってよい、と言い渡され、少年はガラス窓の向こうにいる主人の元へ駆けた。

少年が場を辞したあと、アクシオ区長はゆるりとした動作で茶を飲む。

「聡《さと》い子だな。子は宝だ、しっかり護《まも》るのだぞ」

「そのつもりです」

「……さて、ジャミユの家の件だが」

区長は訪問の本題に触れる。

事態は収束し、ジャミユたちの家を襲撃した者たちは取り調べを受けている最中であること。いち早く気がついて適切に対処したことへの感謝。治安については、次に開かれる区の代表者会議にて話し合いが持たれること。今後とも治安維持に協力してほしい旨《むね》。

そういったことを、さらさらと手短に伝える区長。

「最近、裏の連中が若者を誑《たぶら》かして組織的活動に巻き込む事例が多く報告されている。君たちが傾倒するようなことはなかろうが、冒険者の若者たちが唆《そそのか》されぬよう見てやってほしい」

「そうですか。それはどのような唆しなのですか」

「『今の立場に満足しているか？』とか『君の真の能力を発揮できる場がある』と言って近づいてくるようだ。言わずもがなそんな場はなく、裏の社会に取り込まれ利用されるだけだ」

「それはまた……隣国の戦争と関係しているのでしょうか」

「昔からそういった甘言を囁《ささや》く者はいた……だが無関係とも言い切れないだろう。祭りも近い。しかも来年は『再誕』の年であるから、大きく荒れるであろうな」

「わかりました。注視しておきます」

頼んだぞ、と言い区長は席を立ち、飼い猫に二言三言話しかけてからパーティーの拠点を去った。

猫は依然としてダインの上でくつろいでいる。

「随分とまァ、うまい言い訳を考えたもんだなァ」

「……聞いていたのかい」

区長を見送って居間に戻ってきたシュザにダインがクッションの山の中から声をかける。

いつもの自分の場所である、本棚に囲まれた机に寄りかかってシュザはため息をついた。

区長に挨拶ひとつしなかったダインだが、しっかり起きていたらしい。

「『他人と違う』も奴隷の取り決めも、その通りではあるが本音じゃねェな。本当のところどォなんだァ？」

「……ハルクに頼まれたからだよ」

「なんだと？」

「珍しく、本当に珍しくハルクが僕の名前を呼んで言ったんだ、『シュザ、アウルから絶対に目を離さないでくれ、精神に圧がかからないようにしてほしい』って。理由を尋ねたけど『まだ不安定だから』としか言わなくてね……」

「不安定、なァ」

ハルクの真剣な頼みにシュザは考えを巡らせ、あの言い訳を用意した。

しかし、ハルクに言われる前から学堂へ通わせることには後ろ向きだったため、あながちすべてが建前というわけでもない。

「組合本部でシルハと、それからアウルと同年代のメルガナと会っただろう？　その時にアウルは少し怯《おび》える素振りを見せたんだ」

「それは俺も見たぜェ」

「ガルージには怯えなかったから、『冒険者の女性』が苦手なのかとあの時は思った。……でも後から考えると、メルガナの方を意識していたように思うんだ」

「ほォ」

「それに奴隷商で聞いた話では、養育院へ行くこともできたのに、本人が頑《かたく》なにそれを拒んだそうなんだ」

「養育院か」

「アウルはずっと大人に囲まれて過ごしてきたから、同年代の子供が恐ろしいのかもしれないね。だから、いきなり子供がたくさんいる場所に置くのは避けたほうがいいと考えたのだけど………ダイン、僕は正しかっただろうか」

「いいんじゃねェか」

ゆっくりと身を起こし、ダインはずりずりと自身の腰から滑り落ちる猫をキャッチして撫《な》で始めた。灰色の猫はされるがまま、目を細めて喉を鳴らす。

「何より、あいつに学堂で教える程度の教育が必要とは思えねェ」

「フフ、そうだね。アウルはかしこいから」

シュザは顔を緩ませて、テラスにいる三人を眺める。薬草の整理が終わり、野営に使用した布などを広げて日陰干ししている。いつものようにノーヴェとハルクは言い合いをしているようだ。そこに交じるアウルは実に楽しそうだった。

「オメェ、『父親』の顔してんぞ」

ダインに指摘され、はっとして顔を押さえる。自分は親にでもなったつもりだったのか。

「……それは、どんな顔なんだい」

「ゆるみきってるなァ……ボウズがオメェのこと、時々何と呼んでるか教えてやろォか」

「何かな」

「『お父さん』だとよ。……まァ、一種の比喩だろうがなァ」

何とも言えない、複雑な感情が胸に滲《にじ》む。自分に父性を感じてくれたのはうれしい。しかし自分が『父親』とみなされるのは違和感が大きかった。自分の中の弱点を突かれたようで居心地が悪い。

「……僕にはわからないよ、正しい『父親』が」

「俺もだ。それがわかるのは、俺らの中じゃノーヴェだけだろォよ。そォ肩肘張ることたァねェ」

「そうだね」

「当面は『親』より『先生』だ、しっかり教えてやれよォ」

無責任な態度で手をひらひら振るダインに、ふと笑みがこぼれる。

良い機会なのではないか、と思えたのだ。子供の成長に立ち会うことなど滅多にできない経験だ。

それに、自分自身の弱みを見つめ直すチャンスかもしれなかった。

恐れることはない、これは良い『巡り』に違いないのだから。

「じゃあ、週末に講堂に連れていくのはダインに頼もうか」

「待て……俺ァ講堂とは相性が悪ィ」

「僕ばかりが『親』をやるのは悪いからね、頼んだよ」

「待てって、順番！　順番にしろ」

ダインの抗議の声を聞き流しながら、シュザはこれからの予定を考え、また頰《ほお》を緩めた。

思えば、名前を呼んで自分に頼み事をしてきたハルクはいつもと違っていた。いつもは「リーダー」と呼び、シュザの指示を待って訓練された兵士か猟犬のように動くハルクだったが、あの時だけは。

『主人』の顔をしていた。


「ハルク、午後から本部へ行こうと思うんだ。アウルを借りてもいいかな？」

「それなら俺も行くぜ、組合証は各自で変更すんだろ？」

「オレも行くよ、依頼を見ておきたい」

いつの間にか区長は帰っており、猫だけが残っていた。

荷物を整理したりテントを干したり、道具の手入れも済ませて、今はみんなで昼食を囲んでいるところ。

すごいことです、卵料理が出ました。オムレツのような何かです。ふわふわしてて、すごくおいしい。卵はヤクシが区の朝市で買ってきてくれたんだって。トマト系の酸味のある具とよく合っている。お子さま舌がめちゃくちゃに喜んでいるのがわかる。俺は今きっと、とろとろの顔をしているに違いない。

午後からは本部に行って手続きやら買い取りやらをするらしい。俺も連れていってもらえそうだ。いろいろ勉強させてくれるってことかな。


そんなわけで、リーダー、ご主人、ノーヴェ、俺の四人で収納鞄を担いで馬車に乗り、本部にやってきた。

この馬車と馬は、なんとパーティー所有のやつだ。

馬は、茶色のぶち模様と黒ぶち模様の二頭いて、今日は茶色のメオくん。もう一頭はルオくんという。引退する冒険者から引き取ったみたい。元は運送組合が育ててる品種で、長距離向きなんだって。運送組合は馬の飼育と調教にかなり力を入れているらしい。

馬と馬車まで持ってるとは思わなかった。みんな乗馬もできるみたいだ。

昨日からうっすら思っていたが、俺すごいパーティーに入ってしまったんじゃないだろうか。

だって、馬車って。冒険者がほいほい持てるもんなの？

組合本部近くの厩舎《きゅうしゃ》に馬車を預けて本部へ向かう。

昨日は夜だったからあまり街並みは見えなかったけど、昼間に見るとやはり壮観だ。

道の向こうに大きな像が見える。巻物を持ってる髪の長い人。アダン、だったかな。

本部に入って、ご主人は一番に窓口の方へ飛んでいった。はやく『緑』に上がりたくてしょうがないんだろうな。

いくつかの要項を確認して、受付の人に組合証を渡し、色をパカっと替えてもらって終了！

……とはならなかった。

「ハルクはいくつかの試験と審査をまだ受けていませんね？　これを通過しなければ昇格は認められませんよ」

「嘘《うそ》だろ……」

「先延ばしにするからだよ。ほら、試験受けに行くぞ」

「い、いやだ……」

ノーヴェにずりずりずりずり……と引きずられ、ご主人は「いやだーーーー！」と言いながら別室に消えていった。

注射されると知った子犬みたいな顔だったな。あとで、よしよししてあげないと。

残されたリーダーと俺は、粛々と色を替えてもらい、昇格手続きをつつがなく終えた。俺の随行者証は黒白から緑白へと変わり、何か赤いマークみたいなのが入った。なんだろう、これ。

人と会う約束があるというリーダーについていって、小部屋がいくつか並んでいる場所に来る。面談とか商談とかする部屋かな。

俺も会っていい相手なのか。疑問に思いながら部屋に入ると質素な机と椅子のセットがあった。

なんか、面談室みたいな雰囲気だ。ここで何するんだろう。

そう思っていたら、リーダーが体をかがめて俺に視線を合わせた。

「アウル、僕たちはこれから人に会う。君にも関係している、つらい話をすることになるかもしれない。外で待っていてくれてもいいけれど、僕としては君にも一緒にいてほしい」

む、一体どんな話をするんだろう。怖さよりも好奇心が勝《まさ》ってしまい、深く考えずに同席することにした。俺に関係した話なら、聞いておいたほうがいいだろうし。

しばらくして、一人の男性が部屋に入ってきた。なんと、知った顔だった。

「その節はお世話になりました。本日は『分身』の受け渡しに出向いていただき、ありがとうございます、シュザーク様」

ゆったりと礼をとる、黒髪黒目の人。

にゅるんの人だ！　腕輪からにゅるんって出入りする人！

前は存在感が薄くて変なかんじだったけど、今はちゃんと存在してる感がある。もしや、これが本体なのか。ちゃんと人間だったんだな。いや、まだわからないけど。

「この度はご足労いただき感謝します……お連れの方がいらっしゃるとは思いませんでしたが」

「ええ、一人で来るようにとは指示されていませんでしたので。外で待っていてもらいましょうか？」

「それには及びません」

にこにこ。にこにこ。笑顔と笑顔で腹の探り合いが始まった。やめてほしい。

リーダー、俺が同席するのは事後承諾だったんすか。なんか雲行き怪しくなってきた。

「こちら、お預かりしていた『分身』です。お返しします」

「確認いたしました。これにて、此度《こたび》の依頼はすべて終了ということでよろしいですね？」

「はい、またのご依頼を……と申し上げたいところですが、次がないことを祈っております」

「『ガト・シュザーク』の皆様は大変に優秀ですから、王命を預かるわたくしといたしましては今後とも良き関係でありたいものです」

「過分なお言葉、痛み入ります」

ニッコリ。ニッコリ。リーダーがあの腕輪をスッと渡してからも、言葉と笑顔の応酬は続く。

ほんと、何この空間！　胃痛になりそう。帰らせてほしい。俺は自分の決定を後悔した。

にゅるんの人が、リーダーが返した腕輪を装着すると、にゅるんと何かが出てきて本人の体に同化した。も、戻ったのか……？

俺は椅子の上でビクッと身をすくませた。

「おや、驚かせてしまいましたか。わたくしの『権能』は、体の一部を分けて、遠くに派遣することができるのですよ。距離は関係なくやりとりできますので、職務上、重宝しております」

俺の様子を見て、にゅるんの人は説明してくれた。

『権能』だったんだ。確かこの国じゃ珍しい技能だったはずだが、そんな機密っぽいことをぺらぺら話していいのかな。まあ、いいんだろうな。

「申し遅れました。わたくしはファンイといいまして、王の影のもとに庇護《ひご》を得ることを許された者のひとりでございます。お見知り置きを、アウル様」

軽い礼をくれるファンイに、俺も返礼する。『名も無き遣《つか》い』から名がある人間になった。

王の影。以前も聞いたが、気になるワードだな。直属部隊とか、隠密みたいなかんじだろうか。

ちょっとかっこいい。にゅるんってしてるけど。

「さて、事後経過について気にされていることと思いますので、少々ご報告させていただけます」

「どうぞ」

「まず、『粉』の調査のその後ですが――」

ファンイの説明によると、冒険者組合の職員の中に『粉』の使用者はほとんどいなかったという。発覚した中では冒険者に数人、傭兵《ようへい》団の中に幾人か使用者がいたようだが、体質に合わなかったり特に中毒症状が出ることなく使用をやめた者ばかりだった。

支部長、いや元支部長は禁断症状がひどく、精神が不安定になっているため治癒師が付き添って症状の緩和に務めている。今後の『粉』被害の治療の参考にするために教院で治療研究に協力することで酌量されるという。

要は被験体か……がんばれ。ところで教院って何だろうか。大学みたいなやつかな。

次の支部長も迅速に決まり、事態は一応終息した。……らしいのだが、ファンイは浮かない顔をしている。

「——報告をいただきましたので、新たにサンサに参入しようとしている商会の背後を洗ったところ、カスマニアに母体がある大きな反社会組織に繋《つな》がるものが出てきましてね」

「それは大変なことですね」

「どうやってその可能性に思い至ったのか、ぜひ伺いたいところですが……」

「可能性のひとつとして挙げたまでですよ」

ニコニコ合戦やめろ。ダインのやつ、さては俺の誇大妄想を読んでやがったな。報告書に書かれちゃったか。恥ずかしいから黙っててほしかった。

「それよりも、重大な問題が起きまして」

ファンイは笑顔を引っ込める。

急に真顔になって威圧感が増した。何だろう、嫌な予感がする。

「組合支部所有の家屋に大量の『粉』がありましたね。皆様から引き取って法師組合にある薬師の研究所に持ち込み、保管していたのですが、一晩経って倉庫を見たところ――」

言葉をいったん止め、ファンイは深呼吸する。俺は固唾《かたず》を呑《の》んで言葉の続きを待った。

「――すべて凍りついていたそうです、瓶に二つを除いて」

ひゅん、と背中に寒いものが走る。俺、何も悪いことしてないのに。

あの件は、まだ続いていたのか。なんだか不気味なことになってきたな。

「……受け渡しの際は僕しか触れていませんから、僕らではありませんね。僕は魔法が不得意ですから」

「ええ、皆様を疑っているわけではありませんよ……ただ、法師組合の研究所というのは魔法的な施錠が強固ですから、忍び込むのはまず不可能です。しかも、外側だけでなく瓶の中身ひとつひとつまで凍りついていたそうで……そこまでの精密制御は見たことがないと法師組合の特級職員が話していました」

「それはまた……」

「それだけではありません、『粉』はその性質上、燃やして処分することができず、凍らせて組成を変えることが最も安全な無効化の手段だそうなのですが、これを行った者はその知識をもっていたものと思われます」

「そうですか……」

だんだん前のめりになるファンイ。熱が入ってきたな。こわい。リーダーもちょっと引いてる。

「その上で、敢《あ》えて二本の瓶を残した。あたかも、『研究解析はこの範囲内で行え』と言わんばか

りです。……知識をもち、優れた魔法制御を行い、この一件に精通しており、我々の目をかいくぐって『粉』を処分する実行力を持ち合わせている——そのような人物に心当たりはありますか？」

「残念ながら、心当たりはありませんね」

「そうですか。我々の敵ではないのでしょうが、もしそのような人がいるのであれば……」

ファンイは不敵な笑みを浮かべた。

「ぜひとも、『王の影』に勧誘したいものです」

リクルートですか。

ファンイが体を引いたおかげで威圧感が緩み、ほっと息を吐く。

子供がいるんだから手加減をお願いしたいところ。

『粉』は危険なものだから、あんなにたくさんあって誰かが気の迷いで手を出したり流出させたりしたら困る。不気味だけど、凍らせた人は悲劇を未然に防いでくれたわけだからなあ。

少し安心したのも確かだ。

「ご報告ではもう一点、背後にいたと思われる人物について言及されていましたね。該当者を探し、一人のカスマニア商人にたどり着きました。……ですが、どれだけ踏み込んでも何も出てきません。どうも認知能力の低下や、健忘が見られ……つまりは老化現象ですね、普通の老人でした」

「それは残念でしたね」

「ええ、以前は記憶力も計算能力も高かったようなのですが、不思議とここ数日のうちに記憶の欠落や計算間違いが増えたようですね。まったくもって不可解です」

だからニコニコすんのやめて。俺たち関係ないので。……ないよね？　あの執事のふりをしてたおじいさんが実在の人物だったらしいことが証明されて、ちょっとモヤモヤが残る。無害な人だったんだなあ。俺の思春期こじらせたみたいな壮大な陰謀論も、妄想に過ぎなかったわけだ。

「――以上が、サンサにおける皆様のご活躍により得た結果でございます。ご助力に感謝いたします」

「……随分と詳細に教えていただけるんですね。最初に依頼についてお聞かせいただいたときは、多くの情報が伏せられていたように思いますが」

「それは誤解です。あの時点では確証が得られていない情報がほとんどでしたから、多くをお伝えしてはかえって足枷《あしかせ》になっていたかと」

「そういうことにしておきましょう」

「……ああ、そうでした。依頼とは直接関係はありませんが、カトレ商会で捕まった者たちの刑が決まったようですよ」

ガン、と殴られたような衝撃を感じた。

胃の痛くなるニコニコの応酬のあと、今日一番の爆弾が落ちた。胸の中に残っていたしこりが、ずっしりと重くなった気がする。そうか。それを聞くために俺はここに連れてこられたんだ。

リーダーを見ると、少し心配そうな顔で俺を見返した。するっと頭を撫でられる。

きっと必要なことなんだ。ぐっと腹に気合いを入れた。大丈夫、リーダーの態度からある程度は予期してたから、覚悟はできてる。

ファンイの説明を聞く。

カトレ商会の関係者で捕まった者のうち、護衛数名と冒険者の女は『絞首刑』、カトレ本人や従業員たちは『無期限の禁固刑』となる、ということだった。

『奴隷への虐待等』の国際法は、国際法であるがゆえに諸外国に対して「断固として許さない態度ですよ」とアピールしなくちゃいけない。祭りが近く、外国人が多く集まるこの時期だからこそ、ぬるいことはできない。

極刑の者たちは、公開処刑となる。同時に『粉』の危険性と違法性を周知する目的もあるようだった。

カトレの刑がほんの少し軽くなったのは、取り調べの結果だという。直接虐待に関わった証拠があまりに少なかったみたいだ。たしかに、俺も姿を見たことがほとんどなかった。

ほぼ被害者といってもいいが、惨状を放置していたわけだから会頭としての責任があるのだろう。

「二週間後の第四の週の六日目に、嘆きの大通り前にて刑が執行されることに決まりました」

「そうですか」

冷静に事項を告げるファンイの声が、少しだけ気持ちを落ち着かせてくれた。

覚悟はしていたけど、報告を受けてずっしりと身体が重くなる。

俺自身は冷静に受け止めている。でも、この身体はどうなんだろう。複雑で、やるせなくて、悔しくて、悲しくて。そして区切りがついたことにどこか安心している。処理しきれない感情の奔流に負けてしまいそう。彼らが生きても死んでも、傷を残していく。

これだから暴力はダメ。

「皆様は関係者ですので、面会の権利がありますが、どうなさいますか？」

「アウル？」

俺の意思を確認するリーダーに、反射で首を横に振る。

無理だ。覚悟はあっても、頭の整理がついていない。面と向かって話す気には到底なれない。処刑だって見たくはない。身体がそれを拒んでいるのがわかる。

まだ、命の重さと向き合えそうになかった。

「面会に関しては辞退を申し上げます」

「わかりました。それでは、ご報告は以上です。本日はありがとうございました」

「ありがとうございました」

はやく終われという願いが届いたのか、気を利かせてくれたのか、話は終わり三人とも席を立つ。

ほっとした。これで胃は守られた。

「ああ、そうだ。ひとつ気になっていたのですが」

扉から出る寸前で、リーダーが突然立ち止まり振り返った。

あぶねえ。おでこがぶつかりそうだった。

「この件の発端となった、『粉』を誤飲したという侍女は、その後どうなりましたか？」

急に脈絡のない質問をするリーダー。発端？　侍女？

「……ああ、ミズラの街の領主の娘についていた侍女ですね。毒味をして『粉』の誤飲で中毒症状が出てしまったということでしたが、彼女でしたら、王城の治癒師によって無事に回復しましたよ。後遺症もなく、職務に復帰したと聞きました」

「それはよかった」

「領主の娘も、環位に嫁ぐことが決まっていましたから、これで万全の状態で王都に迎えられそうです」

「それを聞いて安心しました。お教えいただいて、ありがとうございます」

「こちらこそ」

挨拶を交わして、今度こそ本当に部屋を後にした。

なんか今、初耳な情報がいっぱいありませんでした？　そういう大事なことをさらっと……。

高位の貴族？　っぽい『環位』の関係者に『粉』の被害者が出たから、王の部下がわざわざ『粉』の調査に動くことになったのか。最後の最後に大きい情報をもらっちゃった。ファンイさん、ちょっと饒舌《じょうぜつ》だったな。王の影ってそんな軽い感じで大丈夫なんですか。

ううん、もう考えないようにしよう。疲れた。こんなに疲れる部屋だとは思わなかった。今後はこの罠《わな》に気をつけねば。心の中であの部屋の方に塩を撒《ま》きつつ、リーダーについていく。

「つらい話に付き合わせて悪かったね、アウル。同席してくれてありがとう」

部屋から十分に離れた場所で、リーダーはかがみ込んで俺の頭をよしよしした。

たしかに覚悟のいる情報だったたし、まだうまく消化できていない。それでも、俺は一緒に話を聞けてよかったと思う。俺はいずれ、自分が関わった人たちの行く末と向き合わないといけない。それは自分自身と向き合うことでもあるからな。今じゃないかもしれないけど、いつかその時が来る。

楽しくはなかったが、必要なことだった。

俺の気持ちが伝わったのか、リーダーは微笑《ほほえ》んで立ち上がった。

「じゃあ、買い取りの窓口に行こうか。次はきっと楽しいよ」

リーダーも気が抜けたのか、少し疲れた顔をしている。差し出された手を握って、石の廊下を歩いた。しばらく歩くと気分はましになった。

思うに、リーダーは最後の質問をしたくて長々と話を続けたんじゃないか。

根拠はないけどそう感じた。


疲れてしまったので、食堂で少し休憩してから買い取りに向かうことになった。

食堂！　いい響きだ。

本部の食堂は、サンサ支部より席の数は多そうだった。どんなメニューがあるんだろう。リーダーにおまかせだな。リーダーが買いに行ってくれている間、一人で座って足をぷらぷらさせる。

ここの椅子は籐《とう》みたいな植物を編んで作られてる。異国情緒があります。

待っていると、ひとりの男がやってきて俺の正面にするりと座った。

誰だ。すこし身を硬くする。

「やあ、こんにちは。君は『ガト・シュザーク』に入ったという見習いかな？　ぼくはリトというんだ。『ケントル情報記』っていう情報紙でいろんな話題を書く仕事をしてるんだよ。すこし話を聞かせてくれないかい？」

なんか来た。

鉛筆と、バインダーみたいなものを構えていて、さらさらと立て板の水のように話す人だった。

青灰色の髪で、軽そうな印象の見た目をしている。

記者か？

「いやあ、あの『ガト・シュザーク』に新人が入ったって言うんだから、びっくりしたよ！　君はサンサの街で仲間になったのかな？　ぼくはね、冒険者の活躍をたくさんの人に知ってもらいたくて、こうして冒険者組合に出入りしているんだ。冒険者の話はみんな大好きだからね、情報紙もよく売れるんだ。……あ、情報紙ってわかるかな？　いろんな情報を集めて紙に刷ったもので、誰でも読めるんだ。本当に北方の技術ってすごいよ。鉛筆もそうだし、最近は植物紙がたくさん作られるようになったからね、まさしく『総《すべ》ての良きものは北より降《くだ》る』だよ——」

立て板に水、というかパッキンの壊れた蛇口？

とにかくリト、というこの記者は俺を前にしてぺらぺらとしゃべりまくった。

新聞みたいなものがこの世界にも流通し始めてるのか。紙が安く手に入るのはいいな。

「すこしでいいから教えてくれないかな。君も『ガト・シュザーク』の格好いいところを皆に知ってもらいたくないかい？　サンサはどうだった？　波瀾万丈《はらんばんじょう》だったかい？」

必死に話しかけてくれているところ、かわいそうだけど、こちらは話したくても話せないので。

それに、そう安易にパーティーの情報を漏らすと思わんでくれ。

俺は目を閉じて、腕を組んだ。

この記者の今後を思うと、心から同情する。

「うーん、無視されるのはちょっと悲しいなあ、少しでいいんだ、僕に仕事をさせてくれないかな〜」

「どんな仕事かな？　リト」

にっこり。リトは、ヒッと悲鳴を上げて背後を見た。

さっきからずっと後ろにリーダーが立ってたんだよなあ、微笑みを浮かべながら。

「子供なら情報をタダで話してくれると思ったのかい。そのやり方は、ここではお勧めしないよ」

「シュ、シュザじゃないか！　無事な姿を見られて安心したよ～！　『緑』に昇格したんだって？　すごいじゃないか、おめでとう！」

「ありがとう。ちょっと立ってくれるかな？」

「あ、ああ、一体何を……」

リトが立つと、リーダーはリトが座っていた席になめらかにスッと着席した。あまりにも自然だったので、誰も動けなかった。いや、その……確かにそこはリーダーの席ですけども。

そして俺に飲み物が入ったガラスのコップを渡してくれる。

フルーツジュースだ！　ココナッツのような香りがする。リーダーが自分のお茶に口をつけるのを待ってから、俺もジュースを飲んだ。

うわあ、おいしい！　ミックスジュースを最強にした味がする！　疲れた心に沁《し》み渡るなあ。ぬるい喉ごしが最高だ。よろこんでる俺を見て、リーダーも満足げな顔をした。

リトは何が起きたのかわからず、立ったまま困惑しているようだった。

俺もわからないよ、気持ちはわかる。

「え、ええ～……？」

「うん、北からの茶葉は香りがいいね。……リト、この子は無視してるんじゃない、しゃべれないんだ。それに読み書きもできないから、こっそり紙に書いて渡すこともできない。君の願いは叶《かな》えられないよ」

「それは、すまなかったよ」

「いいんだ、僕の席を取っておいてくれてありがとう」

「あ、ああ」

持ち手のない湯飲みだが、それをゆっくりと楽しむリーダーの所作は、育ちの良さを滲ませていた。やってることは少々、いや、かなり大人げないというか、うん。

「そういえば、僕らがサンサに行ったことは誰から聞いたんだい？　誰にも行き先を話した覚えがないのだけど」

「あっ……………」

「ああ、そうか、君たち情報紙の団体は通信用晶石を手に入れたんだったね。個人の情報を他の街に流すとは感心しないな。王の影に睨《にら》まれてもいいのかい？」

「！」

リトは言い当てられたのか、蒼白《そうはく》になった。

ちょっとかわいそうになってきた。個人情報流出は許せないが。

「『ケントル情報記』だったかな、君の所属は。ケントルとはこの王都の名前だね。王都をケントルと呼ぶなんて、まるで外国人のようだ」

「……そうだろうか」

「悪いことは言わないよ、リト。君の後援者は、君を情報を得るための道具としか思っていない。どんな甘言を囁かれたのかはわからないけれど、君の本当にやりたいことは何だい？」

「……情報紙の団体を組合に昇格させること、だよ」

「ならば、王の影に睨まれるような立場にいてはいけない」

ついさっきまで、その『王の影』とお話ししていましたね。

記者くんはすっかり肩を落としてしまった。パッキンの直った蛇口……。

リトの必死さは、野望のためか。その野望を利用してるやつがいる。

それを見抜いたリーダーは何者なんだ。慧眼《けいがん》が過ぎる。

「忠告は心に留《とど》めておくよ」

「そうしてくれるとうれしいよ。……実は、妹が君の書いた冒険者の記事を読んで喜んでいたんだ。これからも、君に良き巡りが訪れることを願っている」

「……そうか！　ありがとうシュザ。いろいろ考え直してみるよ、妹さんにも『よき巡りを』と伝えてほしい」

あ、行っちゃった。嵐のようだった。

ファンイと話したこともまだ消化できてないのに、さらに濃いかんじの人と会ってしまった。

情報の扱いに関しては、まだまだ発展途上なんだろう。紙の普及が後押ししている最中か。

いずれ、新聞社のような『情報紙組合』の名前を聞く日が来るのかもしれない。そうしたら、紙媒体の情報による戦いが幕を開けることになる。

……いや、待って。新聞のようなものがある、ということは印刷技術もある、ってこと？

とんでもないぞ、文明だ！　うわあ、どうやって印刷してるのかすごく気になる。本も増えてるのかな。あとでご主人に聞いてみなくちゃ。

「隙《すき》を作るとすぐにこうなるね。リトは悪い人じゃないけど……」

目を伏せて、リーダーはそっとため息をつく。

疲れてて、少し苛《いら》ついていたのかな。リーダーにしては当たりがキツかったよな。でも最後はいい感じに終わったからすごい。……かな？　俺は精神年齢こそ大人だけど、リーダーのように何でも見通せて、人を良い方向に導いていける大人になるのは難しいだろう。リーダーのいろんな面が見られて楽しい。ちょっと人間らしくて安心した。

……ところで、妹さんがいるんですね。

優雅なティータイムの後、ようやく今日の目的地、買い取りの窓口にたどり着いた。

窓口……ではないな。奥にとても大きな観音開きの扉がある空間で、もはや窓口とは呼べない、小さめの体育館みたいだ。控えめなカウンターがいくつか、奥にデカい台がいくつかある。

俺はびっくりしないぞ。大きい猪《いのしし》を狩ったときに、こんなデカいものどうやって売り買いするんだ？　って思ってたので。

奥は倉庫に繋がっているようだ。買い取ったものを保管するところ。ちょっと寒い。

リーダーが忙しく行き来する職員の一人に声をかける。

「ララキ、いいかな」

「シュザ？　こんにちは。買い取りだね、何からいく？」

「大角猪《おおつのいのしし》の肉と素材、彩色鳥《さいしきちょう》の羽根、木の実と果物、それから薬草だよ」

「ああ、猪の肉は今いい値段になるよ。じゃ、あっちで肉出してくれる？　アキが解体してるだろうから、奥に行かなくていいよ。倉庫の前の台ね」

担当のお姉さんが指した場所にある低い台の上で、リーダーはアキから預かっている鞄を開けて肉を取り出し始めた。ものすごい量があるので俺も手伝う。

まず肉。まだ熟成中で布と葉っぱに包《くる》まれた大きいかたまりをドン、ドン、ドン。

そして内臓類をドン、ドン、ドン。

ドンドン積み上がっていく肉の山に、周囲はあっけにとられていた。あ、葉っぱの隙間からモツがはみ出しちゃった。

収納鞄ってすごい。こんなに入ってたんだ。これ何百人分くらい賄えるんだろう。

「えっと、一頭じゃないんだね？」

「ああ、ごめん。言い忘れていたよ、冒険者組合に卸すのは三頭だ。そのうちの一頭は『転化』だから、大きいんだ」

「『転化』もいたの？　そうだよね、ハルクがいるパーティーだもんね、それくらいは……」

「あとの二頭は商工組合と精肉店に卸すつもりだよ。祭りがあるから、需要も高いと思ってね」

「まだあと二頭狩ったの……」

「最後の一頭はうちで食べたいってアキが聞かなかったものだから」

「そう……六頭……品質を確認するね……」

お姉さんがどんどん遠い目になっていく。

あれ？　これくらい狩るのが冒険者の常識だと思ってたんだけど。ちがう……？

「確かに大角猪の肉と内臓が三頭分だね、確認したよ。まだ熟成してないけど肉質がすごくいいね、まるで瞬殺したみたいだ。ま、そんなわけないか～、あはは」

瞬殺だったが。瞬殺の時点で何かおかしいって気づくべきだったんだ。いや、気づいてはいたよ。

やっぱり、あれ罠とか集団で囲んで倒すやつじゃん！

このパーティーとんでもねえな。朝からずっとそればっかり言ってる気がする。

このパーティーを基準にしちゃダメだ。ちゃんと世間の常識と擦り合わせていかないと。

「それで、その子が新しい見習い？」

「そうだよ、アウルっていうんだ。声を出せないから、気にかけてあげてくれるかい」

「わかったよ、こんにちはアウル。わたしはララキ。よろしくね」

買い取りのお姉さん、ララキ。覚えた。

動きやすそうな作業服っぽいのを着ていて、こげ茶色の髪をポニーテールにしている。

俺がうなずくとララキは笑顔になった。「子供かわいい」っていう目尻の下がった顔だ。王都に来てから、よくその表情を見かけるようになった。ここでは子供が大事にされている。

「あなたが見習いを取るとはねえ。まさか、これ狩るのに連れてったりしてないよね？」

「うん？　一緒に行ったよ」

「ちょっと！　危ないじゃない！　見習いの子をあなたたちみたいな怪力バカと一緒にしちゃダメだよ」

「そうかな、アウルも一撃で倒していたけれど」

「えっ!?」

「ほら、この小さいほうのかたまり、アウルの倒した個体だね」

……俺も瞬殺しちゃったんだった。人のこと言えねえ。

でも、なんでリーダーが自慢げなの……ダメだ、この人も条件反射で「子供かわいい」の顔をする人だった。

ララキの俺を見る目、かわいいものを見る目から、信じられないものを見る目に変わってしまったじゃないか。安全な狩り体験だと思ってたのに、ぜんぜん安全じゃなかったようだ。

常識の擦り合わせ、急務です。

「アウル『も』って……みんな一撃で倒したんだ……あなたたち緑に上がったんだもんね……高品質でうれしいよ」

いろいろと諦めた顔になったララキは、気を取り直し紙に何か書きながら査定を行っていった。

ラベルを貼られた肉たちは、荷運びの職員によって倉庫に運ばれていく。

それからリーダーは牙や骨や皮、晶石などを取り出して並べた。彩色鳥の羽根が入った袋も一緒だ。これもララキが査定し、紙にいろいろ書いている。

晶石はともかく、牙や骨まで買い取りなんだな。何に使うんだろう。武器かな、アクセサリーかな。

皮は、いったんは鞣《なめ》し工の元に送られるみたい。リーダーが、一枚はパーティーで引き取りたいからって、割符《わりふ》のようなものを受け取っていた。一週間後くらいに皮から革になったものを取りに行くんだって。

氷漬けにされたバカでかい皮たちも倉庫に運ばれた。狩った生き物の素材が余すところなく使われるのは、いいことだ。良き巡りだね。採集した木の実や果物類も並べられ、査定が行われていく。

最後に薬草を種類ごとに並べて、査定。

ララキはカウンターに戻り、インク壺を開けて新たな紙に最終結果を書きつけていった。

「結構な金額になったよ。あとは窓口で入金と換金の手続きしてね。あなたたちは相変わらず一回遠征するとすごい量を卸すね。その子に無理させちゃダメだよ」

「わかっているよ。ありがとう」

「じゃあね、よき巡りを」

紙を渡してくれたララキにお礼を言って（俺は頭を下げて）、買い取りのカウンターを後にした。

けっこう時間かかったなあ。でも『買い取り』、覚えたぞ。

それと『パーティーの常識を世間の常識と思うな』も覚えました。

座右の銘にします。


買い取り口を後にしてお金関連の窓口に向かう。

リーダーが、ララキが書いてくれた紙と組合証を受付のお姉さんに渡している。

それを下から見る俺。ここのカウンターはサンサと違って、少し低い。俺にとっては使いやすくてありがたい。この世界は老人と子供が少ないせいか、バリアフリーの概念が薄い。子供の身体になって初めて気づく不便が多い。階段とか絶妙に大きくて上りにくいんだ。

はやく大人になりたい。

「いつも通り、全体の一割をパーティー用資金に振り分けて、あとは五人で等分……いや、薬草の分は別でお願いできるかな」

む、実際の貨幣をやり取りするんじゃなくて書類上でお金を動かす感じか。すごいな。

「薬草の分はどのような形に？」

「銀貨と銅貨で使いやすいように」

「わかりました。ではそのように」

お盆の上に銀貨と銅貨が積まれていく。生活する上で現金も必要だからな。

「アウル、随行者証を出してくれるかい」

リーダーに言われて首から外して渡す。それは受付のお姉さんの手に渡った。

「この薬草の分の実績は、この子の随行者証で記録をお願いするよ」

「『見習い』の方用の記録ですね、かしこまりました」

「？」

えっ、どういうこと？

ばっ、とリーダーを見ると、ちょっとうれしそうな顔で俺を見下ろしていた。

「みんなで話し合った結果、アウルが自分で採集した植物や薬草を売ったお金は、君の取り分にすることにしたんだ」

ええーー!?

俺の取り分て何！　聞いてないです！

「君の立場だと新たな口座を作れないから、持ち運びでかさばるかもしれないけど……」

いや、そういう話じゃなくて。え、俺は口座開設できないの？　奴隷だからか。

そうじゃない。俺もお金もらっちゃっていいんですか……！

目を見開いて口をぱくぱくする俺を、リーダーはいたずらが成功したみたいな顔で見てくる。

そんな、うそ……。というか、俺が採集した薬草よりノーヴェが採集したほうが多い！

これはズルとみなされないんですか！

俺がちょっと抗議してるのを感じ取ってくれたのか、リーダーは苦笑した。

「ノーヴェが採ったものも混ざってるね。それは今回だけだよ。元々ノーヴェは、自分で採集はしないんだ。珍しいもの以外は全部店で買って調合に使っているんだよ。下の階位の人たちの依頼を奪ってはいけないから、と言ってね」

「……」

「それに、見習いの間は階位は上がらないけど、実績を記録することができる。実績をあらかじめ積んでおくと、正式に冒険者になったときに、等級が早く上がるんだ」

見習いの間は狩猟は推奨されていないから、必然的に採集で実績を積むことになるんだって。見習いだと他の組合に売っちゃうと実績にならないみたい。冒険者組合で買い取りに出した場合のみ実績として記録される。

そうか。やっとわかったぞ。ノーヴェが今朝言っていた「今後のため」は、俺の実績のことだったのか。俺のために、普段やらない薬草採集の手本を見せてくれたり、全部冒険者組合で売るように教えてくれたりしたんだ。俺が売った薬草も、回り回ってノーヴェが買うことになるかもしれないな。……それってものすごーく間接的にお小遣いをくれてる、ようなものじゃないのか？

ノーヴェ……！

「アウルはよくがんばってくれているし、これから自分で自由に使えるお金が少しはあったほうがいいと思ってね。狩猟の分は入れてあげられないけれど……はい、これは僕からの贈り物だ。これにお金を入れるといいよ」

リーダーが、小さな革の巾着袋のようなものをくれた。

これは、財布？　それにしては小さすぎる気がする。

「お金だけたくさん入るように、空間魔法で拡張してあるんだ。ほら、この真ん中の石に魔力を流してごらん……そう、上手だね。これでこの袋はアウルと僕以外は中身を取り出せなくなったよ。アウル専用だ」

「！」

俺専用の、財布！

こげ茶色の柔らかい革で、紐《ひも》を引いて口を閉じるタイプだ。長い紐がついていて、その先にはツノか骨みたいなものがぶらさがっている。

「これは、こうして……帯に引っかけて落ちないようにするんだ。ほら、この飾りのところで留まるだろう？」

これ、『根付《ねつけ》』だ。日本でも着物とかで財布が落ちないよう引っかけるやつがあったはず。ちょっと格好良くてテンションが上がる。

リーダーに言われるまま、お盆に盛られた銀貨をつまみ、財布に入れる。中に仕切りがあって、銀貨と銅貨を分けられるようになっていた。

初めて触ったこの世界のお金、その重さ。銀貨十八枚と銅貨二十三枚。一生忘れないと思う。

俺は感謝を込めてリーダーの腰にギュー──っと長めにくっついた。

リーダーはやさしく頭ぽんぽんしてくれる。一生ついていきますお父さん……！

その様子を、受付のお姉さんが微笑ましく見守ってくれていた。

さて、こうなってくると買い物もしたくなってくる。

次に商工組合に向かうというリーダーの服の袖をちょん、と引っ張った。帯につけてもらった財布を見せて、『買い物をしたいです』アピールを試みる。それから西の方を指差す。たぶんあっちが西。たしか西には商業区があるはず。

「うん？　どうしたんだい。財布……向こうは厩舎、じゃなくて商業地区かな。そうか、さっそくお金を使ってみたいんだね？」

伝わった！　うれしくてピョンピョンしながらぶんぶん首を振ると、リーダーは俺に笑いかけた。

「そうだね、買い物の練習をしたほうがいい。じゃあ、商工組合と精肉店に行ったあと、買い物ができる場所に行こうか」

やった！

天にも昇る気持ちだった俺は、その後の出来事をあまり覚えていない。商工組合で肉がめちゃくちゃ喜ばれたこととか、精肉店の倉庫で大量にぶら下がってる肉にちょっとビビったこととか、おそらくいろいろあって。

気がつけば大きな商店の前にいた。

三階建てくらいのその建物は、ぱっと見たかんじでは商店っぽくない。リーダーに「商店だよ」と言われなければ気づかなかった。扉のないアーチの左右に護衛が立っている。商店にはだいたい護衛がついている。

「この商会館には、いくつかの商店が集まっていてね。値段が手頃で、いろんなものがあるから、アウルにはぴったりだと思うんだ。僕もよく来るよ」

デパートみたいなやつですか。すごいな文明。さすが、商人を聖人と崇《あが》めるだけのことはある。

俺の想像以上に進んでるなあ。

「さて、何か買いたいものはあるかい」

ちょっと考える。

そういえば、拠点のリーダーの机の上にはインク瓶やペンがずらりと並んでいたのを思い出した。整理が苦手なのに、そこだけきちんと整頓されていたから印象に残っている。

文房具を見てみたいです。

文字を書く仕草をすると、すぐに理解したリーダーは俺の手を引いて二階に上がった。

少し奥まった場所に、紙やインクが陳列された店があった。うわあ、すごい、すごいぞ。

「いらっしゃいませ、シュザ」

「こんにちは」

上品な服を着た店員さんのような男の人が、名指しで挨拶をする。

リーダー、さてはここの常連だな？

「ちょうど良かった、今日はこの子の買い物に来たんだ。しゃべれない子だから、ひとりで買い物をするのが難しいかもしれない。手助けしてくれるかい？」

「そうでしたか。かしこまりました」

店員さんはスッとそばに来て、俺が指差したものを説明してくれた。

鉱石が原料のインク、木の実の果肉を煮詰めたインク、動物の骨やツノを燃やして炭にしたインク。骨やツノもインクになるのか。黒いインクだけでも何種類もある。

鉛筆もあった。

黒鉛と何かを混ぜて焼いたものを木の板に挟んで作られているんだって。まるっきり鉛筆。

紙もいろんな種類がある。

藁半紙《わらばんし》のようなものから、きめ細かい上質な紙。羊皮紙。薄紙。油紙まで。

店員さんは俺を子供と侮ることなく、大人と同じように丁寧な口調で説明してくれる。商人の鑑《かがみ》のような人です。

リーダーは、夢中になってる俺から離れて一人で別の棚を眺めていた。やっぱりインクとかペンとか好きなんだな。

インクで書いた見本を見せてもらっている中で、気になるものがあった。

インク自体は黒だけど、別の色で縁取《ふち》られている。どうなってるんだろう。

「こちらは、書いた後インクが乾かないうちに魔力を少し流すと別の色の縁《ふち》が現れるものです。最新作ですよ」

おお、すごい。こういうのを探していたのかもしれない。

俺が気に入ったのがわかったのか、店員さんは実際にそのインクで実演してみせてくれた。

書いた後に魔力を少し流すと、きゅうっと真ん中に黒が寄って縁《ふち》に別の色が現れた！

赤や青などのインク液に魔力に反応する黒い粒子が混ざっていて、魔力で黒の粒子を線の真ん中に引き寄せると、インク自体の色が見える仕組みなんだって。砂鉄みたいなかんじかな。わからんけどすごい。綺麗《きれい》なガラスの瓶に入ってて、キラキラしたものが混ざってる。いいね。

値段も銀貨三枚と、俺が買える範囲だ。

「こちらになさいますか？」

うなずいてから、ちらっとリーダーの方に目線を向ける。

かなり熱心にインクを眺めている。

店員さんは俺のその仕草に少し首を傾《かし》げたが、すぐに理解して微笑みながらしゃがみ込み、俺にそっと囁いた。

「……贈り物として包装なさいますか？」

察しが良くて助かります。

大きくうなずいてから俺はポーチから羽根を取り出す。前にご主人にもらった彩色鳥のちっちゃい羽根だ。いろんな色があったけど、赤にする。これをつけてほしいな。

店員さんに渡すと、うなずいて奥のカウンターでごそごそと作業をして、いいかんじに薄紙で包んだインク瓶を持ってきてくれた。

ちゃんと真ん中に蝋《ろう》で羽根がくっついてる。めちゃくちゃいい。最高です。

俺がにっこりすると、店員さんもにっこりしてくれた。

「ご満足いただけましたら、何よりです」

会計は銀貨三枚に、包装代銅貨二枚でした。そこにいろいろ説明してくれたお礼のチップとして銅貨一枚をさらに足す。こちらにもチップの習慣がある。俺はもらったことないけど。

店員さんはほんの少し驚いた顔をして、丁寧に「ありがとうございます」と言った。こちらこそ。

さて、どうやって渡そう。

「おや、支払いまで済ませてしまったんだね。君、見ていてくれてありがとう」

リーダーが会計を終えた俺に気づいて近づいてきた。いい買い物ができました。

「ひとりで買えてえらいね。どんなものを買ったんだい？」

しゃがみ込んで俺の目線に合わせて話しかけてくるリーダー。

ええい、今だ。渡しちゃお。……いざ渡すとなると恥ずかしいな。

ちょっともじもじしながら、包んでもらったばかりのインク瓶をぐっと差し出した。

伝われ。

「ん？　羽根……？」

「こちら、シュザへの贈り物だそうですよ」

「えっ」

店員さんフォローありがとう！　むちゃくちゃチップ足したい。

リーダーは目を大きく開けて半ば呆然《ぼうぜん》としながらそれを受け取り、俺とプレゼントを交互に見る。

「……僕に？」

やっぱりこういうの恥ずかしい。

でも、俺がこうして元気でいるのはリーダーとみんなのおかげだから、最初に買うのは贈り物にしたかった。たいしたものは買えないけど。

目を逸らしつつもじもじしてると、停止していたリーダーが動いた。

かと思ったら、キュッと抱きしめられていた。

「アウル……！　君はなんという……僕の好きなものを知ってるなんて……!!　字が書けないのに筆記具の店を選んだのはそのためだったんだね！　それに、赤い羽根を選んでくれてうれしいよ……ありがとう……」

好きなもの、けっこう丸わかりだと思います。

わ、泣いてる。そんなに喜んでもらえるならもっと良いものを……いや、質は関係ないか。

赤い羽根を選んだのは、朝日を浴びたリーダーが剣に火をまとわせて振っていたのが格好良かったから。リーダーの色って気がしたんだ。

泣くほど喜んでるリーダーを見て店員さんがびっくりしてる。

そうだろうな。そんな感情的な人に見えないもんな。俺もびっくりだよ。

「……この子は今日、初めて自分で稼いだお金で買い物に来たんだ。そして一番最初にこれを僕に買ってくれた」

「なんと………！」

店員さんも泣いちゃった。そんな感情的な人に見えなかったのに。

気持ちはわからないでもない。はじめてのおつかいとかに弱いからな、大人は。

収拾つかなくなってしまった。ほんの少しだけ後悔したが、これだけ喜んでくれるならまあ、いいか。

リーダー、いつもありがとう。ボロボロだった俺が、今ではこんなに自由で幸せで、仕事があって、自分の部屋や自分の財布まで持てるようになったのは、みんなのおかげです。俺は「ありがとう」が言えないから、こういう伝え方しかできないけれど。

いつか、もっとちゃんとお礼をしたい。

いつまでも抱きついたまま俺の頭をわしわししてるリーダーを、そっと抱きしめ返した。

ようやく落ち着いて俺から離れたリーダーは、店員さんから俺が贈ったインクの使い方を聞いてまた喜び（「母と妹によく手紙を書くので、こういったものは喜ばれる」とのこと）、俺はさらに自分用の藁半紙と鉛筆を買い、その店を後にした。

良いお店だった。また来よう。店員さんの名前、聞きそびれちゃったな。

「次は何を買うんだい」

かつてなく上機嫌なリーダーがにこにこ顔で尋ねる。

こうなったら、みんなの分も買っちゃお。買える範囲で。

何軒か店をはしごして、リーダーに助けてもらいながらみんなへの贈り物も無事に買えた。

最後に自分用に小箱を買う。蝶番《ちょうつがい》付きのやつ。大事なものを入れておきたい。

お金を使えるって最高。それにこの世界のいろんな品物、いろんな売り方を見ることができた。

今日が人生最高の日かも。これより上、あるか？

向こうの世界の初任給でもここまでうれしくならなかった。不思議だな。

冒険者組合本部に戻ると、入り口近くの待機場所でノーヴェと、うなだれているご主人が目に入った。すっかりくたびれている。かわいそうに。そんなに試験が大変だったんだろうか。

「アウル……！」

俺を見つけてピン！　となった。でも近づくとまた座り込んでしまった。

ワンちゃんだな。今ぜったい耳としっぽがあったろ。これはよしよししてあげないと……。

手を伸ばして、はたと気づく。

夕方に近くなってきて、本部の中は人が増えてきていた。こちらを窺《うかが》う視線も感じる。この衆人環視の中、ご主人の頭をよしよししたらどうなるか。

そうでなくてもひどい二つ名を持ってるご主人だ、俺にまでひどい二つ名が付いてしまうのではないか？　『野犬を手懐《てなず》けし者』とか『暗黒破壊魔の懐柔者』とか、なんかそういうの。

それに、いい大人が子供によしよしされるのは尊厳破壊になりかねない。まあ、ご主人は気にしないだろうが。ぐっとこらえて、肩をぽん、とするだけにとどめた。

拠点に帰ったら、買ったものをあげよう。元気を出してくれるといいんだけど。


メオくんの引く馬車に乗って帰路につく。

御者をやってるご主人の隣に座らせてもらった。景色がよく見える特等席だ。

後ろでは二人が今日の成果について話していた。

「シュザ、機嫌いいね。買い取りはどうだった？」

「いい値段になったよ。どこでも大角猪は喜ばれた」

「それはよかった。サンサの依頼もいい金にはなったけど、割に合わない内容だったからな。これで巡り良しって気分だ」

「そっちはどうだい」

「ああ……ハルクの先延ばしにしていたあれこれは一応ちゃんと終わらせてきた。大変だったけど」

「……設備は壊していないようだね」

「……設備は、ね」

「そうかい」

ご主人、一体何があったんだ。馬を御してるご主人の方を見ても、教えてくれそうな素振りはない。組合証を覗《のぞ》き込むと、ちゃんと緑と黒の二色になっていた。よかったじゃん。

「こら、落ちるから身を乗り出すなって……リーダーは今日どうだったんだ。何か情報あったか？」

「そうだね、王の影はやけに親切にいろいろと教えてくれたよ。あれは多分……」

「『秘事は舌を滑らかにする』か？」

「それだね。後ろめたいことがあるときほど、人は饒舌になる。まだ何か隠したいことがあるのかもしれない」

「今の王の影は練度が低いからな、サンサでも何かと目についたぜ。ちっとは気配を隠せばいいもんを」

「……ちょっとハルク、それ初耳だけど」

「言ってなかったか？」

「聞いてないよ！」

聞いてないですね。サンサの街、王の影いたんだ……いるだろうとは思ってた。

「支部なんか丸わかりだったろ。受付の女とか」

「オレ一緒にいたのに……どのあたりが怪しかったんだ？」

「アウルを見ても表情ひとつ変えなかっただろ。受付やってるやつはたいてい子供に親切なのに、あの女はほとんど見もしなかった。それに言葉が丁寧すぎる。王城特有の話し方だったな」

「お前……だから支部を嫌がってたのか」

「みんなわかってるもんだとばかり」

「わかるかバカ！」

まったく気づきませんでした。ご主人すごくよく見てるなあ。その情報を共有してくれていたら完璧だったんだが。

みんなの雑談を聞きながら賑《にぎ》やかな街中をパカパカ進んでいくの、気持ちいい。ドライブ楽しいね。

ノーヴェと言い合ってるうちにご主人は元気になった。よかった、よかった。

持つべきものは、喧嘩友達だな。

拠点に戻ると、ダインはまだ寝ていた。もしかして昼からずっと寝てたのか。猫はいない。

俺たちが帰ってきて騒がしくなったからか、のっそりと起き上がって、伸びをする。完全に猫だ。

あの猫と同化しちゃったのかもしれん。

「帰ったか……お、ボウズ、いいもんつけてるじゃねェか」

帯にぶら下がる財布を見つける。目ざといね。いいだろ、俺の財布だぞ、俺専用だぞ。

ちっちゃい革の財布を自慢してから、鞄からお土産を取り出した。

ダインにはこれです。

「何だァ？」

「アウルが君に贈り物だよ」

「おいおい……」

リーダーの言葉を受け、適当な薄紙の包装をめくって出てきたのは、円柱形のクッションです。

やわらかさと織りの手触りが良かったので選んだ。

ダインは意外にもけっこううれしそうな顔をして「こりゃァいい」と言って俺の頭をぐりぐりした。いそいそと巣に持ち帰ってまた寝転ぶ。いま起きたとこじゃん。

「アウル、ちゃんと財布をもらえたんだね。買い物もしたのか？」

「そうだよ、一番にこれを買ってくれたんだ」

羽根付き包装の瓶をノーヴェに自慢するうれしそうなリーダー。まだ包装剥《は》がしてないんだな。

「インクか。買い物できるだけでも偉いのに、よくシュザの好きなもの知ってたね」

「ノーヴェにもあるようだよ」

「オレにも？」

俺は手を伸ばして、薄紫の小さな布袋をノーヴェに差し出した。

これです。

「わぁ、これ……あの時の陽含石《ようがんせき》だ」

「綺麗な細工だね。パルノ商会館の装飾屋で加工したんだよ」

袋からそれを取り出して、ノーヴェは息を飲んだ。すぐ気づいてくれてうれしい。

ノーヴェに贈ったのは、小さな鏡だ。

その場で魔法で加工してくれる装飾屋さんがあったんだ。ノーヴェに河原でもらった『陽含石』を薄く切り出してもらった。中が透明になってるやつ。

展示してあった見本から鏡を選んだ。裏に銀をうすーく圧着して、鏡にする。普通の鏡とはちがって、陽含石を通すと角度によって虹色に見える。どうやら陽含石は光魔法との相性が良いらしくて、光に関係した魔法道具にも使われているようだ。お店の人がそう教えてくれた。光魔法が関係してるから、「太陽を含む」っていう意味の名前なのかも。なんだか、キラキラまぶしいノーヴェにぴったりな気がした。

お店の人は、縁の黒い石の部分もあっという間にいい感じの模様を刻んでくれて、まわりに銀(純銀じゃなくて、加工しやすい合金みたいだけど)で少し飾りをつけてくれた。手のひらで包んだその中ですべての作業が魔法で行われる。一種の販促パフォーマンスだった。魔法すごい。

そういうわけで、世界でひとつです。値段もみんなに買ったものの中で一番高かったですが。

その職人は『金魔法』という加工に特化した魔法の使い手だったみたい。黒い肌に白い歯がまばゆい気さくな人だった。

ノーヴェはいろんな角度からそれを眺めて、ほう…とため息をつく。

かと思ったら、ぎゅーっとされた。うお、力加減!

「オレ、石と銀細工の小物が大好きなんだ。うれしい……！　ありがとう、アウル」

ありがとうは俺が言いたい言葉だよ。

気に入ってくれてうれしい。力加減も緩めてくれるとうれしいが……。

男性に装飾した小物を贈るのはどうなんだろう……と一瞬考えたけど、この世界は性別による嗜《し》好《こう》の縛りがないっぽいので思い切りました。ノーヴェはアクセサリーも身につけるタイプだし。

ノーヴェは一番たくさん俺にいろいろ教えてくれるし、気配りをしてくれるし、ご主人の世話もしてくれる。いつもありがとう。

頭を永遠にわしゃわしゃしてくるノーヴェの腕から抜け出して、キッチンに向かった。

アキがトントンぐつぐつやってる。

俺はアキの前掛けを軽く引っ張って、香辛料の小袋を取り出して渡した。減ってるってぼやいていた胡椒《こしょう》っぽいものです。香辛料のお店はくしゃみが出そうだったし、種類も大量だし、どれかわからなくてけっこう選ぶの苦労した。

受け取ったアキは、袋の中身をスンスンと嗅いで、手のひらに出して眺めた。

「……お前が選んだのか？」

そうです。ちょっとでごめんね。いつもおいしいご飯をありがとう。

待ってろ、と言ってアキは棚をごそごそして何かを持ってきた。

お玉？

「アウルはよく手伝ってくれている。食材もよく見ているようだ。味見の権利をやろう。これがお前の匙《さじ》だ」

やった！　俺が両手を上げて喜んでいると、後ろがざわざわした。

「味見の権利、だって？」

「僕ももらったことないのに」

「俺もない」

「俺なんざ厨房に入れてもらえねェ」

え、そんなすごい権利だったの。すごいとは思うけど、そこまでだったのか。

「やかましいぞ。お前たちは料理の何たるかを理解していないだろう。アウルはパン種《だね》に浄化をかけないし、食器の洗い残しもしない」

「そ、そうだったのか……」

みんな、料理が不得手みたいだな。俺だって得意とは言えないが、アキのお眼鏡にはかなっているみたいだ。

すごい権利をもらっちゃった。

おかしいぞ。感謝をしたかったのに、またもらってる。

やっぱり、ちゃんと言えるようになりたい、ありがとうって。


おいしい夕食を終えて、急速に眠くなった。疲れが一気に来たようだ。

いかん、風呂に入りたいし、ご主人にも渡すものが……。

こくり、こくりと船を漕《こ》いで、ハッと気がついたときには湯船でちゃぷちゃぷしていた。

いつの間に風呂に。このお世話されるループから、いつになったら抜け出せるんだろう。

「今日は随分と疲れてるな。リーダーと出かけるのは楽しかったか？」

「たのしかったです」

「よかったな。俺は散々だったよ……」

そこからご主人は愚痴のようなものをつらつらと話す。

試験は簡単な問題に答えるだけなのにどうしても計算でつまずくこと、審査で身体能力を披露するのが嫌だったこと、なんとか計測器とか設備とか壊さずに終わったこと、ノーヴェに見張られて逃げ出せなかったこと。

嫌なことを乗り越えてがんばったんだな。えらい。それに、ちゃんと付き合っているノーヴェってすごく優しい。

すっかり目が覚めた俺も、今日あったことをつらつらと話す。にゅるんの人と会ったこと、粉が全部凍っててすごいこと。執事のおじいさんは物覚えが悪いこと。

それから、処刑のこと。

ご主人は、うんうんって緩くうなずきながら聞いてくれた。

「……そうか。悲しいか？」

「わからないです。ぐちゃぐちゃしてる」

「それでいいよ。悲しまなくていいし、喜ばなくていい。少なくともこれで区切りがつく。良くない『巡り』と、さよならだ」

「さよなら……」

あまり、ごちゃごちゃ考えなくてもいいのかも。つい考えてしまうけど。

やっぱりどうしても、俺と身体が乖離《かいり》してるように感じてしまう。それでいて、感情が混ざる。どちらが本当に感じていることなのかわからなくて、もどかしい。いずれこの状態からも抜け出せるんだろうか。

ご主人は俺の顔を両手で挟んで、目を覗き込んできた。

奥を見透かそうとしてるみたい。紺色の目の色がすこし薄くなる。

「…………うん。かなり厚みが出てきた。もうちょっとだな」

「なにがですか」

「んー……さあな」

教えてくれない。もしかして、ご主人には俺の精神と身体が別だってバレてるのかな。そういうかんじには見えないけど。

「……そういや、初めてもらった金でみんなに贈り物をしたんだってな。すげえ喜んでたよ」

「ご主人の分もあります」

「そりゃよかった。俺だけ忘れられてるのかと思ったぜ」

忘れるわけない。ご主人もわかってるくせに、そうやって話題を逸らしてさあ。

ほっぺたをむにむにしてくるご主人に、指でピューっとお湯をかけた。

ところで。

「奴隷なのにお金もらってもいいんですか」

「奴隷商で渡された手引書では、『奴隷が得た収入の配分は契約者と話し合いで決める』って書いてあった。基本は半分ずつらしいが、アウルの取り分ならリーダーの決めた通りでいいんじゃないか？」

「……ありがとうございます」

「礼を言うほどじゃない。そんなに多くねえんだから、金はちゃんと自分のために使えよ」

「はい」

そう、そんなに多くない。でも、自分で使い道を決められるお金というのはいいものだ。

お風呂から上がって、ご主人の部屋のベッドに並んで座る。

「これ、ご主人のです」

ご主人に平べったい正方形の木の箱を渡した。箱は薄くて桐《きり》みたいなかんじのやつ。

蓋《ふた》を開けて、ご主人はフワッと笑顔になった。

「綺麗な緑色だ！」

「『緑』になったお祝いです」

ご主人に贈ったのは布。ハンカチやバンダナっぽい布だ。角には房がついていて、ちょっと立派。とても綺麗な緑だったので、お祝いにちょうどいいと思ったんだ。

うれしそうでよかった。

「たての糸が青で、よこの糸が黄色の、先染め？　っていうやつで、染める素《もと》もお店で見せてくれました。青染草《あおぞめそう》と黄染根《きぞめこん》っていうって」

「へえ、虹宝織《こうほうおり》か」

織物にそんな名前ついてるのか。

縦糸と緯糸《よこいと》の色の重なりで緑に見せているから、見る角度で色が違って見える布だ。向こうの世界でも、名前は忘れたけどそういうスーツの生地があった気がする。

買ったのは布小物を扱う店で、見習いの習作として置いていた。いい出来なのにけっこう手頃な値段だったなあ。色もそうだが、織り込んである幾何学的な模様がなんとなく気に入って決めた。

ご主人はうれしそうに広げて眺めている。

「『悪《あ》しき目からの護りとならん』、か」

「？　……なんて言ったんですか」

「ん？　ああ、この文字を読んだんだ」

「これ、模様じゃないんですか」

「真世語に近いから、読めるやつは、そういないだろうな。伝統的な服の模様とか家の装飾に入ってることがある。魔法文字や古語の元になった言語だ」

「しんせいご……これはどんな意味ですか」

「悪いことが寄ってこないよう守る……かな」

おお、模様にそんな意味があったなんて。

じゃあ街中で見かける模様も文字だったりするのか。世界の見え方変わっちゃうな。

ぜひご主人を護ってほしい。

ご主人は長いこと眺めたあと、丁寧に折って箱に戻してしまった。

そして両手で顔を覆って呻《うめ》き声を出す。どうしちゃったんだ。

「ううう……使いたい……見せびらかしたい……でも飾っておきたい………汚したくない………でも使いたい……」

「使ってください」

ハンカチ一枚でそんなに悩むもんなの？　飾っても意味ないと思うけど。

「……よし！　首に巻く……のは、あからさまだから、腕に巻く。そして静かに自慢する」

いいんじゃないかな。

俺には、こう、飼い主にかっこいいバンダナを巻いてもらって喜んでるワンちゃんに見えてきたんだが。そんなつもりじゃなかったよ、ほんとうに！

「よしよし、ありがとうな。俺の好きな色を覚えてて、偉いぞ！」

「わっ」

頭わしゃわしゃ攻撃されてしまった。俺は犬じゃない、ご主人がされるべき！

眠くなるまで、犬とのじゃれあいは続いた。

店で見せてもらった染料、『青染草』は紺色のかたまりで、『黄染根』は赤茶色のかたまりだった。縦と緯《よこ》。青と黄。そして紺と赤茶。それはまるで、ご主人と俺みたいで。

ご主人にはぜったい言わないけど、緑っていい色だなと思った。


部屋に戻り、やわらかベッドにもぐりこんで天井を見た。緩やかにアーチを描く何の変哲もないそれを見ていると、なんだか丸い気持ちになる。

ランプの明かりが絞られた。いつものように、ご主人は布団をポンポンとして俺を寝かしつけようとする。お世話されるのはいつでも非常に遺憾なのだが、ご主人が満足するならいいのかもしれないって思い始めた。誰かのために何かをするのは気分がいい。そう、だからこれはご主人のためだ。

心地よい眠気がじわじわと瞼《まぶた》にやってくる。

ふぅ、とため息をもらすと、ご主人はトントンしながら俺の顔を覗き込んだ。夜空の色をした目がゆらゆらしている。

「満足そうな顔だ」

それはご主人もですよ、と言おうとしたけど、むにゃむにゃした言葉しか出なかった。

今日はいい日だった。

お金も手に入ったし、みんな俺の贈り物ですごく喜んでくれた。リーダーなんか泣いちゃったし、ノーヴェもびっくりしてた。ダイン？　やつも喜んでいたとは思う。俺はアキからもらった味見の権利を使うのがすごく楽しみ。そして言うまでもなくご主人はワンちゃんみたいにすごく喜んでくれた。

きっとみんな、何を贈っても喜んでくれただろう。俺がただ仕事をこなすだけでも褒めてくれるだろう。だから、どんな気持ちで贈り物をするのかが大事なんだ。俺は声が出せないから、こういう方法で『ありがとう』を言えたのはよかった。気を使わせちゃうから、あんまり頻繁にはできないけど。

自分でお金が使えるっていいことだなあ。

あの地獄のような日々が遠くなっていく。まだそんなに日数も経ってないのにな。こんなに簡単に幸せになっちゃっていいんでしょうか？　いいや、ダメです。俺はこれから、この幸せを続けていくためにがんばるんだ。そのために、みんなにもハッピーになってもらわなくちゃな。

ありがとうみんな。ありがとう国際法。ありがとう世界。

ご主人の目の中で揺らめいている星を数えて、眠りに落ちた。

おやすみなさい。

「それで？　シュザ。それをいつまでそのままにしておくんだ？」

ノーヴェが、シュザの机の真ん中に置かれた羽根のついた包みを見ながらぼやいた。

夕食後、夜も深まり居間で各人がのんびりと過ごしている。ノーヴェは一人掛けの肘掛け椅子にだらりと体を投げだしてシュザの方へ首を向けた。

「何だか、そのままにしておきたくて」

「開けないと、受け取ったことにならないよ」

「そうだね」

自由に使えるお金を手に入れて、体いっぱいで喜びを表現していた少年。

その彼が、一番最初に選んで買ったものが、その小さな包みだ。とりわけ特別な品に違いない。

シュザはその特別を噛《か》み締めるように、包みを眺め続けた。

「……買い物もほとんどしたことがないようなのに、贈り物を選んで包装して飾りをつけたんだよ。すごいことだと思わないかい」

「うん。……でも変わってるよな」

「変わってる？」

「考えてもみてよ、街にいるアウルと同じ年頃の子に銅貨を何枚かあげたら、どうすると思う？」

「……そうだね、菓子屋に飛んで行くだろうね」

「そう、そうなんだ普通は。なのに贈り物をしようだなんて……」

素直にうれしかったし、こんなに素晴らしいことはないとさえ思えた。だが、アウルの子供らしくない部分が、ほんの少しだけノーヴェを複雑な気持ちにさせる。

「……ノーヴェ、あいつは普通だ。背伸びすんのが子供の特権だろォが」

ダインがクッションの山の中から酒の壺を引っ張り出しながら言う。

「背伸びって？」

「まわりが自立した大人ばかりで、自分は与えられるばかり。同等になりてェんだろ。いかにも子供らしいじゃねェか」

「そうかな」

ひとくち酒をあおり、ダインは酒壺をぐいっとシュザの方へ向けた。

「それにな、シュザ、オメェあいつにわざと菓子屋を教えなかったろォ」

「えっ、そうなのか？」

「……」

「シュザ？」

すうっと明後日《あさって》の方向を見るシュザ。答えは明白だった。

「菓子屋の存在を知ったら、あいつだって飛んで行くだろォよ」

「……あまり甘いものを食べすぎるのは良くないだろう。それに……たまに甘いものあげたときにとてもうれしそうな顔をするから、そう頻繁だと……」

「あーはいはい。次に行ったときに教えてあげような」

ノーヴェは呆《あき》れた顔で、振り払うように手を動かした。

皆の様子を黙って見ていたアキは、わずかに口角を上げた。シュザがこのような様子を見せるのは珍しかったからだ。

実のところ、皆はアウルとの距離感に難しさを感じていた。聞き分けが良く、わがままを言うこともなく、一生懸命に働き、よく気を配ることができる。そして賢い。

アウルに普通を望むことは難しいが、他の子供たちと同じように健やかに育ってほしい。それが共通の願いだ。

とはいえ、アウルから贈り物をされて、信じられないくらいにうれしかった気持ちは大きい。あの子供は、どこまで自分たちを驚かせてくれるだろうか。

噂《うわさ》の少年の主人であるハルクが、居間に入ってきた。

「アウルは寝たのかい」

「ああ、疲れてたのか、すぐだったよ」

「それで？　ハルクは一体何をもらったんだ？」

ハルクは隠しきれない笑みを見せながら、両手に捧《ささ》げ持った布を見せた。

「見ろ、この見事な緑色！　なんてったって俺は主人だからな、一番いいものを選んでくれたぞ」

「…………」

一瞬の沈黙があった。

皆思うことは同じだった、「それ、多分一番値段が下だぞ」と。

アウルが布を購入する場に立ち会っていたシュザだけは柔らかい笑みを見せていた。

「よかったね。実に良い色だ」

「房までついてやがるなァ」

「使い勝手も良い」

「……うん、ハルクのが一番！」

少々早口で畳みかけるように褒める四人。

本人が気に入っているのだから、きっと値段は関係ない。

ハルクの登場で場の空気が少し緩んだ。本人はうれしそうに布を二の腕に巻いている。

「実際、買い物をする中でアウルが一番熱心に見ていたのが、布小物の店先に置いてある、染料の見本だったよ」

「あの『正規の染料を使っています』ってやつか。何が面白いんだろう……」

「アウルにとっては、すべてが物珍しいだろうね」

「リーダー、アウルを買い物に連れてってくれてありがとうな。すげえ楽しかったみたいだから」

「いいんだよ」

ハルクはダインの横に座り込み、クッションの下から勝手に酒壺を取り出して飲み始めた。ダインも意に介した様子はない。

皆が揃《そろ》って談笑する。それは何年も続いてきたいつもの拠点の光景だった。だが、今夜はいつもと少し違う。彼らの家に、新たな住人がいるからだ。

シュザは、アウルの一挙手一投足に驚きや喜びを感じ、そう感じる自分にも驚いていた。まさか、自分が親のような気持ちになるとは思っていなかった。苦いものだと思っていたが、その感情は想像より純粋なものだった。それらを噛み締めるように目を閉じる。

アキにとってアウルは、食事を丁寧においしそうに食べる良い人間だった。アキはアウルの表情を観察して、未知の味に驚いたり、味の違いを楽しんでいることを知っていた。大抵の子供にとって、食事とは『おいしい』か『おいしくない』の違いしかないが、アウルはそうではない。そのことに、アキはほのかな期待と尊敬を抱いていた。いつか、くれた香辛料で美味《うま》いものを作ってやろうと決めた。

ノーヴェにとってアウルは未知だった。でも、なぜか世話を焼きたくなる。これまで子供にそういった気持ちを持ったことはない。きちんと学んだわけでもないのに高度な魔法の制御ができて、礼儀を知っており、気配りもできる。まさしく謎だった。それでも、アウルの存在はするりとノーヴェの生活に馴染《なじ》んだ。くれた小さな鏡に映る自分の顔は、微笑んでいる。

ダインは、皆が戸惑いながらもアウルを受け入れていく様子を特等席から眺めていた。今使っているクッションの手触りは良いもので、これを贈ってくれた本人の撫でやすい頭を連想させた。

アウルが各人にもたらした変化を、ダインはすべて見ていた。それはきっと良いものだ。特に、ダインの隣で我が物顔で酒を飲んでいる男にとって。

ハルクの感情は不明だった。なぜアウルを選んだのか、未《いま》だ納得のいく答えを見せてない。しかし喜んで世話をして、世話をされている様子からして、その決断は間違っていなかったのだろう。以前よりも生き生きとしているように見えた。

ハルクは、放っておくといずこかへ姿をくらませてしまうような男だとダインは思っていた。実際、彼はサンサの件が片付いたら旅に出ると決めていたようだった。ハルクがこのパーティーをとても気に入っていることは確かだが、繋ぎ止めておくのは難しいだろうと思っていたのだ。

しかし、アウルが現れた。これはきっと良き巡りの始まりにちがいない、とダインはわずかに頬《ほお》を緩めて酒をあおった。

知りたいと思った。あの少年の心の奥底にあるものが何か。人の思考を読むのは気持ちのいいことばかりではない。特に記憶はそうだ。だが、それでもダインは知りたかった。アウルが何を考え、何を思い、何を経験してきたか。その奥にあるものがどれほど恐ろしく、どれほど悲しいものであっても。

子供は宝、そして子供を幸せにするのは大人の仕事。

これからの大仕事を思い、彼らは湧き上がる喜びを噛み締めながら穏やかな夜を過ごした。

それは、これから先も繰り返されていくであろう、この拠点のいつもの風景だ。

机の真ん中にぽつんと置かれた、未だ開けられていない羽根付きの包みが、その様子をずっと見ていた。

番外編その一　ある文具店員の驚き

常連客が、子供を連れて来店した。

パルノ商会館に店を構えるとある文具店の店員は、珍しいこともあるものだと興味深く客を見た。

常連のシュザ、彼は冒険者だがそうは見えない風貌をしており、騎士のように気品が高い。店を贔屓《ひいき》にしている客の中でも指折りの上客と言えた。実際、彼は騎士家の出身のようで、そのことを隠していない。

教養があり、文具へのこだわりが強い。その店ではよくシュザに新作のインクを試してもらい、使用した感想を聞き取るといったことをしていた。それを製造者へと届けて、品質向上に役立てるのだ。

羊皮紙と植物紙では適したインクが異なり、また経年劣化の度合いも異なっている。近年大幅に普及するようになった植物紙やそれに適したインクの開発において、シュザのような存在は大変ありがたいものだった。

その日、シュザと共に店にやってきたのは子供だ。腕に奴隷の紋が見える。シュザが奴隷の主人となるとは驚きだった。もしかすると、パーティーの誰かの奴隷となったのかもしれない。

子供はあまり買い物をしたことがなく、口も利けないという。しかしその子供は苦労を感じさせることもなく、興味深そうに商品棚を眺めていた。シュザはその間、子供を邪魔することなく自由にさせている。

店員は子供が指差した品物をひとつひとつ解説していく。インクにはさまざまな種類がある。動物の骨や牙などを焼いたものや、植物から抽出したもの、鉱物由来のもの。子供に理解できるかどうかわからなかったが、表面上、その子は店員の説明に困惑した様子はなかった。

字を書けるかどうかもあやしいが、上客のシュザが連れてきた子供をむげに扱うわけにもいかない。子供も落ち着いていて行儀が良いので、店員はいつも通りの接客をした。

珍しいものなら喜ぶだろうかと、まだシュザも試していない新作のインクを試し書きして見せたりもした。子供は驚き、喜んだ。店員はその表情に子供らしさを垣間見ていささか安心した。

そのインクを購入すると決め、子供は大切そうにインク瓶を持ってから、チラリとシュザの方を見た。

一瞬、シュザに支払いを頼みたいのかと思ったが、すぐに別の理由に思い当たる。

それは、贈り物だ。この子供はシュザの趣味を知っており贈り物にしたいと考えているのだ。遠回しにそのことを尋ねると、肯定の答えが返ってきた。

なんと殊勝なことか、と店員は感心し、贈り物として包装することにした。さらに、子供は赤い羽根を取り出して差し出してきた。飾りに使ってほしいようだ。その心遣いがなんとも微笑《ほほえ》ましく、店員は快諾した。

包装を終えて、子供は小さな財布から代金を支払った。これは買い物の勉強なのだろうからとハラハラしながら見守っていたが、硬貨の数を間違えることはなかった。その上、少しはにかみながら心付けまで渡してきた。大人の真似だろうか、少し背伸びをする様子に思わず笑顔になる。シュザが気に入るわけだ、と納得もした。

いよいよ贈り物を渡す段階になり、さっきまでの大人びた態度はどこへやら、子供は恥ずかしがって押しつけるようにしてシュザに包装したインク瓶を渡そうとした。なんとも子供らしい。助け舟を出すと、子供は店員へ感謝の眼差しを向けた。

しかし、問題はそこからだった。

子供からの贈り物を受け取ったシュザが、子供を抱きしめて泣き始めたのだ。シュザはいつも一定の穏やかな態度を崩さず、感情的に泣くようなことはしない。そのシュザが人目をはばからず泣く姿を見て、店員は驚愕《きょうがく》した。

そしてシュザから、これがこの子供が初めて稼いだ金での初めての買い物だったと知らされた。

店員は泣いた。

商会館には多くの店舗がある。その中で、そのような記念すべき出来事にこの文具店が選ばれたことは、とても光栄だと感じた。

そして、初めて得た金銭で贈り物をしようと考えた、この話せない子供の健気《けなげ》な発想にも心が動かされた。

恐らくシュザは、子供から贈り物をされるなんて考えてもいなかったのだろう。だからこその涙だった。そして、それは子供がシュザからの気遣いや親切をきちんと受け止めて理解して、感謝している証拠だった。

互いの想《おも》いが通じ合った瞬間を目撃して、店員はその暖かさに涙した。子供が愛されて大切にされている様子は、胸を打つものがある。

彼らはやがて別の店へと向かった。シュザがこんなにも上機嫌だったことはない。製造停止していたお気に入りのインクを再入荷したと告げたときだって、ここまでうれしそうではなかった。

同時に、店員は考えた。あの贈り物は、単なる贈り物ではない。シュザに欠落していた何かを補完したような、新たな項に何が書き加えられたような、そんな意味があったのではないか。

店員は涙を拭《ぬぐ》い、また店番に戻った。

いつかまた、あの子が買い物に来てくれる日を待ちながら。

番外編その二　ある商人の願い

とある街のとある奴隷商人は、人のいなくなった部屋を見てため息をついた。

悲しみではない。満足のため息だ。

あらゆる人が来ては去る。ここはそういう場所だ。来たときは不安げな表情だった者たちが、去るときはたいてい明るい顔になっている。

たくさんの人々を新たな生活へ導くこの仕事を、彼は気に入っていた。人のいない部屋は寂しさがあるが、それこそが仕事の成果といえる。

奴隷商。それは中央国ミドレシアにおいて最も厳しい目を向けられる職種のひとつだ。奴隷への扱いについて諸国間で協定が結ばれている現在、奴隷商人を始めた者は厳しい審査を通過し、なおかつ定期的な監査を受けなければならない。国からの監視だけでなく、彼らは常に街の住人からの衆人環視にも晒《さら》されていた。奴隷に対して少しでも不当な扱いをしていると噂《うわさ》が立ってしまえば、商売を続けていくことは困難になる。

この街の奴隷商は、そんな厳しい条件の中で数十年にわたり立場を揺らがせたことはなかった。街の住人や役人たちからは信頼され、この店へ身を寄せた者たちも皆が口を揃《そろ》えて感謝を述べる。そして、この奴隷商の夫婦はいくら感謝や信頼を寄せられても鼻高々になることはなかった。彼らは、自分たちが生活困窮者にとっての最後の砦《とりで》であり、その立場を振りかざすことがいかに醜悪な行いかを十分に理解していた。

そのように熟練の商人である彼らにとっても、今回は普段より受け入れる人数が多く、苦戦が多かった。全員を送り出せるか不安だったが、大きな問題もなく数日のうちに皆に新たな仕事を見つけてやれた。

元の主人が捕まってしまった以上、奴隷契約は無効となるが、同時に奴隷だった者たちは衣食住のすべてを失った状態になる。そこで、彼らが生活を立て直せるよう通常の契約よりもかなり緩い条件で新たな雇い主と契約するのだ。大仕事が終わり、奴隷商人はひと息ついた。本来、この店は賑《にぎ》わうべき場所ではない。誰も奴隷になどならない世の中が理想だ。

領主からの使いが来て、カトレ商会で働いていた者たちを受け入れてほしいと要請があったときは驚いたものだ。カトレ商会は、会頭がカスマニア出身でありながら堅実な商売をしており、他の商会ともうまくやっていたと聞いていた。街の商工組合でも中心的な存在だったはずだ。

そんなカトレ商会で働いていた者たちを引き取った際、あまりの扱いのひどさに憤慨した。そして、ああ、やはりカスマニア人だったのだと納得もした。ミドレシアとは全く異なり、カスマニアでは協定が適用されず未《いま》だに奴隷が見下されている。

「あの子は、元気にしているかしらねぇ」

共に部屋を片付けていた妻がぼやく。

引き取った奴隷の中でも、彼らが特に心を痛めたのが子供の奴隷だった。赤茶色の髪をした、小さな子供だ。体中傷だらけで、声も出せず、ひどい扱いを受けていたのがわかる。

そもそも、子供の奴隷は珍しい。奴隷契約を結べる年齢は厳格に定められている。幼い子供と無理に契約を結ぶと、精神を病んでしまうからだ。

きっとこの子供は、カスマニアで違法に契約させられたのだろうと年齢を調べてみると九歳を過ぎていた。外見はどう見ても六歳か七歳だったので、食事を十分に与えられていなかったのだろうと推測し、ますます憤慨する。

生気のない目をしていたので、この子はもうダメかもしれないと思った。

ところが、回復魔法をかけられると、子供はすぐに元気になった。自分がもう過酷な環境にいないことを知って喜んでいる様子すらあり、奴隷商人は面食らってしまった。

このまま養育院で静かに過ごすのがいい。そう思ったのだが、子供はそれを頑《かたく》なに拒否した。その表情からは、絶対に働きたいという意思が感じられる。

これまでにも、似た表情の者を見たことがある。奴隷になる者の中には、もうそれしか道がない、後がない、見捨てられたら終わると思い詰めている者もいた。

しかし、その子供には選択肢があったのだ。それなのに、奴隷を選んだ。見かけは幼いが、精神は実年齢以上なのかもしれない。そうでなければ、あのひどい環境を耐えることなどできなかっただろう。

奴隷商人は渋々、子供の希望通りにした。

しかし話せない子供の奴隷となると、またどんな扱いをされるかわかったものではない。悪事に加担させようとする者もいるかもしれず、欲を向ける愚か者も現れないとは限らない。主人の選定には慎重を期する必要があった。もし相応《ふさわ》しい買い手がいなければ、自分たちのところで引き取ろうと妻と相談した。そしてとうの昔に巣立った息子たちのように育てようと。

人を見る目には自信があった。そういう商売だからだ。そして客を一目見て誰を選ぶかわかる瞬間があった。逃れ得ない巡りを感じたとでもいうべきその感覚もまた、奴隷商であるがゆえかもしれない。

妻に連れられて紺色の髪をした男が店に入ってきた瞬間、わかってしまった。

この男は、あの子を選ぶ。根拠のない奴隷商としての勘がそう告げた。そしてその通りになった。

そもそも男は所持金をその子供を買う分しか持ち合わせていなかった。逆になぜそれほどの大金を持ち歩いていたのかも謎だ。奴隷は決して安くはない。

信用に足る人物かどうか甚《はなは》だ疑問だったが、その男からは不思議な気配がした。高い場所からすべてを厳しく見下ろし、同時にやさしく包むような、言葉にできない気高さを感じた。

それに、その男は冒険者だった。黒色ともなれば、信用が高い。ましてやパーティー所属となれば身元もはっきりしている。

何よりも、子供がまっすぐにその薄緑の目を男に向けていた。この男の前に来た商人とは目も合わせなかったというのに。

もう、引き離せない。まだ契約を結んでいないのにそう感じた。これが巡りというものか。長い人生の中でも、久しく見ていない光景だった。奴隷商はその巡り合わせに恐ろしさすら感じた。

子供のために用意していた服を渡すと、子供はしばらく考えてから口の形だけで礼を伝えてきた。聡《さと》い子だ、これが自分のために用意されたものだとすぐにわかったのだろう。

男に手を引かれて去っていく子供の背を、妻と二人で見送った。わずかな時間だったが、息子たちが巣立ったときのような寂しさがあった。他の奴隷たちも、子供が無事に行き先を見つけられたことを喜びつつも寂しそうにしていた。

次の日、騎士のような雰囲気の金髪の男が訪ねてきた。しかしその男は冒険者組合証を提示した。どうやら、あの子を引き取った冒険者が所属しているパーティーの長らしい。カトレ商会について調べているらしく、奴隷たちに話を聞きたがった。

彼は物腰が穏やかで礼儀正しく、奴隷を見下す態度もなかった。このような人物がいる場所に行けたのなら、あの子も幸せだろう。そう思って妻と顔を見合わせた。

去り際に、あの子に渡せなかった衣類を押しつけた。これから寒い季節になる。ミドレシアでは子供が少ないため、服を仕立てるのに少し苦労することだろう。……いや、単に自分たちも何か貢献したかっただけかもしれない。これは自己満足だ。

衣類を受け取った彼は驚きつつも礼を述べ、きっちりと相応しい額の金を払った。

彼は微笑《ほほえ》みながら言った。

「これは、アウルも喜びます。お気遣いに感謝いたします」

「いえ、我々が持っていても仕方のないものですからな。しかし……そうですか。アウルという名をもらったのですか。良き名です」

そう、あの子には名前がなかった。名前のない者を呼ぶ便宜上の通称を使っていた。

そうか、あの子はアウルという名前になったのか。

彼らの拠点はこの街ではなく王都にあるという。もう会うこともないだろうが、その名前を忘れることはないだろう。彼が去ったあと、残してあった契約の書類に名を書き加えた。

やがて、カトレ商会から引き取った者たちをすべて送り出し、騒動は終わった。

あらゆる人が来ては去る。来たときは不安げな表情だった者たちが、去るときは明るい顔になっている。

ここは、そういう場所だ。そうあってほしい。

とある街のとある奴隷商人は空っぽの部屋で妻と寄り添い、旅立った人々の幸せを願った。

MFブックス

少年《しょうねん》アウルのほんわか異世界《いせかい》ライフ ～新《あたら》しいご主人《しゅじん》と巡《めぐ》り合《あ》い最強《さいきょう》パーティーとゆったり生活《せいかつ》します～ 1

2025年2月25日　初版発行

著者	ザック・リ
発行者	山下直久
発行	株式会社KADOKAWA 〒102-8177　東京都千代田区富士見2-13-3 0570-002-301（ナビダイヤル）
印刷	株式会社広済堂ネクスト
製本	株式会社広済堂ネクスト

ISBN 978-4-04-684644-0 C0093　　　Printed in JAPAN

企画	株式会社フロンティアワークス
担当編集	正木清楓／河口紘美（株式会社フロンティアワークス）
ブックデザイン	鈴木 勉（BELL'S GRAPHICS）
デザインフォーマット	AFTERGLOW
イラスト	京一

本書は、「カクヨム」に掲載された「奴隷くんのハッピ～異世界ライフ　国際法が俺の味方なので安心して奴隷満喫します」を加筆修正したものです。

この作品はフィクションです。実在の人物・団体・事件・地名・名称等とは一切関係ありません。

元オッサン、チープな魔法でしぶとく生き残る
~大人の知恵で異世界を謳歌する~
頼北佳史
Raiho Yoshifumi
イラスト：へいろー
俺の能力、しょっぱすぎ？
――元オッサン、魔法戦士として異世界へ！
Story
死に際しとある呪文を唱えたことで、
魔法戦士として異世界転移した元オッサン、ライホー。
だが手にした魔法はチートならぬチープなものだった！
それでも得意の話術や知恵を駆使して冒険者としての一歩を踏み出す。
MFブックス新シリーズ発売中!!
MFブックス

王都の行き止まりカフェ『隠れ家』
守雨
イラスト：染平かつ
～うっかり魔法使いになった
私の店に筆頭文官様が
くつろぎに来ます～
Story
マイは病気で己の人生を終える直前に、祖母から魔法の知識と
魔力を与えられ、異世界へ送り出された。
そうして転移した彼女は王都にカフェ『隠れ家』を開き、
美味しい料理と魔法の力で誰かを幸せにしようと決意する。
MFブックス新シリーズ発売中!!

転生薬師は昼まで寝たい
クガ
[ill.] ヨシモト
異世界転生し「薬師の加護」を授かったトール。
理想のスローライフのため安息の地を目指し旅に出るが、
道中様々なトラブルに巻き込まれ、終いにはラグドールに
似た喋る猫(?)が旅についてくることになって……。
追い求めるは、
スローライフ!
やってくるは、
厄介事!?
薬を一瞬で調合!?
戦闘でも大活躍!?
薬師の加護で、異世界のんびりスローライフ!(願望)
MFブックス新シリーズ発売中!!
MFブックス

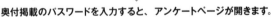